盛世微行

大国崛起的思虑笔记

李清川 著

中国出版集团
東方出版中心

序

灰色地带的社会透视

何明升

我与李清川君相识在十多年前，那会他是风云大学校园的青年才俊，尊全国名校辩论赛优秀辩手，列哈工大十佳大学生首位。这次受托为新书《盛世微行》作序，初见书名就感受到一种张力："盛世"无需多言，我们都生于盛世，相信身处大上海会有更大更切身的盛世感；而微行呢，是古人"微行入古寺"般的游历还是现代记者的职业习惯？盛世需要微行吗？微行又如何诠释盛世？即便是社会学者的我也需要去探寻的这些问题牵动着我很快读完了文稿，而文稿的内容不由得让我惊叹职业新闻人与社会学者的相互联通。

首先，是职业新闻人与社会学者共同背负的社会责任感。"血祸"篇章中那些与艾滋病有关的人的真实生活，职业新闻人直面时并不从容，也让社会学者多了沉重，这份不从容和沉重皆源自共有的那份社会责任感。社会学传入中国时曾被康有为称之为来自西方的经世之学，严复在《群学肄言》序言中更认为社会学是"用科学之律令，察民群之变端，以明既往、测方来也……发专科之旨趣，究功用之所施，而示之以所以治之方也"。当代中国著名社会学家郑杭生也认为，社会学是研究现代社会运行和发展的规律性，特别是研究社会良性运行和协调发展规律性的综合性具体社会科学。多年来，我辈社会学者虽逢盛世也难忘其责，正是这种社会责任感使然。李清川君居于盛世华庭却又微行苦求，透射出了同样的社会责任感。更难能可贵的是，他的这种社会责任感不仅表现在对"血祸"、

“黑井”这类国内事件的长期考察，更具有广博的国际视野。在《盛世微行》的讲述中，我相信读者也和我一样，会想起《中俄瑷珲条约》和江东六十四屯、记起钓鱼岛和巴格达、关注美利坚和我们的世界……

其次，是职业新闻人与社会学者共有的弱势群体情结。中国正处在社会转型期，利益格局处于不断调整之中。弱势群体由于在经济、政治、文化诸方面均处于劣势，其权利极易受到侵害，这对社会结构的优化和社会环境的和谐都将构成不利影响。或许是由于学科属性，抑或是社会学家特有的视角和良知，改革开放以来的社会学者大都十分关注弱势群体问题，甚至形成了所谓弱势群体情结。现在我知道，这种弱势群体情结不仅存在于社会学，而且也充满在新闻工作之中。《盛世微行》中，那远在韩国餐馆刷盘子的金明兰虽想到了死，但最终还是选择了为丈夫的“蠢事”还账，选择了用孤寂的青春来换取希望；那只有25岁就死掉了的丁祖财，是没有耕地的矿区人的一种没有选择的选择。诚如作者所言：无论选择怎样的生活，都有追求幸福的权利。而我想说的是，社会更要负起对弱势群体的责任，更要尊重弱势群体的权利。这是因为，没有权利就不存在救济，合法权利是救济得以存续的依据；同样，没有救济就没有权利，一种无法诉诸法律保护的权利，实际上根本就不是什么权利。

最后，是职业新闻人与社会学者相互补充的问题意识和调查取向。俄国人如普列汉诺夫等认为社会学与历史唯物论一样是研究社会发展普遍规律的，这种观点在中国影响至深，如李大钊在《唯物史观在现代社会学上的价值》中说：“社会学者，社会科学之一，其研究之目的在探求社会进化之原理；其研究之方法，在追溯过去以说明现在，更由现在以逆测将来。”就是在今天，也还有人从问题意识和调查取向方面来认识社会学。如于光远在《社会学文选》中写道，社会学是“以研究社会问题为中心的一个科学群……此外，可能还有对于许多社会科学都有用的关于社会学的研究方法”。由于社会学是以经验研究为基础的，离开社会调查研究便没有社会学，有的学者抓住这个学科特征，把社会学界定为调查研究的学科。在本书中，我们同样可以看到这种问题意识和调查取向，而细细品来，它与社会学的问题意识和调查取向是相互补充的。在社会学那里，一个社会问题的构成要素是：必须有一种或数种社会现象产生失调；它影响了许多人的社会生活；它引起了社会多数成员的注意；它必须运用社会力量才能解决。《盛世微行》中的故事不仅具有这些要素，还传递着李清川君的特别情思。比如，生于东北、长于东北的作者将“东北落伍了，东北三省工业总产值在全国所占份额一路下跌，东北三省工业在全国的排名不断后退”的忧虑发诸笔端，并以此发端了工业、农业、林业构架下，为政者、下岗工人、林业模范的全方位叙事。再如，当“日本军旗装事件”、“靖国神社参拜”等本该是过往的历史常识却演变成了现代版闹剧时，作者的悲凉并没有仅止于感受，而是转向世人发问：更多的人呢？更多的年轻人呢？还有，更多的日本人呢？更多的日本青年呢？与其说这是寻道的发问，不如说这是警觉的传递。其他如“灰带”篇章中对变幻人生的检视等，也都深入到了社会学家近年来倾注颇多的那些问题域，也都具有所谓“用事实说话”的调查取向。所不同的是，社会学者着力于某一类社会事件的普遍价值，而职业新闻人更强调个案事件的独特个性。但无论是作者的问题意识还是获取资料的调查取向，两者都是相互补充的。

应该说，对灰色地带进行社会透视是职业新闻人与社会学者共同的旨趣，相对而言李清川君的“盛世微行”来得更艰辛，也更实在。《盛世微行》一书对灰色地带的考察与思考，其实质是职业新闻人的一种社会透视，而作者在微行中所显现的社会透视力，则反映了他对盛世中另一侧面的关注和对盛世本身更加完美的诉求。读懂这一点，或许有助于消解初读《盛世微行》时的那份张力。

2011 年 3 月
于上海松江大学城

（作者系华东政法大学社会发展学院院长，教授、博士生导师）

目 录
Contents

丙篇　黑井 / 65

25 岁的丁祖财死了，死在了 800 米深处的井下，死在了一次特大瓦斯爆炸事故中。他别无选择，因为每个班次 50 元的收入是全家唯一的生活来源，因为娶媳妇家里已经欠下 5 万元的债务，因为妻子已经怀上 4 个月的身孕，因为弟弟丁祖来 23 岁了还没说上媳妇。因为没有耕地，和所有生活在矿区的人一样，他除了下井采煤几乎没有选择。

丁篇　贻害 / 89

尽管那段梦魇般的日子已经过去了半个多世纪，尽管我的父辈在他们幼小的心灵中也不曾这样"直面淋漓的鲜血"，我们还是会因为"日本军旗装事件"、"靖国神社参拜"而轻易地激愤。历史是不需要评说的，但当历史常识变成闹剧的时候，一定有人深感悲凉。更多的人？更多的年轻人呢？还有，更多的日本人呢？更多的日本青年呢？这样的想象无法继续。

戊篇　蓝海 / 113

想起了 10 年前的那个秋天，我在俄罗斯远东博物馆里的一腔愤懑。在《中俄瑷珲条约》的签订地，我记下了刻在魁星楼上的一段话，"六十四屯今犹在，何人光复大江东？"我想知道：那一段屈辱的历史真的一去不复返了吗？此刻，告别了喧嚣的城市在弥漫的夜色中变得沉寂，但来自钓鱼岛的声声独白却挥之不去："母亲，我是你瞻望大海的那一弯睫毛……"在东海的斜风细雨或滔天大浪中，钓鱼岛正守护着对南方大陆的一份忠贞与眷恋。

己篇 失途 / 137

正如我们人生中挥之不去的“雷锋情结”有着“符号”般的简单，李嘉廷、赖昌星、杨斌各自繁复的人生故事也因打上了“印记”而愈发单薄，甚至刻板。但仅就人生过程的参照系而言，他们“贡献”给我们每个人的还有很多，他们以及他们的人生变幻会让处在“惑与不惑”间的我们不断检视、修正，进而选择从容、坦然。所以，对于后来人而言，记住远比遗忘更重要。

庚篇 困局 / 173

有一天，东北人发现东北落伍了：工业经济效益下滑、工业生产步履维艰，东北三省工业总产值在全国所占份额一路下跌，此后十年，作为“粮食市场稳压器”的东北农业也遭遇了相同尴尬：传统优势农产品大量积压、农民增收缓慢、农业经济效益提高不大等问题变得尖锐。东北人开始承受改革的阵痛，部分产业工人失去了岗位，黑土地上生产的粮食出现了大量积压，传统观念抑制了他们的奋进精神。

辛篇　灰带 / 199

经历了真正的不寒而栗后，还要感谢这些故事中的主人公，他们的存在带来了改变，带来了我们享有的变化。当食品安全、银行监管、死刑复核、收容制度、法官弹劾中的一桩一件，陆续将严密体系中的那道缝隙清晰地展现在人们面前时，有人质疑：还有什么可以信赖？尽管我想说，不必失望，因为完善从来都是一个相对的过程。但作为监管方应该知道：任何情况下，渐进都不能成为不进的理由。

壬篇　危城 / 241

当美英联军的战机投影在黎明前的巴格达上空时，在遥远的中国，21 岁的伊拉克青年艾蒙痛苦地合上了双眼，因为电话不通，9 位身在巴格达的亲人安危他不得而知。这是北京时间 2003 年 3 月 20 日 10 时 33 分，挥之不去的阴影开始跨过美索不达米亚平原，弥漫在所有为和平祈祷的人们心中，就像过去的那个 9 月 11 日，沉浸在恐慌当中的并非只有美利坚民族一样。

甲篇

血祸

也许一切都是宿命。当那个夏季以难耐的高温拉开序幕，灼人热浪中酝酿的所有不寻常就走近了我们。开始辗转于河南、安徽、山东的艾滋病系列报道时，我还不知，这次中原之行的沉重终将超乎我的想象。当闯进那些与艾滋病相关的故事里，闯进那些和艾滋病有关的人的真实生活中，当面对孩子的眼睛，面对老人的眼泪时，我并不从容。

笔记：艾滋成镜

秋意正浓时，伉伉走了。

这一天距离他5岁生日只剩两个月。照片里小男孩的眼睛又一次轻易击中了我。忽而想起，伉伉独倚土墙的那一刻，村落中的邸家小院正罩在太阳的黄晕中。

也许一切都是宿命。当那个夏季以难耐的高温拉开序幕时，灼人热浪中酝酿的所有不寻常就走近了我们。当我开始辗转于河南、安徽、山东的艾滋病系列报道时，我还不知，这次中原之行的沉重终将超乎我的想象。当我有意或无意闯进那些与艾滋病相关的故事里，闯进那些和艾滋病有关的人的真实生活中，当我面对孩子的眼睛，面对老人的眼泪时，我并不从容。

伉伉的黑色故事以最简单的方式画上了句号，但有多少个伉伉曾经和正在等待中逝去呢？我知道的是，伉伉的父亲选择了接受"赔偿"，远走新疆去做异乡的"棉客"，而放弃了他最初所坚持的通过惩治医生来"讨个公道"。当这种不曾亲历就无法体会的艰难抉择到来时，你我还有什么资格去评说呢？

耄耋之年的高耀洁讲的一些话我并不以为然，但这丝毫没能阻止我视她为一面镜子。在我得到高耀洁电话号码后的半年多时间里，我只是把它安静地贴在办公桌上，其时我还无法判断：老人的行为究竟意味着什么。为了我曾采访过的一位艾滋病病毒携带者的求助，我给老人打了第一个电话，之后的时间里我与高耀洁保持着定期联络，也一直能收到她寄来的宣传材料。再后来的电话中，我常因她的流泪而语塞。

还有那位曾给伉伉"安排"输血并扬言取记者性命的医生，也已花甲。

无疑，生活在山东新家里的6个艾滋遗孤是幸福的，但这样的幸福是不是会降临在所有渴望幸福、境遇相同的孩子身上呢？在这样的疑问面前，我们都自信不起来。

案头有一份资料："至少在1994年，当地卫生部门已经获知卖血者中有艾滋病患者或携带者，当时一批由兰州生物制品所出口韩国的血制品中就被发现含有艾滋病病毒。也在这一年，上蔡县人民医院血站收到上海生物制品所的通知，它们售往上海的血浆中被抽检出有两例携带艾滋病病毒，最终的处理方法是这家血站不再允许这两人卖血。"一年后，取缔采血站的专项整治展开。但一年的停滞意味着什么？当最初的恐惧和绝望漫过，因卖血感染艾滋病的村民也想打破沉默，他们想知道，究竟谁应为他们的病负责？

在郑州，我了解到：《献血法》出台后卖血被严格禁止，河南省所有医院用血都由23个中心血站统一提供，去年的统计显示，河南的临床用血100%来自无偿献血，血液抽检合格率达到100%。两个百分百让人们再次感受殷红色涌动的是生命的活力，而不是夺命的凄凉。我又想到了五年前结识的那个年轻人，身为艾滋病病毒携带者，他焦虑地行走在人群中，努力从容。

据卫生部统计，截至2009年10月底，全国累计报告艾滋病病毒感染者和病人319 877例，其中艾滋病病人102 323例。而卫生部联合世界卫生组织、联合国艾滋病规划署的评估显示，截至2009年底中国存活艾滋病病毒感染者和病人约74万人，其中艾滋病病人为10.5万人。

黑色不灭时，我期待阳光漫布。

永城血祸调查

河南省永城市条河乡农民邸颖4岁的儿子被确诊为艾滋病感染，唯一可能的感染源源自两年前的一次输血，血源提供者是当地的一名卖血者，而血头的联系者是当地的一名医生。我和摄影记者抵达永城，并辗转于安徽、河南两省的三个村庄。我的采访机记录下与医生的最后对话是："再敢来，我要你的命！"

这是河南永城市条河乡邸楼村的一个普通院落，这是农忙时的平常下午。四条土狗和一只猫不时蹿过4岁孩子邸伉伉的身下，寻找酷暑中的阴凉，他的背后，是正屋的墙壁和塞满了玉米棒的麻袋。6月15日这天下午，我们听到孩子唯一的一句话是："妈，你总哭啥？"那时，他像所有平常孩子那样拉着落泪许久的妇人衣襟。妈妈石翠丽不得不经常停下来擦拭眼泪，在讲到懂事的孩子在睡觉时说"妈妈，我不和你一张床睡了，免得感染你"后，她再也说不出话来。在那之前的几分钟里，伉伉被褪下了衣服和裤子，露出从脖子到小腿密布的脓疮。这个我们所见过的年纪最小的艾滋病患者，症状已相当显著。

这个夏天，河南永城与安徽萧县的地界淹没在无际的麦地中，使得我们往返于豫皖两省时毫无征兆，一如这场超乎寻常的仇恨，事先也无张扬。

艾滋病改变的孩子和家庭

救命的鲜血最终毁掉了一个孩子，毁掉了一个家庭。我们想知道的是，这样的惨烈还在继续吗？

9岁的文静是伉伉的姐姐，家里来了生人使她有些兴奋，笑容也一直挂在脸上。她告诉我们，自己在读一年级，很喜欢学校。但他的父亲邸颖说，孩子在学校里已遭受歧视，即使在村子里，邻居也几乎不再走动，还有两户准备搬家，理由是“邸家有个艾滋病人”。

这一切变化，让邸家始料不及。

在徐州医学院附属医院2003年4月9日填写的邸伉伉的病历上，记录的诊断结果为：HIV感染，肺部感染，鹅红疮。这是邸颖和妻子石翠丽第一次听到艾滋病。几近崩溃的父母希望能有人“救救他们的孩子”，但他们不知道哪有“救命草”，因为“连医院都把我们撵回来了”。在出院意见一栏，医生填写的是：家属要求转院继续治疗。回家两个月了，伉伉的治疗只能“头热医热，身痒治痒”，但每个夜晚，年轻的父母都会因孩子的啼哭和抽搐惊醒。与我同行的原河南中医院妇科主任高耀洁预测，3到6个月内，孩子将有更明显的症状，寿命恐怕只能到春节。

故事本身并不复杂：

当地计划生育政策的一项重要内容是第一胎生了女孩后，可以核准发放第二胎准生证，这使已有一个女儿的邸颖在1999年如愿添了儿子。那时，邸颖除了忙活地里的活计，还做些小生意，鼎盛时还开过小卖店，很令村里人羡慕。2000年8月18日，伉伉突然发烧，邸楼村诊所医生秦林将他们介绍到安徽萧县一个卫生院检查。对于跨省检查，他的理由简单可信，“实际距离不远，那里的医生退休前曾是条河乡的医生”。

诊断结果很快得出，伉伉得了急性坏死性肠炎，医生林芳茂作出了输血的决定。因为邸颖夫妇与儿子血型不同，邸颖提出到血站买血的要求。林芳茂对邸颖讲，血库的血远远不如从身上抽的鲜血好，库血存放的时间太长，质量差。随即，林芳茂打电话寻找血源。不久，条河乡鱼山村村民徐永光用三轮车拉来一个血型相同的人。

邸颖有些顾虑，徐永光说，他经常到江苏徐州、丰县，山东单县，安徽萧县，河南永城卖血，血的质量肯定没问题。就这样，150毫升血由绰号为“寿”的卖血者输给了当时不满2岁的邸伉伉，两天后，又输了150毫升。这两次输血，邸颖花的钱比购买库血便宜很多，300毫升只用了200元钱。为了表示感谢，当晚，邸颖请两人喝了酒。因为伉伉出院不到10天便开始发烧，邸颖又在村里的诊所和乡里的医院为他治疗，两家医生的诊断分别为肺炎和类风湿。直到去永城市人民医院时，伉伉的病也没能确诊，当时的病历上留下的记录为“连续感冒，无名热”。

2003年正月后，邸伉伉再度连续发热、咳嗽、皮肤瘙痒。在出现一次抽风症状后，邸颖决定带儿子到大医院查查病根，4月7日，邸颖夫妇带着伉伉住进徐州医学院附属医院。

4月9日，查出HIV呈阳性。

4月15日，邸颖夫妇带着儿子来到河南省卫生防疫站，HIV检查的结果是儿子为阳性，夫妇为阴性。

邸家人人皆惊！因为两家治疗机构的医生都问了相同的问题：“孩子输过血吗？”邸颖开始怀疑一年多前的输血是邸家的“祸首”。

4月20日，邸颖带着微型录音机找到林芳茂，记录了以下对话：

邸　颖：你给治过后，我小孩为什么经常发烧？

林芳茂：因为你孩子免疫力低、抵抗力差。

邸　颖：这是怎么导致的？

林芳茂：这个有先天带的，也有后天得的。

邸　颖：跟输血有没有关系？

林芳茂：没有。

邸　颖：你输血都怎么化验？

林芳茂：输血的都有健康证。

邸　颖：那你为啥不用血站的库血呢？

林芳茂：人身上的鲜血好，库血放的时间太长了，抗凝。

邸　颖：给我小孩输血的人有没有病？

林芳茂：能有啥病？没甲肝，没乙肝，也没艾滋病。

邸　颖：你咋知道没有艾滋病呢？

林芳茂：有艾滋病你小孩不早就没命了吗？

邸　颖：那不是还有潜伏期吗？

林芳茂：啥潜伏期？这是往血管里注射，有（艾滋病）的话一打就死了。我们这个地方没有艾滋病，我做了一辈子医生，就是这样输血的。

尽管林芳茂承认为邸伉伉输过血，但他坚持认为输血是规范的，没有问题。

当晚，邸楼村诊所医生给邸颖打来电话，邸颖回忆了电话的内容："林芳茂让我们村的医生做做我的工作，不要告他，还说当时也是想救活孩子，让我们不要恩将仇报。"最后，村医生转达了林芳茂的诚意："你没有钱，告也告不赢，献血法是2000年12月纳入法律的，到最后人财两空，倒不如给你2万块钱，咱们一笔勾销。"因为邸颖没有答应，这笔钱的数字迅速涨到了4万元，并附加了给已经结扎的石翠丽免费手术的条件。作为交换，邸颖要将当时录下的对话音带交还给林芳茂。在此期间，有两人担任中间人：一位是邸楼村的党支部副书记，另一位是鱼山村的石亚荣。

邸颖同意了。

所谓医生

与医生见面时，我们被不明身份者包围。与医生对话中，我们听到了"救人于水火中"，但在记者回绝了再次见面的要求后，所谓医生者粗口不断，最后说出了"再敢来，要你们的命"。

给邸伉伉输血的医生林芳茂是安徽人，曾任河南永城市条河乡卫生院医生，退休后回到安徽萧县老家行医。我们决定与林芳茂见面时，知情者说："他手下有20多人，你们去时一定要小心。"因为是收麦子的农忙季节，从河南通往安徽的土路上被分段铺满了麦穗，我们从郑州来永城乘坐的富康车开不过去，只能在邸楼村借来了两辆"年迈"的摩托车代步。用它还有一个考虑：不清楚接下来的调查中是否会有意外，摩托车利于在情况紧急时迅速脱身。

在扬尘的土路和收割过的麦地里穿行了半个小时，我们已经远远望见了安徽萧县大屯镇林楼村的房子。把摩托车藏在地沟后，我们徒步进村。林楼医院在靠近村口的一个院落里，门前聚集着不少人，打量我们的目光都有些复杂。进入院子，一位贴着墙根打吊针的男子为我们指了林芳茂办公室的方位。林芳茂看起来比他的年龄要小许多，与当地从事农活的男人四十出头便有明显老相相比，60岁的他因为满面的红光而更显年轻。

为了避开屋子里的人，我们的采访转到了旁边的一间空屋进行。房屋的墙壁上，一面锦旗很醒目："精研岐黄术，融汇中西医，救人活命，造福一方人。"与房间相连的里间，是一间存放药品的屋子，药箱码放成了半堵墙。得知我们的来意，林芳茂一直追问消息的来源，并一再表示那是3年前的事情，早已处理好了。

以下是记者与林芳茂的一段对话：

记　者：林医生，当时孩子送来时情况怎么样？

林芳茂：很严重，我们诊断是出血性肠炎。

记　者：都采取了什么治疗方法？

林芳茂：用了白蛋白(进来两名男子，站在记者旁边)。

记　者：还有别的药吗？

林芳茂：还有抗生素(又进来一名男子，站在记者身后)。

记　者：还有别的手段吗？

林芳茂：没有了。

记　者：输血了吗？

林芳茂：输血了，当时家长要求输血。

记　者：是这里的库血吗？

林芳茂：不是，是家属提供的血源(又进来一名男子，站在门口处)。

房间内一男子：都过去好几年了，你们还来干嘛？

采访进行了15分钟，4个不明身份的男子已经把住房间内的所有可退之路，目光都不友善。从没来得及关上的大门可以瞄到外面的景象：准备到院子里拍照的摄影记者刚出门就被一群男子贴身包围起来。

为了避免意外发生，我们记下林芳茂的电话，迅速撤离。但我们并没有马上返回河南，而是在确认无人跟踪的情况下，绕道一片西瓜地再次折回林楼村的另一端。一个开小卖店的中年女人同样很警觉："这个医生到这里来的时间不长。"此外再无言语。另一位自称被林医生治过病的徐姓男子讲："原先这个大夫给病人输血，现在已经不输了。"在我们返回河南后，邸颖说，林芳茂通过中间人给他下了"最后通牒"：要求邸颖把林芳茂先前支付的4万元钱拿回去，理由是"你把记者叫来了”。

我们到达商丘市后通过电话与林芳茂再次取得联系，林芳茂对于我们离开永城颇有些遗憾。以下是记者与林芳茂的通话内容：

记　者：林医生，买血来输是邸家的意思吗？

林芳茂：是他家属要求的，血源也是他家里人找来的。

记　者：那你为什么要给邸家4万元钱呢？

林芳茂：（长时间无声）我是可怜那孩子。

记　者：你同情的患者，都会给钱吗？

林芳茂：（长时间无声）

记　者：血源是你找来的还是邸家找来的？

林芳茂：（长时间无声）

记　者：你知道关于输血的有关规定吗？

林芳茂：不知道。

记　者：现在也不清楚？

林芳茂：现在才知道。

记　者：你知道这样做的后果吗？

林芳茂：蹲监狱。

6月16日，记者再次与林芳茂取得联系，以下是通话内容：

林芳茂：记者同志，我真欢迎你们，也希望能够通过我给其他的医生一个警醒。

记　者：什么警醒？

林芳茂：见到这样的事情，宁可让他死掉，也绝不去救。

记　者：这和你联系买血有关系吗？

林芳茂：那是为了救命啊。

记　者：如果是将艾滋病患者的血输给孩子也是救命吗？

林芳茂：我不知道他是艾滋病患者。

记　者：作为医生，你觉得是不是有必要弄清楚呢？

林芳茂：我今年60了，从医40多年，我救人无数，我是个善良的人。

记　者：这我可以相信。

林芳茂：你们再来一次吧，我还有很多话想和你说说呢。

记　者：我们的采访已经结束了。

林芳茂：你们来吧，我等着你们。

刚刚结束通话不久，林芳茂再次拨通记者的电话：

记　者：林医生，中间人过话给邸颖是什么意思？

林芳茂：能有什么意思，我就是个医生。

记　者：你觉得在这件事情上你有什么责任吗？

林芳茂：妈了个×的，你不就是一个记者吗？妈了个×的，你再来啊！妈了个×的，你要是再敢来，我要了你的命！妈了个×的……

在采访机如实录下这个医生的声音时，我的腕表显示的时间是23时，距离林医生约我们前去好好谈谈的那次通话只有10分钟。

还有一位知情人曾介绍，2000年10月，林芳茂在治疗中使大屯镇土山村的一个孩子致死，赔偿1万多元，我们未能核实。

“血头”神秘

卖血者临终前持续发热，没人能计算出他鲜红的血改变了多少个家庭；神秘的“血头”卖血史已8年之久，没人能保证他卖血的生意就此中止。而当地人对于艾滋病，知之甚少。

给邸伉伉输血的“血头”徐永光和被称作“寿”的输血者都是条河乡鱼山村人。我们对血头和输血者的采访更加艰难。通向鱼山村的路狭窄而崎岖，很多时候，我们不得不在沟壑和麦田中蹚着行驶。在加了油门和排挡，轰上了一个1

米多高的土坡后，我们看到了麦田中的一个个坟包。领路人说，这里面就有死于艾滋病的。

村子背靠鱼山，虽然是35摄氏度的高温，被山体阴影遮挡的村子却让人感觉到不真实的阴凉。进村后，没有人接我们的话茬，也没人愿意给我们指路。唯一与我们说话的是一对碾麦的夫妇，他们告诉我们，徐永光下地了，不在家。这句话使我们接下来的采访满是遗憾——与“血头”徐永光“相见不相识”。一开始，我们曾在村口附近的一家小卖店打探另一个传言中的“血头”徐连三的家。一位老人因听不懂我们的普通话而叫来了一个怀抱小孩的女人，女人又用当地方言喊出了一个袒露着上身的魁梧男子。在打量我们几遍后，男子开始盘问我们：“你们哪儿来的？你们找连三干什么？”尽管我们并没有说明此行的目的，心存怀疑的男子还是表示：“不知道。”随后，他迅速走进里面的屋子，不再露面。

随着我们在村子中的不断深入，不友好的目光也越来越多，尽管知道了徐连三家的大致方位，我们已不敢贸然深入，在我们身后30米的地方，已有人尾随。此时，我们有强烈的直觉：最先接触的小卖店的男人可能与地下输血有关，而且很可能他就是徐永光。其后的事实证明，那个男人的确就是徐永光，但我们再也没办法直面他。在徐家的门前，两条大狗挡住了进路，狂吠不止，徐永光不再现身。不得已，我们退到了一个院落内考虑对策。摄影记者先发现：徐家门前和我们停留的院落门前都站满了人。鉴于情况不明，我们发动摩托车，从院子口直接冲到了通向村外的土路上，车后是腾升的烟雾和晃动的人群。

在返回的路上，我们还是找到了几位鱼山村村民询问情况，他们对徐永光的印象都不错，这主要源于对徐家遭遇的同情：3个孩子都是哑巴。有人介绍，徐永光从1994年开始卖血并介绍别人卖血，做“血头”时，一般情况下他从卖血的人那里按照卖出血的数量提成，每100毫升提成20元到30元不等。而卖血给邸家的人已经没法找到——2002年，该人离世。村民的说法是，“寿”死前一直发热，还有肺炎，因为没人过问，离世后才被人发现，最终他的堂兄出钱把他埋在了鱼山下。

仍继续的故事

4万元钱与还儿子一个公道，孰重孰轻？似乎显而易见，又似乎很难抉择。这样的问题如今又摆在了年轻父亲的面前。

从寄出求救信后的两周时间里，邸颖处境艰难。在他写下"一定要为儿子讨回公道，对得起我心爱的儿子"时，他并没有料想到"讨公道"的巨大压力率先来自家庭自身。"我们全家只有我一个人要这样做，我的爸爸、弟弟，还有所有知道情况的亲戚都反对。"更令其无助的是，与他相濡以沫10年的妻子也不支持他通过法律程序解决问题。对立的理由很简单："你如果告不了他，连4万块钱都落不到手里，你到时可咋整？"

6月23日，邸颖与我通了最后一个电话，在嘈杂的背景音中，他有些声嘶力竭："我现在已经被家里人监视居住了，他们不让我出去，收了我的手机，马上要掐掉我的电话，他们说要把我送到精神病院去……"

在此之前，邸颖的态度已经数次反复，他承受的压力是我们想象不出的：

6月15日：你们能不能不发了？有人要我们全家人的命……

6月16日：我爸爸和弟弟打我骂我，他们说我疯了……

6月17日：你们发的时候能不能不写徐永光……

6月21日：要是打官司，我连诉讼费也拿不出来，我也请不起律师……

邸家的担心并非空穴来风。在我们调查此事时，来自林芳茂医生和中间人的压力一直没有停止过，中间人对于邸颖的"反悔"也很恼怒。4万元钱和那盘宝贵的录音带目前都在中间人手中。如果邸颖停下来，可以拿到钱，若走下去……尽管商丘市、永城市法律援助中心的律师支持他打官司，邸颖心里还是没底："你知道在我们这里，有钱什么事情都可以办到，医生家很有钱，他们现在正准备在医院的西边建一所私立学校，投资很大。"

与无处不在的压力相比，邸家的苦痛每天如期相遇。

伉伉每天都要吃药，才能在睡觉时少醒几次，从每盒8元钱的百服宁到6元钱一片的依利康，4岁的孩子每天吃药比吃饭还要准时。尽管六七种药品无法真正阻止孩子身体状况的恶化，他们仍希望孩子能够轻松点。真正令他们担心的是，家里已经没钱了，在这个家庭的财产表中，不仅有9年前建造的房子、八只羊、两头牛、一口猪，还有3万元的欠款。

对于自家的遭遇，石翠丽总结为“赖我们的命不好”。她的最大愿望只是孩子能多活几天，为此，他们先后到永城市和商丘市的卫生局、市长热线求救，甚至还找到了商丘市关心下一代委员会，但好消息一直没有出现。邸颖曾说：“农村很落后，很多人都不知道艾滋病，也不知道这样输血可能感染艾滋病，只要孩子能上学，只要有口吃的，我就要去做这方面的宣传工作。”但对他来讲，如何走过这个选择的十字路口是个问题。

离开村子时，我们发现了邸楼村唯一的一座“人文景观”，那是一座有些年头的石碑，邸颖说，这是为在抗美援朝战争中牺牲的石仪如建的。我在萧县得知，在邸颖发出求救信的6月11日当天，萧县所在的安徽省宿州市纪委和监察局向社会公布了三个督办案件的查处结果，其中的两件引人注目：在对《焦点访谈》曝光的某法院强制执行的调查中发现，法官不仅制造假证，还串通提供伪证；在刚刚结束的梁化学涉黑案件中，当地公、检、法部门和地方政府均有主要领导涉猎，已有19人被司法机关依法批捕或受到党纪政纪处理。

艾滋遗孤实录

这是一份由 164 个孩子的名字组成的特殊名单。尽管列夫·托尔斯泰在《复活》中的开篇已成经典：幸福的家庭都是相似的，不幸的家庭各有各的不同。我们还是寻到了不幸家庭的相同之处——这 164 个家庭里既没有爸爸，也没有妈妈，他们都因卖血感染艾滋病病毒而相继离世。孩子们都是孤儿，并且有一个当地人颇为“忌讳”的名称：艾滋病遗孤。

编写名单的高耀洁已经很久不再跟别人提起这个名录了。就在一年前，她还常把孩子们的情况挂在嘴边，她那时的愿望是每个孩子都能有个新家，有爸爸，有妈妈，有饭吃，有学上……尽管想领养孩子们的家庭并非少得可怜，她的计划还是流产了。“这个事情太难做了，不光是领养手续复杂。”高耀洁很无奈。

于是，孩子们只能生活在各自的家乡，打理着成年人都感艰难的生活。高耀洁还有一份更庞大的名单始终没能做出来，也不想继续做下去了——父母感染艾滋病辞世留下的孤儿究竟有多少？连高耀洁也说不出准确的数字。但有 6 个孩子例外：

在山东曹县苏集镇的 5 个村庄里，6 个来自河南农村的艾滋病遗孤已经在新家里生活了半年多，他们中年龄最大的高萍 15 岁，最小的陈浩只有 6 岁，其中两对姐弟被不同的家庭领养。这些被领养的孩子中，关于“女孩被卖给人做媳妇，男孩被卖做劳力，连饭都吃不饱”的传言，我们也有耳闻。在河南的采访结束后，我们来到山东了解孩子们的真实生活。

刚过青堌集，当地乡民的口音便有了明显变化，这里隶属山东菏泽地区，地理上却更靠近河南商丘。

高萍的新妈妈葛玉勤因“人言可畏”感叹：做人很难很难。腼腆的高萍和弟弟半年没见面了，她与弟弟之间有了一道难以跨越的鸿沟。

15岁的高萍马上就要参加中考了，她想报考县里最好的一中，这让起先规划她“读师范，教小学”的高耀洁很有些意外。苏集镇的领导为此给高耀洁打了电话：“萍萍还是得考重点中学，她的成绩是全镇第一名。”

由青堌集通往高新庄的路面在翻修，高萍的新妈妈葛玉勤就一直站在家门前的扬尘中等我们。小院的门口停了一辆三轮车，清晨4点，葛玉勤要骑着它去5里之外的地里浇水。在这个农忙季节，丈夫王锁德远在胶州半岛的东营开车运货，葛玉勤不得不操持全部家务。家里四亩多地种了棉花、芦笋、花生，芦笋正是收割的季节，但今年的收成和价格都不太好。葛玉勤说，去年亩产有2 000斤，每斤的收购价格有2块多钱，而今年的亩产只有1 400斤，收购价格才1块多。身旁帮她打理的兄弟说，最低时6毛多也卖过。

正屋墙上挂了不少高萍的照片，八仙桌下全是空啤酒瓶，粗略数数，有七八十的样子，看得出，辈分较高的王锁德是好客的人。“你王哥是场面上的人，庄里常有人来家里坐坐。”

因为领养萍萍，葛玉勤已经招来不少闲话，村里有人说，“养个孩子就是为了捞钱”。来自高萍河南老家的传言更令她气愤，“高萍被卖给人家做小媳妇，连学也不上了”。“做人很难很难”，葛玉勤哭了。闲话很快传开了，使得“很在乎脸面”的王锁德烦了。他和妻子找来高萍，认真地说：“萍萍，你要想走的话我们给你路费，你要留下来我们也一定让你好好读书，你自己选择吧。”最终，高萍留了下来。葛玉勤抹了一把眼泪，接着说：“我们不要任何人的钱，我们也不图这个，就是想让孩子好好读书，不再受这个罪，即使我们日子过得再艰难，也不让孩子遭这个罪。”让她宽心的是，尽管很多细节她都不和高萍说，女儿还是很懂事。

高萍是河南新蔡县小高庄人，父母于1993年开始卖血，1999年的春天检查出感染艾滋病病毒，2001年相继去世。没有父母的日子里，姐弟俩相依为命，却没能如愿得到亲友的帮助。当地政府曾经资助了一袋面粉和一堆煤，让孩子能够有饭吃住暖屋，但可怜的生存资料很快被自家的一个叔叔拉走了，连电灯和电表也摘了去，最艰难的3个月里，姐弟俩只喝面片汤，连盐都没有。

王锁德、葛玉勤夫妇在新蔡见到高萍时，第一个印象是"太可怜了"，很快就决定把她带回来。在农村，领养孩子有两难：一是女孩困难，二是年龄大的困难。但葛玉勤说，这些事情我们都没考虑，就是想把孩子带回来，让她吃饱、上学。很快，高萍继续回到了学校，葛玉勤还给她买了辆新自行车。

刚进晌午，葛玉勤读四年级的儿子王魁先冲进家门，打开电视搜索自己喜欢的任贤齐。最近，他在生葛玉勤的气，"我妈太偏心，我要钱她总是不给，姐一要她立马就给"。但他和姐姐的感情还不错，"姐姐学习比我强"。

王魁带着我们来到了正屋斜对过的东屋，这是高萍的房间，屋子布置得比较清爽，只摆放了一床、一桌、一椅。靠近窗和床的墙壁上有铅笔写下的几句话，那是高萍的杰作，和很多同龄人一样，高萍也需要用榜样激励自己。床边的墙上，最醒目的一句是"一定要争气，像（向）童第周学习"。而书桌前的墙上则是"要想取得好成绩，就要多花时间作铺垫"和"人生能有几回搏"。

这一天高萍的时间安排是这样的：5点起床去学校晨读，8点回家吃早饭，10点去学校上课，12点20回家，下午3点再去上课，晚上回来的时间是6点。高萍就读学校的葛校长很关注这个特殊的学生，他说，"刚来的时候萍萍的外语不好，也不愿意开口说话"。高萍不太同意校长的说法："只是地理这样的副科成绩不太好，因为以前在河南家里没学过。"那时，高萍的最大障碍并非来自学业，而是陌生的环境。

高萍是个很腼腆的女孩，还没说话脸就红了。她说自己现在好多了，在新学校第一次被老师提问时，只回答了一半她的眼泪就流出来了。弟弟高山被临近的水牛陈庄的一户人家领养，但姐弟俩已经有半年没有见面了。现在的情况是，高山不说姐姐好话，高萍也不叫家里人理弟弟，两个孩子中间有些莫名的芥蒂。高萍说，弟弟"太受钱的诱惑而被人指使"。在高萍来到新家以前，曾经收到捐助款1 700多元，她没有听从弟弟的意见交给"有恩于弟弟的人"，而交给了葛玉勤。

就要读高中了，葛玉勤在为高萍的户口想办法，她说高萍原先就读的学校校长彭晓辉已经帮助办理了相关手续，户口很快就能拿到。令她更骄傲的是，来时体重只有62斤的萍萍，现在体重已经接近100斤了。

这里的消息比较闭塞，高萍只知道四所大学：北京大学、清华大学、复旦大学和郑州大学。但这丝毫没能阻止花季少女的畅想，萍萍把自己更遥远的设计告诉了我，“要做记者”。理由也很实在，“我是经历过苦难的人，想帮助其他需要帮助的人”。在她的心目中，做记者最重要的是“尽职尽责，用自己的心善待别人”。

这天中午，梁堂村的支书张荣桂也赶来介绍情况，他希望记者能够把当地的特色和政策介绍给别人，希望能有人来这里投资。按照当地“女人不上桌”的老习惯，我们和支书张荣桂喝酒的时候，葛玉勤一直在灶房里没出来。

13 岁的乔山还是个孩子，很多和他有关的决定都不是他能做主的，诸如，管谁叫妈妈，诸如，为什么再换个新家。

尊敬的高奶奶：

我是乔秉政的大姐乔玲，谢谢您给我找到一个活泼可爱的弟弟，几个月过去了，我和弟弟相处得很融洽。他刚来到我们家时学习不是很好，说实话，您收到的成绩单是假的，是我叔和老师商量好的。但在这几个月中，由于他的聪明和我的辅导，秉政成绩突飞猛进，很快跃进了班级第一名、全年级第二名（语文：87，数学：96）。看到日益成长的弟弟和学习同样特别好的妹妹，我很高兴。有时日子是清苦点，但母亲视弟弟如同己出。

但是飞来横祸，母亲并非故意的一句话让叔叔听到了。你知道，农村的妇女婆婆说话往往嘴不对心。尽管随后母亲就跟叔叔赔不是，但他不听，执意要把弟弟拉走，还说要把弟弟送走。我弟弟吓坏了，抱着树哭着喊着不走，他也跟叔叔赔不是。但叔叔生拉硬拽，树被抓破了皮，弟弟还是被领走了。我和母亲找过他几回，想领回弟弟，但叔叔说“我领回的我养，不用你们操心”。我母亲有哮喘病，常年吃药，这些天她打了十几天的吊针，人也瘦了十几斤。

弟弟走后，我在梦里哭醒了好几回，母亲也神情恍惚，常常在梦里见到弟弟在哭，在人前说到这事她也总是流泪。当听德奶奶说你不让叔叔领养时，我很感动，但我想，只要弟弟能过得好，就让叔叔养吧，叔叔比我家条件好，推来推去对弟弟身心健康也很不利，毕竟他只有 12 岁，尝过一次失去亲人的痛苦，不能再受打击了。

现在弟弟见到妈妈就躲着走，母亲很伤心，为了躲避这一切，我在离家十几里的工厂打工，上的是夜班，正好治疗我的失眠。为了我的母亲，我已放弃我的学业，就让弟弟在叔叔家吧。

我相信，好人一生平安。

乔　玲

2003年6月2日

村里的邻居详细地介绍了这场变故。

乔山是去年12月来到新家的。一天，妈妈把蒸馒头发酵用的“面起子”晒在屋顶后下地干活了，家里的钥匙就留在了乔山手里。没多久，乔山跑到村子里玩，下雨时妈妈急匆匆赶回来收东西，却找不到乔山，心急之下，说了一句“这个祸害”。不巧，被路过的叔叔听到了。

叔叔据此断定，妈妈在家里也不会待乔山好，便执意将乔山领回了自己的家。此事在村子里也传得沸沸扬扬，他们都认同：妈妈对乔山很不错，叔叔这样做也是好心。当我赶到乔山叔叔家时，婶婶正带着乔山和6岁的小妹妹在吃午饭——拌黄瓜、馒头，还有米汤。对于成绩单造假，乔山有些惭愧，但一再表示这一次的第一名绝不含水分。在庄上，乔山几乎没有朋友，在学校常在一起玩的小伙伴也都是外村的。

对于不久前的变故，我和乔山没有谈及，希望他不要在心底藏下这桩事。和其他5个孩子不同，他自己找到了高耀洁的老家——父母去世后，乔山一个人在家乡靠乞讨和拾荒养活自己，一个烧锅炉的看他太可怜，给他出了车费，从河南来到山东。

叔叔已经办好了二胎的准生证，但究竟是不是再要个孩子，他还没有决定。

领养状况的尴尬——6∶164的未知数

支书张荣柱去过河南新蔡县接孩子，为了接到另外两个孩子，他特地和派出所所长打了招呼。尽管如此，也有人说他的闲话，“把孩子卖了”。为此，他记了一个简单的账本，需要说明的时候就拿出来：“两个孩子一个是我侄子领养，一个在我表侄家，我们去接孩子的时候，在那待了四天，花了1 100元，还给了孩子亲属400元。这些钱都是领养的家庭出的，笔笔都很清楚。”

而13岁的高山来山东前，曾到过四户人家，叫过四次爸爸，他们分别是在开封经营一家裁缝店的，在宁陵卖豆腐脑的，中牟一位派出所副所长和省公安厅一位副处长。中间两位高耀洁都没有同意，怕孩子受气，另两位都在一段时间后把高山送了回来，原因很复杂。

艾滋遗孤的回家路仍很漫长。

领养遗孤遭遇的更大问题是如何保证手续合法，至今国内还没有一个专门组织关心他们的未来。高耀洁的经历至少说明，仅凭个人行事难以解决普遍性问题。她仍很焦虑，她所感受到的孩子们的仇恨令其铭心刻骨，她曾自问，“这些孩子从小心里就种下了仇恨，他们长大后将走向何处?”由于孩子们沾染了“艾滋气息”，成为孤儿后的现状总是与歧视、贫困联系在一起。

《上蔡县志》有这样的记载：西周武王曾封叔度为侯于此，建立蔡国。在至圣先师孔丘的七十二贤中，上蔡有六人赫然在册。而目前占地约5 000平方米的上蔡县一中校址，就是2 000多年前秦朝丞相李斯的故居。古时上蔡的土地肥沃或许也是今天人口极度稠密、农民相对贫穷的原因之一，和上蔡情况相似的地区都有相当数量的艾滋病患者，他们身后，都要留下一到三名孤儿。

他们的明天在哪里?

孩子们读过的人民教育出版社出版的小学第十册语文课本，有一篇课文题为《一个村庄的故事》：“在一片河坡上，早先有过一个很像样的村庄。村子里住着几十户人家，家家户户都有一两把锋利的斧头。谁家想盖房，谁家想造犁，就拎起斧头到山坡上去，把树木一棵棵砍下来。就这样，山坡上出现了裸露的土地。……不管怎样，河坡上家家户户靠着锋利的斧头，日子过得还都不错……然而不知过了多少年，多少代，在一个雨水奇多的八月……小村庄被咆哮的洪水不知卷向了何处。”

锋利的斧头和靠斧头得到的一切，都没有了。

这就是我们遭遇的现实。

我携病毒行走

一个艾滋病病毒携带者的口述实录

他焦虑地行走在人群中，努力让自己从容。
他在漫长的黑夜等待中，做过体面离世的选择。
他说，他愿意用自己过去获取的所有尊严来换取从头再来，
但，他只能继续行走。
他是一个艾滋病病毒携带者，今年刚刚25岁。

在为又一个春天到来而撞响钟声的日子里，我与他同行，在异乡苏州古城祈愿未来。作为倾听者，我触及了一个波澜不惊的完整故事；作为旁观者，我感受着恐惧与渴望融于一身的复杂；站在世俗的一端，我为他眼中不时闪烁出的感恩而惭愧，因为这感恩只是缘于得到些许的理解。

在孤独走完爱情伤逝的冬日后，又一个春天悄然到来，林立的希望再次萌动，但他知道，真正艰难的生活才刚刚开始。在被诊断为艾滋病病毒携带者一年的时间里，他已经承受了年轻生命难以承受之重——漂泊异乡、深居简出、告别爱情、失去理想。他甚至失去了常人的简单幸福。他依旧拥有的，是远在安徽故乡父母的牵挂，这更让他心如刀绞，由于隐瞒了发生的一切，儿子的乖张在老人的眼里依旧是一个未破解的谜。

400多天里，他努力想要坦然，但他没能做到。

5个月前，我收到了林立的第一封邮件。那时，为了准备一个专题新闻的素材，我开始联络国内外的艾滋病志愿者组织，频繁登录由艾滋病患者建立的网上论坛，并留下自己的联络方法。林立的邮件是我唯一的收获：“措手不及地成为艾滋病患者后，我想到过死，但我更渴望生，虽然我不知道未来意味着什么。”在随后并不频繁的邮件往来中，我们小心翼翼地谈论着艾滋病以外的几乎所有话题。以至于在一个阶段，我甚至忽视了他的身份。

1月30日是阴历小年夜，也是我和林立相约见面的日子，他从北京赶到苏州，要在除夕夜去寒山寺撞钟，为自己缥缈的未来祈愿。在犹豫中我急匆匆地筹备着苏州之行，直到在长途客运站登车的时候，我才发现自己没有准备任何问题。

这是一个没有提问的采访，我所能做的，除了聆听，就是不对任何讲述作出回应。

有人说，艾滋病是这样一种病：当你靠近它时，世界就离你远去。

1月30日，小年夜，雨，苏州市观前街肯德基店内

赶到观前街我们约定的肯德基店时，下起了雨。

他迟到了5分钟，穿了一件在喜庆日子里随处可见的红衣服。握手、介绍、问候，我唯一留存的感觉是他的手冰冷。和街上的男孩子相比，看不出林立的异样，只是脸色有一些苍白，目光始终游离，让人难以捕捉。在见他之前，我已隐约知道了他的一些故事，但局面还是有些尴尬。

快喝完了中杯的红茶，比较过我们都到过的几个城市的特色后，他的讲述开始了：

等待最终结果的3个月时间里，是我人生中最阴暗的日子。

我是从发现自己的感冒总是不能痊愈开始隐约意识到危险的，我躲在家里上网，用了整整一个晚上来查寻有关艾滋病的内容。那天我失眠了。第二天、第三天，我越查越觉得心冷，但我还坚持不去医院检查。春节刚过，我开始腹泻，后来又接连不断地发烧。思忖良久，我决定求医，但蚌埠的医院是不能去的，我和家里人说去旅游，到了山东济南，隐姓埋名去医院化验。我在医院附近的商场逛了一圈又一圈，等待着结果出来，大概是我的样子太吓人了，商场的保安一直跟在我后面。在头脑一片空白中，我拿到了“HIV－Ab阳性（初筛），建议做确诊试验”的结论。取了化验单之后我逃回了蚌埠的家中。

我依然上班、下班，不愿意让家里人和朋友看出我的不同，但我掩饰不了。母亲看出了我的低落，但她怎么也不会想到我得了艾滋病，在他们的眼里，那是与罪恶等同的。熬到了4月，借到北京培训的机会，我到了地坛医院寻求最后的审判，在那里我看到了一位艾滋病晚期患者，指甲黑紫黑紫的。诊断终于有了结果，那一刻，我心里最后的侥幸也荡然无存了。

深居简出的日子就是从这时开始的，我不断上网查询，匿名给医生打电话，我知道，要维持我的性命，每年的医药费就要10多万元，我没有那么多钱。

我下决心等死了，每天听那首老歌，“别哭，我最爱的人，今夜我如昙花绽放，在最美的一刹那凋落，你的泪也挽不回的枯萎……”在一个又一个不眠的夜晚，我计划着安乐死，为的是在离开这个世界的时候能够保留点体面和尊严。我甚至想就此咨询，但我的确没有这个勇气。我想起了辞世的爷爷，我曾经在心里一千次嘲笑他的生存状态，但那时我发现我羡慕他，从70岁起到78岁离开，每一天他都算做天赐的福寿。他走得从容。

在父母面前我强颜欢笑，其实我头脑中想象得最多的一个场景就是——病情终于还是让家人知道了，我流着泪说：“没办法了。”我讲述了我的病和药物的天价，最后我跪在地上趴在父亲的腿上哭泣。

每次这样想，我都泪流满面。为了他们，我决定活下去。

整整一个春天，我安静了许多，规矩了许多。我不和任何人亲密接触，尽量少到公共场所，我不在外面吃饭，有时我耐不住寂寞去酒吧，也绝不和别人搭话。

7月，我的眼睛变得干涩，但我仍然没有寻找到治疗的办法。在网上我看到了一位病友的留言，“我的身体开始发痒，用手挠后留下的是难以愈合的伤口，伤口越来越多了，有时在浴室从镜中看到自己的身体，满身的斑点让我天昏地暗”。日子一天天地过着，我不知道什么时候这样的遭遇就要降临到我身上。

我酝酿着离家的计划，8月我辞掉了刚满一年的工作，离开蚌埠，只身来到北京，我希望能在陌生的环境里开始新生活。

1月31日，除夕，雨，苏州某宾馆

雨一夜未停。

上午，林立自己出去了，要见一位在苏州的病友，我则躲在房间里接听着一个个祝愿的电话。傍晚，我们两个在宾馆楼下的餐厅吃了一顿简单的年夜饭，餐厅只有四桌人，一个大桌上的十几个人是来苏州旅游的外地游客，还有两桌都是三口之家。

我们都没有喝酒，在窗外雨滴击打的声音下，继续那个故事：

很多时候，我害怕孤独，这使得我快乐地回忆大学里的集体生活，这占据了我很多时间，但我现在几乎在过着离群索居的生活，我已经开始习惯。你不知道，在最疯狂的时候，我甚至想到过报复，报复每一个陌生人，但最终我放弃了。

刚到北京的时候，我没有找到工作，用自己不多的积蓄租了一个小房间，每天过着简单的生活，上午到天安门广场，对着来来往往的人群发呆，偶尔也会和更年轻的人一起放风筝，晚上到网吧上网。如果没有网络上的病友们的交流，我不知道这么长的时间会怎么度过。我几乎每天都登录名为“艾滋病人的交流”的论坛，看着那些病友留下的寻医问药的经验和难言之隐的倾诉，我的孤独感便寻找到了支撑。那段时间，最亲近的文字就来自那里——“如果你感到孤独和恐惧，就来这里找我”。

也就是在那里，我读到了《HIV也是一种机遇》这篇病友的文章。

在我即将花光为数不多的积蓄后，我不得不开始找工作维持自己的基本生计。因为曾做过电脑工程师，很快我在一家小型公司谋得了一个职位，薪水是我过去工作的2倍。接下来的生活是毫无理由的开心，但这已经足够了。

我是家里的第一个大学生，我也曾经有自己的宏伟愿望，但现在都化为具体而微小的目标；我不知道自己的未来会怎样，但我渴望能够在人群中继续行走下去，我渴望不被歧视。最近，我也在设法治疗，一位朋友向我介绍了著名专家曹韵贞教授组织的艾滋病治疗实验组，我希望可以有机会参加，这样我就可以享受到为期3年的免费药物治疗。但我也很担心，药物治疗一旦开始就不能停下来，一旦实验组结束，一年10多万元的药费该如何解决？

10月，我做了抽血检测，结果CD4(免疫细胞)的数量有300多，尽管T细胞的比例依然失调，但至少说明我的病还没有到严重的时期。我尽量把自己当成一个正常人，也希望别人可以把我当作普通人。

我们生活着，我们挣钱养活自己，除了我体内有着艾滋病病毒，我们是一样的人。

因为雨一直没停，林立取消了去寒山寺的计划，我们一起看了春节联欢晚会。晚上11点，他说要出去走走，我依旧留在房间里，我想，这个时候应该拨通的是向家人贺岁的电话。还有30分钟就是羊年到来的时候，林立依旧没有回房间，我从宾馆的饭店为他要了10只水饺。

在送到他房间的时候，我看到了桌子上的一个白色药瓶，外面还有一些难以祛除的粘贴物。我知道，这是他撕去了药瓶的包装，我希望他的治疗已经开始。

我把来苏州前写下的一张贺卡摆在了水饺旁边。上面写有一段话：“在今天的子夜，寒山寺浩长的钟声将响彻中国大地，无数祝福的话语将穿过天空，飞到我们面前。明天，新春的阳光将静静地打在你我身上。”

2月1日，正月初一，晴，寒山寺

终于看到太阳了。

吃早饭的时候，林立告诉我，他要在回家前去寒山寺看看。在入口处，他买来两支红烛，在引燃的香炉前，他停了很久，不知什么原因，香烛一直燃不着。我有些尴尬，转身离去，几分钟后，属于他的那两簇橘红色的火苗终于跃动在大殿前的香火中。

每一个艾滋病人都有一个自己的故事，这些故事有时候无法让人接受。每次我都设法想知道这个故事的来龙去脉，几乎每次我都成功了。但他一直不谈及，直到从寒山寺返回：

> 我曾经很避讳谈我的感染途径，我怕被人瞧不起，因为它是被人唾弃的不道德行为，但在我们身边，究竟有多少和你我一样的年轻人能够意识到高危行为的严重危害。我只是其中最不幸的一个。
>
> 我曾经的女友是我的大学同学，她对我特别好。也许是认识得太久了，我们总是能发现对方的缺点，尤其工作后，接触的女孩越来越多，我开始以更挑剔的眼光看她，以至于我们之间永远充满了吵架，妥协，愧疚，然后是再吵架。那段痛苦的日子，我常常去酒吧和歌厅，也许是一种逃避，也许是一种渴望。
>
> 我们分手了，然后我飞快地认识了在酒吧工作的一个女孩，很快，我们便发生了一切。那时，我甚至相信她是一个可以真正寄托灵魂和情感归宿的人。再后来，我们因为彼此厌倦，又分开了。
>
> 这样的事情一旦开始，就很难停下来，直到噩梦来临。尽管我现在已经不会抱怨，但我有太多后悔的理由。

那个把病毒传播给林立的人依旧在人群中行走，而林立后来的高危行为是否也给他人带来危害，连林立自己都说不清。

接连3天，每天一个小时的故事，画上了句号。林立的明天会怎样？我愿意祝福。

在寒山寺门前，我们告别，他说，他依然对他的亲近群体保留着秘密，这是他生活下去的全部勇气。回身远望，他的头上是苏州古城新春的第一次朗日。

（应被访者要求，文中采用化名）

高耀洁：欲罢不能

她坚持不说假话，但她阻止不了别人说假话；
她是艾滋病患者最亲近的人，但她也阻止不了艾滋病人“扎针”报复无辜者的行为；
她是第一个将“在中国，血液是艾滋病最大的传播途径”观点进行到底的人，并为此深入乡村走访调查；她被称作“民间防艾第一人”，古稀之年仍在密切关注着传染病疫情的发展。对我们而言，她是一面镜子。

高耀洁有两副款式、颜色相同的老花镜：一副在家看书，一副出门认人，两副花镜的度数差别并不大，却绝不混淆。但有时，高耀洁还是无法清楚判断出哪些人真正需要她的帮助，哪些人只是利用她的善良。

尽管可能被假话欺骗，77 岁的高耀洁还是坚持：不说假话。

在由她编写、免费赠阅的《预防艾滋病的知识》的印刷品中，高耀洁用发生在上蔡、项城、鄢陵等地的实例不断佐证着自己观点：在中国，血液是艾滋病最大的传播途径，绝大部分的艾滋病患者都是因为采血感染的。但，接受此观点的人并不多。

“有时讲真话的结果并不好，但我已经欲罢不能。”说这话时，高耀洁正端坐在 6 月 14 日正午太阳的黄晕中，洋溢着笑容，面前的墙上挂着两幅立轴，一幅上书“但愿人皆健，何妨我独贫”，另一幅字是旁人的评价：她有太浓的爱太软的心。这栋位于郑州红旗路某小区内的“新房”是儿子借给老两口暂住的，老家具样式陈旧但质地结实，几捆书整齐地码放在墙边。唯一透露些现代气息的，是清华大学学生 3 年前捐赠的电脑。

高耀洁记忆力惊人，她不仅能脱口说出每一个被问及的与她相关事件的准确日期，还能整段整段背出在私塾里学来的四书典籍，如果不是目睹了她爬楼梯时的蹒跚，我们对她已过古稀的年龄一直存有错觉。倒了两杯水，她又很自然地从自己用的茶杯中给我们的杯子里各加了半杯茶。没有寒暄，高耀洁便开始讲她的故事，开始流泪，沉重的话题几乎每隔20分钟就会被刺耳的电话铃声打断。

退休医生走上防治艾滋病的宣传路

作为医生，高耀洁很关心"非典"疫情，"与'非典'很高的治愈率相比较，艾滋病更加可怕，但在初始阶段，它们都没引起足够重视，如果不认识到这一点，后果不堪设想"。

回顾自己的防艾之路，高耀洁也感偶然性很大。

1990年8月，时任河南省第七届人大代表的高耀洁去检查冤假错案情况，在新乡监狱，一个叫张雪玲的女犯引起了她的注意。女犯年纪不大，因为卖淫染上了梅毒、淋病、尖锐湿疣三种性病。"为啥偏要干这一行?""挣钱呗。俺家盖房子全靠我挣钱。""就不怕染上性病、艾滋病?""只要有钱就可以治。"女犯轻描淡写的回答令高耀洁触动很大。为此，她对全省监狱1 185名在押女犯进行性病调查，结果让人震惊：这些女犯中92%的人患有性病，有的人已感染艾滋病病毒。

结果令妇科专家高耀洁很有些自责。但真正让她步入防治性病、艾滋病之路的却是另一件事：1996年4月7日，河南省一家部队医院接诊了一名42岁的疑难女患者，邀请高教授前去会诊。最后查明，这是一个艾滋病患者，因子宫肌瘤手术输血而感染病毒，21天后，患者撒手西去。临终前，她用枯瘦如柴的手拉着高教授说："高大夫，我就是输了一次血，怎么就没治了呢？我不想死啊！我还有丈夫，还有孩子，他们都离不开我呀……"她输的是血库中的血，高耀洁意识到了问题的严重性。

20世纪80年代末开始，有人到河南省偏远贫穷的农村地区收购廉价血浆，用来制药。当时血站的做法是：从血液中提取血浆，然后把剩下的红血球分开，再输入卖血人体内。因为负责运输氧气和养料的红细胞并不减少，所以卖血者抽掉400毫升血后不会有明显虚弱和委靡不振。但灾难就在这不知不觉的"回输”和皆大欢喜的赚钱中降临了。事后的研究发现，多个环节被认为存在着致命漏洞：首先是抽完血后剪断输血管的消毒剪和掐血袋口的消毒钳，这两个器械都与抽出来的全血接触；然后是离心机，当时普遍采用的离心机里面被分成12个小锅，每个小锅里放两袋血，很容易出现血袋被甩破的情况，如果血站分离员不严格操作，未将破损的血袋扔掉，沾有别人血液的红细胞便会被回输。

这样一来，只要一个卖血人体内带有艾滋病病毒，就会迅速蔓延开来。

在最鼎盛时期，整个河南的血站有230多家，直到1995年3月，河南省卫生厅和公安厅发布通知，泛滥成灾的血站才被大规模取缔；到1996年初，几乎所有的县级血站都被关闭；最后一批非法血站也在1997年遭到严厉打击而销声匿迹。艾滋病大规模血液传播的蔓延之势被制止了，但悲剧已经上演。高耀洁作出一个决定：谢绝给病人看病，走上防艾之路。她希望全社会能够了解艾滋病、关注艾滋病，最终远离艾滋病。那时，高耀洁“并没有想到这条路如此难走”。

起先，高耀洁背着筹资印出的宣传防治艾滋病、性病的资料，来到人口流动大的火车站、汽车站去散发，不少人避之不及地将资料扔在地上。慢慢地情况好起来，愿意义务帮助她的大学生也越来越多，但资料的最大市场还是那些艾滋病患者集中的贫困地区。与来自艾滋病患者和家属的热情相比，某些专家的冷漠令高耀洁很不满意：“就前两天，我曾经把材料邮寄给中科院的一位知名院士，没几天，材料被原封不动退了回来。”地方政府、民间和专家对艾滋病防治态度的差异，使高耀洁感觉如鲠在喉。她更大的焦虑是，因卖血感染艾滋病的患者已经进入死亡的高发期，“有一次家里来了12个艾滋病人，今年春节再给他们汇款时被退回了四份，他们都已经死了”。

7 928封来信和一张收支表

高耀洁的卧室墙壁立着一排大柜子，里面装的是她收到的全部信件，所有的信件她都会登记在册，便于查找。从1999年8月15日到2003年6月14日，她登记的信件为7 928封，平均每天6封。

在这些信件中，有十分之一是“卖药的”，“每个人都说自己掌握了治疗艾滋病的秘方，如果我帮助推荐可以利润分成，我很难过，竟然骗到这些最可怜的艾滋病患者身上”。后来，高耀洁摘选了几封登在一张小报上。

6 月 2 日从山东寄出的一封信，是由她介绍给老家人领养的艾滋病遗孤杨静写来的，11 岁的杨静称她为“老姑奶奶”，这是高耀洁在家乡的辈分。杨静希望“老姑奶奶”能帮忙过问一下她的户口问题。同时寄来的还有杨静的新哥哥杨圣平生第一次写的信，在结尾处，杨圣写道，“搬家需要帮忙时告诉我”。

但当高耀洁不得不搬离那栋她住了 18 年、没有供暖设备的老房子，住进儿媳妇提供的房子里时，她并没有通知杨圣。5 月 16 日搬家时，来帮忙的都是她曾经帮助过的艾滋病患者的家属。接下来，高耀洁不得不考虑买房子，她要为此存钱。按照高耀洁和老伴的收入，这似乎不应该是问题。高耀洁退休后的工资是 2 100多元，他的老伴郭明久退休时是内科主任医师，每月收入 2 000 多元，在中原腹地的郑州，两人的收入绝不算低。孩子们都已有了自己的事业，不需要老两口资助。

我问她，你有存款吗？高耀洁说，以前没有，现在有。79 岁的老伴郭明久因我是老乡，说话也不见外了。他说：“2000 年开始，家里的账由我来管，那之前高耀洁管钱的时候，把钱都给了那些艾滋病患者和家属，我们没有一分钱存款。”

高耀洁和老伴两人的花销不大，每月 200 元的菜钱是最大支出。说起来，高耀洁很有些骄傲：“我从不买衣服、药品和鸡蛋，这些都是别人送的。”和这个年纪的老人不一样，除了一块手表，她的身上没有一件饰品，包括戒指。高耀洁说：“我自己没买过戒指，别人曾送过我一个，我把它送人了。”戒指送给了郭明久与前妻的儿媳。而对于耳朵上的耳洞，她的解释是：在我们那样的家庭里，女孩从小就要留下耳洞。

现在，高耀洁的工资由老伴掌管，每个月可以领到 700 元钱，但她外出讲课的收入和稿费的支配不受影响。2002 年，高耀洁给复旦大学医学院学生讲课，获 6 000 元报酬；不久前，她去巩义县讲授计划生育，有 800 元进账。这些钱很快就被她少至 50 元多至 500 元地转给了那些艾滋病患者和孤儿。去年，她的支出是 3 万多元。而在 2001 年，由于有奖金收入，她用 28 万元支付了《艾滋病性病的防治》一书的印刷费用，这本书的印数已经超过 30 万册。

由高耀洁主办编写的《预防艾滋病的知识》的小报已经出了15期，总印数达到了53万份，这部分费用是由她和各界捐助者承担的。“余维红女士1 660元，《三月风》杂志编辑部1 000元钱，上海纪秀梅女士2 000元……”每笔捐款，高耀洁都清楚地写在了印刷品的醒目位置。尽管第16期的2 000元印刷费还没有着落，高耀洁仍然拿不准接受捐助是否合适：“收钱不好处理，两百、三百的邮票好一些。”为此，她退回了浙江一个老板5 000元的捐赠。

从高耀洁手里放出去的钱并没有如她所愿地全部发挥作用。去年，她曾给一个父母都因感染艾滋病去世的孩子寄去500元钱，后来得知，孩子的奶奶在收到钱后只给了孙子30元钱，连学费都不够，当年7月30日，原本还要寄钱的高耀洁把孩子的名字划掉了。不久，孩子经高耀洁联系，在山东有了新家。

“民间防艾第一人”的无奈

作为河南省文史馆馆员，高耀洁只需要每月25日去开一次会，但她每周都要去那里几次收取信件，因为原来的老房子发生过信件遗失，现在的住处又是暂时的，她不得不这样做。对于77岁的她而言，通信是与艾滋病患者联络的最重要通道。

和艾滋病患者眼中的“救星”相比照，高耀洁也有很无助的时候。2001年3月，有人告诉她一名叫郭晓峰的26岁艾滋病患者希望能见她一面，这个年轻人遭遇车祸后因输血感染艾滋病病毒。令高耀洁难受的是，郭晓峰在随后的日子里，一刻也没停止他的“复仇计划”——深夜的舞厅里，他将注满自己殷红鲜血的针头扎向正处于兴奋之中的舞者的屁股，一个个不相干的无辜者就此可能成为艾滋病病毒携带者。

坐在郭晓峰的面前，高耀洁问：“你为什么要这样做?”“我要报复。”高耀洁再问：“你为什么选择他们?”“人们在兴奋的时候很难知觉。”这次隔代的交流很艰难，郭晓峰最终拒绝了高耀洁的劝解，他执意要按照自己的方式走下去。同年8月，郭晓峰在尉氏县离世，没人知道被他伤害的人的故事。

高耀洁是个容易激动的人，在我们与她面对面接触的两天时间里，经常因为她泪水沾襟而顿感无措。她自己说："我已经不知道为艾滋病患者流了多少眼泪，也不知道陪着他们流了多少眼泪。"而那一次流泪，她永生难忘："2001 年 3 月 31 日，42 岁的艾滋病患者王有志给我写信，希望可以和我见一面。我赶到村子时，村子里正在出殡，走到棺材前，我才知道死的人正是王有志，我号啕大哭。"

还有一次，高耀洁到豫南的一个村子里，透过一扇没有合上的大门看到了震惊的一幕：一个女人上吊了，一个 2 岁模样的男孩正抱着妈妈的脚后跟，边啃边喊，"娘，你下来啊，你下来啊"。别人说，孩子的爸爸 16 岁时开始卖血，因为感染艾滋病已经死了。高耀洁的眼泪立刻流下来了。也就是从那时起，她改变了一贯的方式，花更多的时间去关心那些艾滋病遗孤。

高耀洁说：我这样做是为了那些孩子，说到底是为了我们整个民族。我去村子里，一个小孩对我说，将来要杀人，要杀把艾滋病传染给他爸妈的人。事实上，这样的复仇情绪在不少地区普遍存在。从高耀洁提供的一张照片中，我们认识了一个叫张夏的男孩。因为一家有 5 人感染艾滋病辞世，2002 年夏天，读小学五年级的张夏辍学了，他在砖厂打工，每天只挣 10 元钱维持生活。心事重重的他一次在父母坟前痛哭后，在左臂上刻下了"忍"、"仇"、"杀"等字。

高耀洁很揪心，但与需要帮助的孩子数量相比，她明显力薄。

客厅墙上，挂着她与艾滋病孤儿的 15 张合影，孤儿中有人已经有了新家，但绝大多数仍在艰难生活。她在照片上写了一段话："请正视、善待、关心、同情艾滋病人，救助艾滋病遗孤。"

"不会做人"的善良老人

在《预防艾滋病的知识》中，高耀洁把萨迪的话印在了报眉：如果你对别人的痛苦无动于衷，你就不配称为人。

这样的选编其实是高耀洁一贯的风骨，也让不少人胸闷。高耀洁的老伴很为她担心，"她这样做得罪的人太多"。

高耀洁却无动于衷。

因为高耀洁是专家，医院很想她能回到医院上班，并且把话说得再明白不过，“你只要来，几分钟都行”。她还是回绝得一点余地也没留：“我就是不去，不能让他们借着我的名字赚钱。”她对有误导可能的种种做法深恶痛绝。

2001年，高耀洁用世界卫生组织颁发给她的“乔纳森·曼恩世界健康与人权奖”的2万美元奖金和福特基金会1万美元赠款，加印了《艾滋病性病的防治》。她想把这些书全部发给最需要的人。为此，每一次来记者，她都会把“书讯”送出一份。因为“邮费负担过重”，她不得不说明“请在信中付邮票作为寄书的邮挂费(无邮票者恕不赠送)”。她收取的邮票费用和印刷成本无关，一本3元，两本3.2元，三本3.5元，4本4元……30本16元。如果大量需要，有单位介绍信，费用全免。此外，她还把书送到有关机构委托发放，她出示的一份单据是去年8月的发放记录：省卫生防疫站21 000本，省教育厅关心下一代工作委员会3 150本，宋庆龄基金会525本，省图书馆5 075本。因为省图书馆有134个市县图书馆和800个服务站，高耀洁还准备多送一些给他们。她最大的担心是这些书被堆在仓库里或被卖掉。

“我的与众不同是在别人说好的时候总说不好。”1998年1月23日，高耀洁参加河南文史馆的春节茶话会，在时任河南省委书记兼省长马忠臣征求意见时，她出了道难题：“很多游医给人看病，不是性病也要告诉人家得了性病，借此骗取钱财。”在此之前，她经过深入调查掌握了性病游医、虚假广告的第一手资料，并写出了调查报告，在报告中，高耀洁列举了性病游医骗人的真实事例，介绍了正规医疗单位的性病专科被游医垄断的详情。最后她写道：长此下去，我们河南将成为“性病大省”，郑州将成为“性病大市”。她的话直接促成了以游医为对象的整顿医疗市场行动。

一位老同事用“耿直”总结高耀洁的性格，但这在不少人的眼中实质是“不会做人”。

做医生时，医院曾收治过一名宫外孕的产妇，高耀洁见到时产妇已经休克，必须马上手术，但医院当时没有电也没有暖气。高耀洁给院长打电话，要求立即通电给暖气，院长却要求马上把产妇转到黄河医院去。高耀洁立刻火了，对院长说：“病人目前情况很危险，如果转院可能会在中途有意外，如果要求转院你必须签字。”后来院长在得知病人来自二区(省委家属区)后，立即赶到，并马上通电实施手术。结束后，高耀洁跑到院长办公室质问：“如果不是二区的病人，你难道就不收治吗?”

对儿女永远的愧疚

高耀洁说,“现代社会与我格格不入。”这应该和她的经历相关。

1927年,高耀洁出生在山东曹县的一个大户家庭,这个13代都是地主的大家在当地很有些威望,今天的“高新庄”的名字便是因高家世代居住而得名的。住在与高新庄相邻的梁堂村党支部书记张荣桂说,那时这里的地都是高家的,在这里,高耀洁在曾是前清翰林的外祖父的关照下进了私塾。

1939年,为了躲避战火,高耀洁的父亲带着子女举家迁往河南开封,所以至今高耀洁仍然是一口标准的开封口音。“我是一个聪明的人,高二的时候我参加大学的招生考试,平均分是65分。”本想读中国文学的她最终选择了河南大学的医学院,只是因为负责招生的人在看过她的手后说,这双手不学医学可惜了。那天,为了不让人看出自己是小脚,高耀洁穿了一双35码的球鞋。1953年,本应秋季毕业的她,因为政治学习的安排,离校的时间延迟到12月3日。最终她来到省直职工医院做了一名妇科医生。

高耀洁是一个“很有主意”的人,1965年5月,在有郑州市市长出席的技术表演大会上,高耀洁表演的是结扎手术,但开始前被要求不使用麻药以缩短时间。“一般情况下,做这种手术我只需要5分钟,但这次我先前准备了很久,手术前我背着领导给患者挂了葡萄糖,又悄悄地给用了麻药。”

1966年6月6日,“山雨欲来”时代的开始,高耀洁被调离临床一线,到太平间工作。作为医院的先进工作者,高耀洁参加了赴天津的参观团,因为在大沽口炮台照的一张照片,她被扣上了妄图复辟的帽子。此前,她已被揭发为“杀人不见血的刀”——作为一位知名妇科医生,她常做流产手术,再加上她的出身,很多年高耀洁的生活都如履薄冰。

1974年4月12日,高耀洁解放了,来到了河南中医院附属医院。在那之后的十几年的春节,高耀洁都没能完整地在家待过,不是在单位值班,就是在病房陪着病人,以至于孩子们回到家里,总是先叫爸爸。曾与她共事的医生这样评价她："她不是一个随和的人，几乎和每个人都保持着一定的距离，她也很少出现在办公室里，更不会参加大家的活动。"高耀洁说，我没有什么朋友，和我自己的兄弟姐妹也很少往来，读书和工作的时候我都在拼命，我宁可在病房也不在办公室里和人聊天或者打毛衣。那时是高耀洁体重最轻的时候，只有 70 斤。

高耀洁是个好医生，但她可能不是一个好母亲。

在高校担任副教授的儿子曾对她说："妈，今天的社会已经不需要你这样的人了。"一个月前的搬家给了母子一次交流的机会，儿子哭着说："我这一生从你这里得到的只有灾难。"高耀洁流着眼泪："'文革'开始时，只有 14 岁的孩子因为画了一张画被定为'现行反革命'，为了能把他投入监狱，孩子的年龄被改为 19 岁，其实就是因为我。"

一个特殊年代永远翻过去了，高耀洁在儿女心目中的形象却没有变化。

在她 1998 年上书整治游医后，女儿郭炎光首先受到牵连：作为河南某医院皮肤科医师，郭炎光所在的科室也被游医承包，并在随后的全省清理整顿中被有关主管部门处理。医院损失了承包费，郭炎光也没法待下去了。"女儿回到家中要自杀，我想给她调个工作单位，省里的领导也同意了，可是一直没有着落。"

如今，她的两个女儿，一个于 2001 年随丈夫去了加拿大，另一个已不在临床一线工作。

老人计划的身后事

年过古稀，谈起身后事，高耀洁很平静。她想把"事业"和所有的资料交给一个可靠的人，待选的是复旦大学副教授高燕宁和北京大学博士李冬丽，因为她相信，他们会继续做下去。

6 月 14 日，我们留在高耀洁家吃午饭，高耀洁和老伴忙了一中午。平常高耀洁是不下厨房的。烧豆角、别人送的烤鸭，还有每人一碗的菜汤，因为饮食习惯不同，我的胃口不太好。高耀洁说，这些餐具被很多艾滋病患者用过，但你们不用紧张。这天下午，郭明久与前妻的一个儿子带媳妇来看她，高耀洁坚持把家里的唐三彩给了儿媳，还要他们再拿一个花瓶，儿媳没要，高耀洁有些遗憾地说，这花瓶可是钧瓷。

6月15日一早，我们和高耀洁同车出发，从中弃县、开封市、兰考县、商丘市、夏邑市、永城市一路过去。为了不让老伴担心，她趁老伴出门买菜的时候溜了出来，出租车的后备箱被她带的物品塞得满满的，那里有十几双旧鞋子、一包麦片乳、一斤大白兔奶糖，还有共计4期2 200份的《预防艾滋病的知识》的小报、30本《艾滋病性病防治》和两本《鲜为人知的故事》。鞋子被她沿途抛下，她说那些生活困难的人会拾回家，糖留给了永城的4岁艾滋病患者伉伉，那些书和资料她交给了伉伉的爸爸，希望他能代她做些宣传。

车上，高耀洁不断往嘴里塞些小饼干，她胃部的五分之四在1967年被切除了。司机王宝才夫妇给我们的包车价格并不公道，但高耀洁说："现在愿意到下面去的车子并不多，这个司机的车子我一直在用。"

这天下午，高耀洁在伉伉的床上睡着了。这时，她更像是一位77岁的老人。

附：对话高耀洁(选摘)

关于不说假话

李清川：你与众不同的是什么？

高耀洁：别人在说好的时候我总说不好。

李清川：你刻意坚持的是什么？

高耀洁：绝不说假话。

李清川：从不说假话吗？

高耀洁：只有一种情况我可能讲假话，去艾滋病患者家里，要留我吃饭时我撒谎说吃过了，因为我不想给他们增添负担，他们的生活都很困难。

李清川：讲真话的后果怎样？

高耀洁：结果很不好，但我欲罢不能。

李清川：那你想过退缩吗？

高耀洁：没有，即使牺牲也是我一个人，但我如果不这样做，牺牲的可能是多数人。

李清川：你不喜欢什么样的人？

高耀洁：我不喜欢有些当官的，他们不讲真话，也包括我的亲属。

李清川：什么人最爱讲真话？

高耀洁：老百姓。

李清川：你说过很多次你不怕死？

高耀洁：我死是次要的，那些艾滋病患者相继死去是主要的，中华民族是主要的。

李清川：你认真考虑过今后的事情吗？

高耀洁：我已经选好了“接班人”。

关于英雄

李清川：你觉得自己是英雄吗？

高耀洁：不是，我是牺牲者。

李清川：你怎样评价自己的行为？

高耀洁：我不是一个随波浮沉的人，我的人格是不能用来交换的。

李清川：那你可能不会受别人欢迎。

高耀洁：我不食人间烟火，所以我总是不受欢迎的。

李清川：你有好朋友吗？

高耀洁：没有，我的兄弟姐妹中也很少来往。

李清川：你是随和的人吗？

高耀洁：我不够随和。

李清川：你有爱好吗？

高耀洁：我连打扑克都不会，因为我学习和工作的时候都在拼命。

李清川：你有愧疚吗？

高耀洁：对我的子女我有愧疚，他们因为我遭受了很多不公待遇。

关于疫病

李清川：艾滋病的后果怎样？

高耀洁：不堪设想，"非典"疫情突然发起，谁能说清，20年后艾滋病会怎么样。

李清川：艾滋病病人目前面临的最大问题是什么？

高耀洁：歧视。

李清川：你现在去调查时还有阻力吗？

高耀洁：如果被当地领导知道，他们会请我吃饭。

李清川：这是坏事情？

高耀洁：至少我调查的时间没了。

李清川：所有求助的人你都会帮助吗？

高耀洁：原先是，现在不了。原来上蔡有个人，他说他家里有艾滋病病人，生活困难，我借给他3 000元钱，后来听说他用这钱包了二奶。这个人在我去上蔡的时候提供过帮助。

李清川：你是医生，但不是艾滋病方面的专家，在技术方面有人支持你吗？

高耀洁：没有。

李清川：你曾有过什么愿望？

高耀洁：在解放时，我曾有机会和当时的丈夫一起去台湾，但我放弃了，因为国民党政府太腐败，我想亲眼目睹建立一个强大的政府，中华民族不能再遭受灾难。

李清川：你现在的最大愿望是什么？

高耀洁：有困难的人能够有人帮助，和我们相比，他们是弱势群体。

李清川：你最大的享受是什么？

高耀洁：看到艾滋病病人能拥有最大的幸福。

李清川：作为医生，什么是最重要的？

高耀洁：对病人的同情心。

劳工

乙篇

当中国北方某市环保局副局长高明被卷入一场「代办签证」的交易，不得不代人偿还30万元人民币的债务时，他远在韩国为餐馆刷盘子的妻子金明兰想到了死。但最终，她选择了为丈夫的「蠢事」还账，那钱是她用孤寂的青春换来的。到今天，她已经8年没有见过自己的一双女儿了。而这，只是发生在20多万在韩中国劳工中的平常故事。

笔记：身在他乡

当中国北方某市环保局副局长高明被卷入一场“代办签证”的交易，不得不代人偿还30万元人民币的债务时，他远在韩国为餐馆刷盘子的妻子金明兰想到了死。但最终，她选择了为丈夫的“蠢事”还账，那钱是她用孤寂的青春换来的。到今天，她已经8年没有见过自己的一双女儿了。而这，只是发生在20多万在韩中国劳工中的平常故事。

在高明办完提前退休的全部手续飞抵仁川国际机场，准备用余生向妻子“还债”时，一个叫李焕然的中国小伙子正恐慌地奔跑在釜山通往首尔的公路上。两天两夜，他滴水未进。他可能是唯一一个从关押地跳楼“逃亡”的偷渡者。如今，他在首尔一家餐馆谋生。

还有生活丰裕的李双福，因传销而经历波折的张峰，放弃合法的“产业研修生”身份、情愿“非法”的项宇……他们现在是建筑工地上的工人、餐馆中的服务员、韩国家庭的保姆以及钟点工，他们选择的是Dangerous(危险)、Dirty(肮脏的)、Difficult(费力)的3D行业——韩国人天然选择后的剩余领域。他们中的绝大部分人勤勤恳恳，像种庄稼一样，期望不错的收成。

他们组成了在韩国的20万中国人，他们共同的身份是非法劳工。

他们可能原本无意非法，他们也许是目的明确的滞留——总之，签证合法之后，违法落地滞留已是一种现状。从“签证交易”到“伪造户籍”，再从“假结婚”到“克隆文件”，其中多个环节已经被证实存在交易。但请你暂时将关注的目光切换到他们的现状上：他们是父亲、丈夫和儿子，她们是母亲、妻子和女儿，他们背负着一笔沉重的债务，这一切都是为了一个美好的明天。而他们可能会失望，因为有工资拖欠,因为有产业灾害和交通事故的不幸光临,还因为有黑社会敲诈,伸出黑手的人也是他们的同胞。

“每天都有人被遣返,每天也都有人来到。”同样是非法劳工的李勇志在日记中写道。的确,非法滞留已是一些人现实的生活,给他们提供希望他们所滞留的韩国中小制造业,正面临着有史以来最严重的劳动力不足问题。

也许这是一条好消息:韩国国会通过了《外国工人雇佣法》,这意味着,他们中一部分人的身份将有可能转为合法。

在首尔的某个午后,几位韩国朋友邀我到汉江南岸的一家意大利乡村风格餐馆喝下午茶,但我的错觉仍停留在“中国第一城”,停留在加里峰市场吃的那顿早餐,一碗豆浆,两根油条,清淡而实惠,在那里,人们总能想到在国内同样的清晨。其实我想说的是,无论选择怎样的生活,都有追求幸福的权利。

在9月11日这个与恐怖记忆相关的中秋节之夜,挂在首尔夜空的月亮,也挂在故乡的天空。

首尔日记

在韩中国劳工调查

因为没有赐予，这里不是天堂；因为梦想存在，这里不是地狱。每天发生着的，是最真实的生活——没有亲人，没有休息，没有保险，也没有福利，有的是思乡和无法摆脱的心惊胆战。害怕碰到警察，害怕老板不给工钱，害怕在工作中受伤，也害怕黑社会的勒索。但我告诉在国内的亲人，我一直过得很好。我不需要思考，要做的只是干活。我没有存款，因为我要偿还来韩国所付掉的7万元债务，我还要用我的钱让我的亲人也来。如果还有结余，我要回去过体面的富足生活，那是我全部的希望。但我不知道明天会怎样，每天都有人被遣返，每天也都有人来到。

——节选自在韩中国劳工李勇志的日记

46岁的金明兰走出那间不足8平方米的小屋时，一轮皓月已悬在夜空，这是她离开中国家乡后看到的第八个中秋满月。除了更牵挂在国内的一双女儿，对于每天洗碗12个小时、每月工作30天的她而言，这个节日的最实在意义仅在于一整天的休息，可以缓解已明显肿胀的双臂和双腿的酸痛。

金明兰出门时，屋内的电风扇还在摆头，地中央的矮脚桌上摆着中秋节的晚餐：辣白菜、鲫鱼汤、孜然羊肉，主食是蛋炒饭和冷面，地上有一盒打开了包装的月饼，国内朋友刚刚捎来的"功德林"素月饼。月饼盒边上坐着的是金明兰的丈夫高明，烟一直未离手。

包括一间4平方米厨房在内的这套小屋位于首尔市永登浦区大林洞的一个中国人聚居区，是在平民区中最常见的"多世代住宅"的底层，租下它的花费是每月20万韩元(当时1万韩元约合人民币70元)。房间内没有卫生间，如果"方便”，要先穿过厨房，登上30厘米高的台阶上到地面，然后再跨上另一个30厘米高的泥台。小屋窗外半米处是一堵厚墙，大部分时间里，阳光不会照进来。平常的时候，金明兰住在打工的餐馆中，丈夫住在建筑工地，但有了这间小屋，她和丈夫就算在韩国有了家。

金明兰和丈夫高明持中国护照，签证页的时间显示，他们本应在7年前和3年前归国，那是他们离境的最后期限。过了那个时间，两人的身份都被划入“非法滞留者”，在韩国的劳工部门备案中，他们还有另外一个称谓，是“非法劳工”。

在韩国，处境和他们相同的中国人还有20万人。

这个与恐怖记忆相关的中秋节是第14号台风“鸣蝉”登陆韩国南部地区前的最后一个朗日，上午，几万名盛装的首尔市民来到景福宫祭祖。同样的9月11日，对于“非法滞留”在韩国的中国人而言，只是意味着又过了一年。接下来的生活会怎样，不是所有人都愿意去想的。中国人的圈子中，几乎每天都传递着“有人被遣返”的消息，同样，每天也都有新人来到。

非法滞留样本

如果不是3年前为非法入境组织做担保，莫名承担了30万元的债务，高明可能依然还在中国北方某市当着他的副局长。如果不是代丈夫偿还债务花掉了5年非法打工的全部积蓄，金明兰可能已经回到国内“享福”。但现在，他们都是首尔的非法劳工，只要不被遣返，他们会继续留在这里，尽管金明兰已经8年没有见过一双女儿了。

金明兰摸出身上的电话卡，打通了在国内读大学四年级的大女儿的电话，每张1万韩元的这种国际电话卡她有很多，每张能用200分钟。小屋的墙上挂着的女儿的照片，已经换过几次，但金明兰仍拿不准女儿的样子。“对母亲而言，女儿的身高和眼睛大小永远不是最重要的信息。”金明兰说。事实上，关于女儿，她也说不出太多，她们的最后一面远在8年前。

金明兰讲述自己的故事时，我总能想到她的一位同乡评价她时用的“刚强”

一词。

1995 年秋天，金明兰和姐姐金美兰持期限 3 个月的探亲签证，取道上海虹桥机场来到首尔，几天后，姐姐去了釜山找工作，金明兰则在首尔的驻韩美军基地找到了一份刷盘子的活，每月的收入折合人民币 8 000 元。

"那之前我在财政局做会计，每月的收入是 400 元，拿到第一笔 8 000 元工钱时，我兴奋得一整晚没睡。"度过了最开始的新鲜和惊喜，金明兰的生活很快踏上了忙时劳苦、闲时思乡的简单重复。"一辈子的苦都在几年里受尽了。"那时，她白天刷盘子，晚上就住在餐馆里，每天 12 个小时的体力劳动，使她常常连吃饭的力气也没了。

几年里，金明兰换过几次工作，在餐馆中刷盘子，为韩国家庭做保姆，或者在类似家政中心的机构等"钟点工"的活，收入最高时每年有人民币 10 万元。但无论在哪儿，她都战战兢兢，因为"如果暴露了非法打工的身份，我就会被遣送回国"。所以，即使每个月有一天的休息，她也很少去逛街。和被遣送相比，同样令她担心的还有拖欠工钱，"如果我拿不到工钱，我没有任何办法，要告发老板首先就会暴露自己的身份，我身边不少朋友就因此被老板要挟"。金明兰的担心并非多余，来自首尔某民间组织的一项不完全统计：韩国中小企业拖欠中国劳工的薪水、押金、借款的金额总计达百亿韩元，而拖欠薪水的主要行业就集中在餐馆业和建筑业。

金明兰不得不接受生活的艰辛，这是她做出的选择。但有些困顿的降临是由不得她做主的，诸如疾病。韩国医院高昂的医疗费用对于没有医疗保险的她而言是个惊人的数字。尽管生病时从不去医院，金明兰也有自己的"法宝"：一是"挺着"；二是自己诊治，吃国内寄来的药。这也是在韩非法中国劳工生病后的通行方式。

日子在重复中走到了第五年，金明兰人生中最痛苦的一段经历在不经意中来到。那一年，她不止一次想到过死。一切改变来自丈夫高明。

在金明兰赴韩时，已是某市环保局最年轻的副局长的高明留在国内照顾他们的女儿。2000 年春天，他应一个朋友的请求为其"代办赴韩签证"的"项目"做经济担保。这个项目的全部内容是：每位想赴韩国打工的中国人交纳人民币 8 万元，"组织"负责提供包括邀请函在内的所有文件，并将他们带入韩国境内。在高明“作保”后，共30人迅速交齐了总计30万元的定金，其中不少人是他的邻居和朋友。未等到赴韩的日子，朋友就踪迹全无了，受骗的邻居找到高明索要定金，作为保人，这是高明的义务。

得知每月收入1 400元的丈夫担下了巨额债务，金明兰第一时间想到的是死。尽管她有30万元存款，但那是她在韩国5年的全部积蓄，代价是一个女人的青春。她想到了远离家乡、远离父母、远离丈夫和女儿的生活的每一道艰难的门槛，号啕大哭后，她很想找姐姐说说话，但此时，金美兰已经离开韩国。

作为妻子，最终她选择了为丈夫的“蠢事”还债。

经历这次变局，高明彻底变了。其时47岁的他办理了提前退休，当有不知情的朋友询问他“莫名”退休的原因时，很要脸面的高明唯一的借口是：退休可以涨工资。几个月后，他用家里最后的存款办理了来韩国的手续，出国前，他发了狠誓，“要打工到60岁，还妻子的债”。

2000年的秋天，经历了亚洲金融危机的韩国正在恢复元气，工作不太好找。高明先通过老乡在一个建筑工地找到了做木匠的活，这是房子在打好支架后的一个工序。没怎么干过体力活的高明，开始了一种全新的生活，因为没有经验，在公认为最赚钱的行业他也只能拿到5万韩元的日薪。整整半年，他每天早7点上工，晚6点收工，每月在工地上29天，最少的一个月也有25天。为了多赚钱，他频繁更换干活的工地，他拿到日薪最多的一次是13万韩元。

高明说，他现在跟的工头对他不错，最累的活不会找他做。

2001年，夫妇在大林洞租下了一间小屋，算在韩国有了自己的家，但高明还是常住工地，遇到下雨天停工才会回到这里。令金明兰牵挂的，是高明在工地上的安全。作为韩国最危险的行业之一，建筑工地上时常会发生一些意外，高明就亲眼看到过工友受伤，甚至残疾。2002年2月，意外也落在高明身上，在仁川的一个工地上他不慎被石料砸到了手，手骨骨折不仅让他整整3个月没法上工，还花掉了400多万韩元的医疗费。高明说：“那时我每天都是在小屋过的，没有阳光，心里憋得很。”

和身体上的伤害相比，高明也为自己的身份担心，他曾亲眼目睹过熟悉的中国工友被韩国警察带走，其中有人再也没回来，他知道，他们都被遣送回国了。到韩国3年，高明戒掉了打麻将，这是他在国内每天必修的“功课”，只是酒喝得更勤，烟也吸得更凶了。

“吃苦遭罪我们都能忍受，最放心不下的是家里的两个女儿。”支撑金明兰夫妇的最大希望就是“女儿可以上最好的学校”。目前，他们的大女儿正在国内某大学读四年级，小女儿也进了大学，夫妇俩的计划是明年送大女儿出国留学，这笔费用的预算是 2 000 万韩元。

和所有在韩国的非法劳工的亲人一样，他们的女儿对父母在韩国的生活知之甚少。

进入韩国的非法路径

合法签证之后，违法落地滞留，是一种现状。但事实上，在这些签证申请过程中，已有多个环节被证明非法。从“签证交易”到“伪造户籍”，再从“假结婚”到“克隆文件”，每一个采用此种方式进入韩国的人都背负着一笔沉重的债务。有一种情形例外，需要付费却不需要造假，那就是偷渡。

9 月 12 日，农历八月十六，一场有数万在韩劳工参加的“中国同胞中秋聚会”在首尔汝夷岛举行，尽管大雨如注，韩国 KBS 电视台还是对此次文艺演出进行了直播。

第二天是韩国中秋长假的最后一天，韩国法务部向国会法制司法委员会的民主党议员赵舜衡递交了一份国监资料，这份资料显示：截至 6 月，停留期已满但仍未离境的非法滞留者达 30.174 7 万人。据从事维护中国劳工权益的某韩国民间组织估算，在韩非法滞留者的中国人数量约 20 万人。如果不把偷渡者计算在内，中国非法滞留者中持有短期综合签证(C－3)、产业研修签证(D－3)和短期商务签证(C－2)三种签证入境的约占 7 成。他们中的大部分在获得合法签证时都支付了数万元的高额费用，收取费用的有中国人，也有韩国人。

9 月 14 日下午，在首尔九老区加里峰洞打工的陈翰昌和陈其严接受记者采访时说，“来这里打工的每个人几乎都背负着债务”。他们分别来自河北和黑龙江。

陈翰昌 2002 年申请签证的文件大部分都是伪造的，包括韩方邀请函、担保书、公证书，甚至国内在职证明与户籍证明。提供一系列文件的“签证代理人”是在北京某大厦附近找到的。陈翰昌说，那里伪造文件的事情比较普遍，有相对固定的一批人给不具备条件而想出国的人伪造文件。最简单的伪造程序是：从韩国有关书刊中获知当地韩国公司的税务资料，再由韩国籍伪造者伪造邀请函等各种文件。伪造文件的费用是5 000元，伪造公证印章200元。全部文件，陈翰昌共支付了人民币6万元。

陈其严说，签证代理人去申请签证时是把伪造文件和正常文件放在一起的。他在顺利拿到签证后，还花了一段时间进行"整容"，"那几天都在洗桑拿浴，为的是让皮肤更白点，出发的那天还特意做了一个韩国式发型"。他这样做是为了在韩国机场降低被遣送的可能。

更严重的造假是"洗户口"，这种非法获得韩国国籍的动向已引起中韩两国警方的密切关注。在此路径中，先由韩方人士找到无主户籍(即户籍存在人不在)，然后找到出价合适的中国人，伪造相关证件，"一劳永逸"地解决非法身份问题。不久前，韩国警方破获的一起伪造户籍的案件中，韩国人利用庆尚北道青岛郡无主户籍上登记的名头，为一位中国人伪造了身份信息一致的护照与身份证，并顺利获得了签证，此项交易的好处费为500万韩元。

曾担任韩国一家媒体副社长的金大全先生在接受采访时说："因为签证管理的严格，通过假结婚方式进入韩国的女性越来越多。"对于她们而言，除了要支付一笔数目不菲的费用，还可能面临着被制裁的命运。就在9月2日，首尔警方破获了一起伪装结婚中介人的案件。首尔警方的说法是，3名女子涉嫌通过伪装结婚非法入境。事实上，远在两年前，涉案的3名韩国籍男子便以"数百万韩元酬金和免费中国旅游"为诱惑，向出租车司机发出协助伪装结婚的"动议"，截至案发，3人已获利1.5亿韩元。

因为"假结婚"手续的便利，一些韩国人参与的组织已经将目光盯上了单身老人和残疾人。他们向首尔、水原和马山等地的露宿者、残疾人和单身老人支付300万到600万韩元好处费，让他们与中国女性结婚，并在韩国户籍上登记，以协助她们进入韩国，通过此渠道进入韩国的中国女性每人要交纳1 000万到2 000万韩元的费用。韩国汉阳大学金贞花博士告诉记者："通过这种办法到韩国的中国女性，在两年后可正式取得韩国国籍，与伪装结婚的韩国丈夫离婚后与实际丈夫'复婚'便可以获得'合法身份'。"

但有时，假结婚所付出的代价也很大，首尔家庭法院作出的一次判决理应引起注意：55岁的韩国人金中地通过婚姻中介公司，结识了53岁的中国女人林肖眠，两人交往一周后便在中国进行了婚姻登记。但当林肖眠提出在韩国办理婚姻登记时遭拒，金中地还以“手续复杂”为由拒绝提供邀请，不久更要求退婚。自认受辱的林肖眠在自费赴韩后发现，在与自己登记结婚的一年后，金中地又与另一名中国女子登记结婚。据此，林肖眠向韩国法院提出了损害赔偿诉讼，最后林肖眠获得2 000万韩元赔偿。

在韩国的中国非法滞留者究竟有多少？这是个很难确切统计的数字，因为在韩国法务部定期公布的在韩外国人统计中，偷渡客是没法计算在内的。相对于造假而言，偷渡的代价更大，除了200万到1 000万韩元不等的费用外，有时要付出的是性命。知情者说，偷渡的出发地已经发生了变化，作为“天然选择”的大连和青岛如今受到了福建等东南沿海的严重“冲击”。

通过非正常路径来到韩国的中国人，面临的选择常是悖论：一旦暴露身份不仅无法进入韩国，还很可能面临更严重的刑事后果，但每一位拥有韩国淘金梦的中国人都希望有“好运气”，实践中，这样的“好运气”并不是人人都有。2002年，河北某市退休教师张安华支付给自称能办理赴韩手续的中间人4万元人民币，中间人随后蒸发，张安华其时每月的收入不足800元。

近几个月，通过旅游签证赴韩并非法滞留的事件已有所减少，不仅仅是因为“非典”时期韩方停止接受了旅行的组团，更是因为一个时期随团旅行落地“蒸发”的中国人过多，韩方加强了管理。9月，韩方更是对中方具备组团资格的旅行社接连发出通告，如果来自国内的旅游团再出现“蒸发”事件，将直接降低旅行社的信用度，并影响其代办签证的结果。春秋国旅一位接待员在回绝记者“韩国自助游”的申请时说：“不可能，组团的还要跑呢，更别说自助旅游了。”那时，韩国驻上海总领事馆签证室的墙壁上张贴了两张醒目的通告，一则为：经调查，之前盛传的韩国领事卖签证一事并不属实，告诫办理签证的人，警惕有人以“与领事先生相熟”骗取钱财；另一则通报了韩方已停止苏州某旅行社一段时间内组团赴韩的资格，因为该旅行社的组团中出现了“落地蒸发”情形。

在过去的一年多里，韩方已经处理多名曾驻北京大使馆及沈阳领事馆的领事，他们均涉嫌在发放签证的过程中从偷渡中介人处受贿，其中一人涉嫌在未确认签证代理人提交的虚假邀请函的情况下，前后共 89 次给 261 名中国人发放签证，韩国检察机关调查发现，此人设在香港的秘密账户中有 60 万美元的存款。韩国媒体对此反应强烈，一家主要媒体更是以“领事馆成为下发非法签证的渠道”为题报道，而韩国朋友在谈及此事件时说，“赴韩签证的审核已经愈发严格了，一旦发现领事有问题就要被‘脱裤子’”。

20 万非法劳工现状

在韩国人的求职选择中，Dangerous（危险）、Dirty（肮脏的）、Difficult（费力）的 3D 行业很少被考虑。于是，建筑工地的工人，餐馆中的刷盘工、切菜工，韩国家庭中的保姆以及钟点工，成了国外非法滞留者的“天然”选择，中国人在其中占了相当大的比重。相对于来自菲律宾、马来西亚、印度尼西亚的非法劳工而言，中国人收入最高，但同时中国劳工也承受着最高风险，诸如工资拖欠、产业灾害、交通事故等。

9 月 15 日清晨的首尔九老区加里峰市场，行人寥寥，一派沉寂。除了一家牌匾上写有中文“大果子”字样的餐馆外，数百米长街上密布的餐馆都没有开张，一路数下去，阿里郎饭店、松花江饭店、东方红狗肉馆、中国故乡食品，用中文标示的餐厅不下几十家。

这里是首尔很有名气的“中国人第一街”，以中央市场为中心，居住着超过 1 万名的中国劳工。和大林洞不同，这是一个韩国人进出不便的地带，连兴起的卖电冰箱、洗衣机的旧货市场的顾客也全是中国人。

“大果子”店是出售油条、豆浆和馄饨的早餐店，虽然规模小到只有三张餐桌，但一直没出现过“空台”。当街区不远处缓缓驶来一辆韩国警车时，店主 6 岁的儿子正在忙碌的母亲身边蹿来蹿去，用韩语和汉语招待客人的是一位 20 岁出头的小伙子。坐在邻桌的洪永泰告诉记者，35 岁的他准备离开首尔到釜山去了。洪永泰 3 年前偷渡来到韩国，目前他就职的餐厅拖欠了他 700 万韩元的工资，因为老板破产，他还不知道自己的辛苦钱是否可以拿到。

“合法的中国劳工一般在中小企业从事简单体力劳动，如生产加工、组装元件，劳动强度大，但一旦出现拖欠工资或工伤致残，都会由中介公司进行干预或理赔。我们这种通过其他渠道出来打工的就没有那么好了，基本权益无法保障。”中国非法劳工金爱美的话是所有中国非法劳工的心声。

据韩方估算，像洪永泰、金爱美一样有过被拖欠工钱经历的中国非法劳工约有 8 万人。

从事维护中国非法劳工合法权益的韩中交流协会会长宋相浩告诉记者，该协会自 2000 年 1 月至今，已经无偿受理 5 676 件拖欠中国非法劳工薪水、押金、借款的求助，涉及金额 108.45 亿韩元，共解决了 2 227 件，为中国劳工讨回应得收入 36.89 亿韩元。

他介绍，在韩中国非法劳工因为身份问题，无法在银行获得存款账户，他们中的很多人就将钱存在打工的老板那里，老板一旦经营不善，就很可能不支付累积下来的巨额存款和工钱。由于中国劳工因“钱势”而动，经常变换工作地点，不少韩国小型企业都要求中国劳工事先交纳 300 万到 500 万韩元不等的押金，这笔钱也在拖欠之列。

韩中交流协会编辑局局长李永汉向记者讲述了协会解决的第一个拖欠工资的案例。那是 2000 年初，一位 51 岁的中国女性找到协会，她两年前从吉林省到韩国，1999 年起在一家餐馆做服务员。因为男性老板待她很友善，她便将 7 个月的工钱 600 万韩元存在了老板处，不久，餐馆因为生意不好而关门，当她想讨要自己的存款时，老板对她说，“钱我不会给你，你再要我就报告给警察署把你抓起来，遣送你回国”。接受求助后，李永汉给那个老板拨了第一个电话，他态度仍然很野蛮：“你们还敢来管我的事，她是非法滞留，你们是不是也是非法滞留？你有本事就去告我吧，要是让我看到你，我一定用斧头砍掉你的腿和胳膊。”

尽管忐忑，李永汉和会长宋相浩还是决定和老板见面。

真的见面了，在得知宋相浩是韩国人，协会提供的是无偿服务后，老板的态度立即软了下来，在被告知协会将起诉他的不义行为时，跋扈的老板当即跪下谢罪，拿出了自己的“失业者登录证”，希望能够宽限一周的时间。在韩中交流协会的坚持下，第二天，600 万韩元便通过协会交到受骗中国劳工手中，这位中国女人拿出了 30 万韩元酬谢，被婉谢后，便回身融入街头熙熙攘攘的人群中，并很快更换了住址和电话号码。

不是所有的“讨工钱”都很顺利，一次，一位韩国小企业主以“办新企业”为由向中国劳工借款 2 000 万韩元，随后便更换电话，转移住处。协会先后派人在仁川、首尔，甚至中国的温州寻找他的踪迹，尽管见到了人，钱还是没能要回。

与巨额工资拖欠相伴的，是产业灾害（工伤）和交通事故这类飞来横祸。供职于维护中国劳工权益组织的韩国律师朴真焕对记者说，产业灾害主要发生在建筑业等韩国人很少从事的 3D 行业，中国劳工一旦发生意外，就有权益受到损害的可能。一次，一位中国劳工在现代集团开发的某工地被砸伤，当朴真焕代为处理时，工头以“他是自己受的伤，工地不知道”为由，让受伤劳工“滚出去”。

据他所知，在事故中丧命的中国劳工数量已经超过了 100 人。而 2002 年底，韩方公布的在产业灾害中伤亡的中国非法劳工为 2 760 人。由于制度上的缺陷，中国非法劳工在韩国遭遇交通事故时，保险公司多以在中国国内的收入水平为标准进行处理。每个有家属在韩国的中国家庭最大的愿望，都是家人能够平安。

其实，在韩国的外国非法劳工中，中国籍一直饱受“嫉妒”，只是因为收入更高。客观地讲，中国劳工所从事的行业也是最危险和最艰苦的，此外，在赴韩成本的比较中，中国人也居于高端。韩国京畿开发研究院以 204 名外国劳工为对象进行的问卷调查结果显示：外国劳工入境所需费用平均为 3 930 美元，劳工从事制造业的占 35%，从事建设业的占 22%，每天平均工作 11.1 个小时，月均工资 96 万韩元。据完成此次调查的金容勋教授介绍，由于国籍不同，所需的费用和办理时间差距也很大。

费用和时间成本最大的来自中国，朝鲜族和汉族也有差异，分别为 7 500 美元和 19.8 个月、4 200 美元和 11.6 个月。而菲律宾人的赴韩成本只是 1 900 美元和 9.5 个月。

非法务工的风气也影响到在韩国的外国留学生，据有关部门的不完全统计，在韩留学的外国学生中，每 7 人中就有 1 人是不顾学业而专门从事非法就业的“问题学生”。这个判断出自出入境管理局的一项调查：共计 13.5%的留学生因退学、长期缺席、所在不明被划为可疑。同时公布的结果还有，“问题学生”大部分是中国或东南亚国家的留学生，法务部认为，他们几乎全都在非法就业之中。

而在韩国的 6 074 名外国留学生中，中国留学生超过了半数，有 3 248 名。

在调查中记者了解到，韩国政府为了防止出现留学生为就业而逃离学校的现象，已经实施了“每周20小时、假期不限时”的留学生就业制度，但由于条件过于苛刻，这种“半工半读”的方式并未收到预期效果。

非正常的角色错位

他们被称为非法劳工，但他们拥有更重要的角色，那是父亲、丈夫、儿子，那是母亲、妻子、女儿……作为背井离乡的“淘金者”，他们承受的辛苦劳作和难言寂寞是难为人道的，因为夫妻长期分离，因为母子不能团聚。所以，这里既有露水夫妻，也有弃婴，还有黑社会组织的敲诈，他们也来自国内，分别被称作“上海帮”、“延边帮”、“长春帮”……

2001年8月13日，是在首尔的143名中国非法劳工的节日，这天上午，载着143个孩子的航班从中国抵达仁川国际机场，在接下来的15天时间里，来自黑龙江、吉林、辽宁的孩子们将与在韩父母团聚。

“现场是泪水的海洋。”策划此项活动的李永汉在回忆时说。

每个人都只记得出来时孩子的样子，但他们知道回国探望是不现实的，作为在韩国出入境管理部门留有“非法滞留”案底的非法劳工，一旦回去将无法再叩开韩国之门。唯一的选择，是压抑这部分最真实的感情，通过不断寄回服装、玩具和生活费来延续关爱。他们中的有些人，已经整整10年没见过自己的孩子了。

久别的相聚总是充满戏剧性。为了避开不必要的检查和可能的麻烦，急切的家长没有被允许现身机场，他们被安排在首尔阳志宾馆的一个大礼堂内。当143个孩子由8辆大客车接到宾馆，出现在剧场门口时，哭声立即从礼堂的各个角落爆发出来。每一位父母找到自己的孩子都要花掉约20分钟时间，还有两个孩子始终不肯叫“妈妈”。其中一个叫阳阳的女孩刚满10岁，母亲来韩国时她不足2岁，是她的阿姨带她长大。在亲生母亲面前，阳阳一直在喊：“她不是我妈妈，我不认识她，我不跟她走。”

15天过去了，回国的航班上空出了两个位子——有两个孩子被父母留在了身边，没人知道，还在读小学的孩子在陌生的韩国将度过一段怎样的日子，也没人能说清，他们是否能继续读书。

牡丹江市某朝鲜族中学校长在接受采访时说:“让他们回来吧，钱就有那么重要吗?”他所在的中学，去年有 38 名学生退学，他们都是在韩非法劳工的子女。而对于那些依然“坚守”在学校的孩子来说，不少人的生活已经变了，每个月 800 元到 1 500 元不等的零花钱让孩子们过早地走向了社会。

而在韩国，九成中国劳工的家属都在国内，一些无法忍受寂寞生活的人便结成了露水夫妻，如果因而怀孕，大部分人会选择堕胎，这样的花费可能数字惊人，因为在韩国的法律中堕胎属于非法。也有人选择将孩子生下来，然后遗弃。

首尔加里峰洞木槿花幼稚园有 40 多个孩子，院长尹在芬遇到过这样一件事，她回忆，2002 年 9 月的一天，一位叫吴英花的中国母亲送来自己 13 个月大的孩子，并定期来探望并交纳费用。但在今年 3 月 21 日后，吴英花再也没有露过面，按照留下的电话和地址联系，结果是“查无此人”。不久前孩子得了肺炎，治疗的费用是尹在芬自己垫付的，她也曾委托自己的中国朋友找到了吴英花的姐姐，但她也说不清妹妹的去向。孩子可以继续留在木槿花幼稚园，但尹在芬很担心孩子的明天。

韩国法务部提供的资料显示，在亚洲金融危机爆发后的 1998 年，非法滞留者的数量曾减少到不足 10 万人，但随后每年的增幅都超过 5 万人。随着中国劳工数量的锐增，有中国人参与的刑事犯罪的数量也迅速上升，记者在首尔期间，韩国警方就抓获了一个中国非法劳工利用信用卡诈骗的团伙。

同时，在韩国的中国人黑社会组织也引起了有关部门的关注。

据知情者介绍，目前在韩国的中国人黑社会组织分为几大帮派，比较有名的有“上海帮”、“延边帮”和“长春帮”，他们大多涉嫌面向同胞开设赌局并进行勒索，而他们本身也是非法滞留者。

39 岁的金全泰是“延边帮”的“大哥”，他于 1994 年以商业进修生的身份进入韩国，于 2001 年 7 月组建“延边帮”黑帮组织，帮规中有“绝对服从首领的命令，若反抗，将拿生鱼片刀试问”的要求，鼎盛时，金全泰控制着京畿道和首尔一带的赌场业务。除此之外，“延边帮”还以安山市和首尔加里峰洞、加山洞等中国人聚集地为中心，对中国同胞实施暴力犯罪、抢劫财物。首尔九老警署掌握的一起发生在 2002 年 9 月的案子表明，金全泰在京畿道安山市元谷洞抢劫一名中国人 400 万韩元，当时，这名中国人刚结束赌博，正在赶回住处的路上。

我未能被获准进入外国人看护所采访，那里是即将被遣返的中国非法劳工的最后停留地。

我们所知道的是，去的已经去了，来的正在路上。

中国非法劳工口述实录

为了再来韩国，她在户籍证明和护照上为自己加了20岁。8年里，她用自己做保姆赚的钱先后为女儿、儿子、儿媳、老伴"办理"了来这里的签证……

他曾经是受老板欣赏的领班，偶然踏进了传销圈，发过财，做过富翁梦，在成为穷光蛋后，又回到餐馆……

他的经历更传奇：偷渡来韩国时，他们被海警查获，在看护所他乘人不备跳楼逃脱。从釜山到首尔，他走了两天两夜。

实录一：护照年龄74岁

被访者：李汉福

年龄：54岁

职业：保姆

在韩时间：9年

采访地点：首尔恩平区

你看我有多大年纪?

我已经54了，但我护照的年龄是74，是为了办签证改的。

我老伴原来是村里的支书，我在家的时候主要是做家务。1992年我第一次来韩国，签证期限10个月，那时签证很好办，只要有人邀请就能成。那次我一共花了500块钱，是坐船来的，从威海到仁川。那次，我在一个医院的院长家做了10个月的保姆，主要就是洗衣服、做饭、打扫卫生。这些我在家里也做，但拿不到钱，在这做同样的还能挣钱，心里很美。那时的月收入是50万韩元，拿到第一个月的工钱后，我把钱藏到了枕头里面，就怕别人知道我有钱。

回国时，我买了好几台电视，还带了一大笔钱。

在家待了一年后我就待不下去了，晚上总睡不着，总想着我要是不来，钱都被别人拿走了，我就是想着钱来的。正好，1994 年韩国出了一个新规定，60 岁以上的可以通过“亲戚访问”的方式到韩国，我就改了自己的年龄，其实那时我才 45 岁，办这些花了 3 万元人民币。那时我的计划是，出来干 3 年就回去，但现在已经待了 8 年多了。

我现在干活的这家人对我不错，别人每个月只能休息 2 天，我能休息 4 天，每个月能拿到 130 万韩元，在这里做保姆的中国人如果不会做韩国菜是要挨骂的。我现在住的这套房子有 45 平方米，叫“全税房”，就是住之前交给韩国房东一笔钱，搬走时他会全部退还给你，他们拿这笔钱是要做生意的，我这套房子花了 3 000 万韩元，后来我又花了 100 万韩元做装修，这台电冰箱是我花 75 万韩元买的，是全新的。

我现在没什么不满意的，生活挺充裕。我女儿 1996 年来的，1999 年回去了，先在青岛的公司上班，后来嫁到了延边，后来他们说要开一个生产木箱的工厂，我给了他们 2 000 万韩元。我儿子是 1999 年 4 月来的，身份是“产业研修生”，1 000万韩元的费用是我出的，他媳妇 1 200 万韩元的费用也是我出的，他们现在和我住在一起。我老伴 1995 年来过，1998 年回去了，他干不了活，过去当小干部就没碰过苦活和累活。我肯定也会回去，中国是我出生的地方，我还想回去享福呢。

实录二：我的传销生涯

被访者：张峰

年龄：28 岁

职业：餐馆服务员

在韩时间：3 年

采访地点：首尔永登浦区

我来自黑龙江省宁安市，2000 年 1 月到韩国。

刚来时，我在首尔一家面积有100平方米的餐厅工作，先是从端盘子的最基层服务员做起，每月的工钱有100万韩元。由于我干活卖力，待人友善，老板很赏识我，半年后就被升为餐厅的领班，月收入也涨到了160万韩元。

那是2001年春节后，我的一位同乡到餐馆来找我，说他正在做传销。我记得他当时说，这家公司刚刚起步，加盟的条件很优越，如果好好干，一年的收入能超过1亿韩元，挣10亿韩元也有可能。我主要考虑趁着年轻多赚点钱，也挑战一下自己，便辞掉了原来的工作，加入老乡介绍的公司。当时还有一个因素，传销在韩国合法，而且很热门，虽然社会上存在抵触心理，但已经有了一些成功者。

刚开始，为了找到下线，我每天都去我原来工作的餐厅去和同事聊天，因为我在首尔没什么朋友，一开始也觉得不好意思，张不开嘴，拉不下脸，但一旦迈出了第一步，接下来的事情就顺利多了。我拿下第一个单用了将近一个月，慢慢地情况就好了起来，到第六个月，我的月收入已经有400万韩元。

说实在的，能有这样的收入是我自己没有预料到的。我原来生活挺节俭的，为了来韩国，还欠下了数目不小的一笔债。但一下子拿到这么多钱，我便没什么自控能力了，生活也讲究起来，穿名牌，戴金银，每天的花销很大。那时还有个理想，就是月收入1 000万韩元。因为中国人虽然人数多，但圈子很小，有中国人搞传销成功的话，这样的故事很快就能传开，越来越多干体力活儿的中国劳工放下了手中的工作，开始和我一样，加盟传销队伍。

也正是因为中国人的圈子小，搞传销也出不了亲朋好友和老乡圈子，开始有些人会成功，到了一定阶段后就很难再有成绩。而一般的中国劳工却对传销这一本质看得不透，想着这是能做一辈子的事业。他们为了加入传销线，每个人都要拿出几十万到几百万韩元购买产品，其实这些东西对中国劳工都没什么用处。几个月过去了，当他们发现传销根本不是他们想象的那样，要求退货时，传销公司就会找出种种借口拒绝，这事还上了法庭。

我也是在那时才知道，韩国政府不允许外国劳工参与传销，但高峰时，中国劳工搞传销的有几千人。因为在传销过程中遇到了一些比较实际的问题没法得到解决，传销热也逐渐降温。参与的人少了，我的业绩也开始走下坡路，在拿了5个月的高薪后，月收入越来越低，到后来只有十几万韩元。

我很痛苦，但也觉得不能这样倒下去，毕竟熬到今天这一步挺不容易，于是，今年年初我又开始回到餐馆干我的老本行。要我说，经历过这样一个过程，能更清醒地看待自己了。

实录三：从看护所跳楼逃脱的偷渡者

被访者：李焕然

年龄：28岁

职业：餐馆服务员

在韩时间：3年

采访地点：首尔九老区

我是2000年到韩国的，说起来，我的经历是别人都没有的，你不信？

那年，蛇头到村里宣传可以把人带到韩国，我就参加了，就是偷渡。当时商定的是，把我安全送到首尔后由我家里人付给他们6万元人民币。不得不这样，那时骗子太多了，我跟我媳妇说好了，不接到我电话，怎么说也不给钱。

从大连出发一切都挺顺利，船绕过锣南道，我以为没什么事了，结果就在快到釜山时被海警的船发现了，那时距离岸边也就几十公里了。等等，我给你画个图，就是在这出的事儿。我们一船12个人都被海警带到了岸上，那时也没觉得害怕，就是感觉自己有点儿"背"，出师未捷身先死。不记得当时是被押到"外国人看护所"还是警署，当时也没心情仔细看。我们一起被关在二楼的一个房间里，没戴手铐，也可能是还没来得及戴。我一抬头，看到有一个窗户，推了一下，还能打开，当时也没来得及细想，就跳下去了，随后就拼命跑。

跑了多久也不知道，反正是跑不动了，我就在公路边坐下来休息一会，盘算下一步去哪儿。我在釜山一个认识的人也没有，只有几个同乡在首尔。我当时想给他们打个电话，让他们来接我，毕竟人生地不熟，还刚刚跑出来，但那时身上连个硬币也没有。后来我就顺着路牌走，想走到首尔去。

那罪可遭大了，在高速路上我也不敢拦车，怕被警察发现，一直没有东西吃，饿得难受。过了白天，我实在走不动了，就在路边蹲着，一辆运货的车停在离我不远的地方，司机大概是下来方便吧。瞧个空子，我就爬到车厢里了，但没走多远，车又停了，我挺心虚怕被发现，赶忙下来跑了。就这样，走走停停，停停走走，花了两天两夜进了首尔。

接下来的事就不特别了，大家都一样，就是干活赚钱。但我这一跑还赚了 6 万块钱。我们被抓的消息传到村里时，留在那等着收钱的蛇头就跑了，原来说好的那钱不就省下了吗?

未来之路

韩国外籍劳工政策演变

2003年7月31日，韩国国会以148票赞成，88票反对，9票弃权通过了《外国工人雇佣法》，这意味着从2004年8月起，韩国将并行实施"外国人雇佣许可制"和"产业研修生制"，也同时意味着，20万在韩中国非法劳工中的一部分身份将转为合法。事实上，在此项新法案酝酿的过程中曾遭到部分中小企业的强烈反对，因为可能增加的企业支出负担将直接影响到韩国企业的竞争力。有关人士表示，只有这样才能缓解韩国12万中小企业劳动力严重不足的现状。

9月16日上午，22岁的陈茂芳在首尔瑞草区劳动力雇佣中心里填好了全部表格，并咨询了"外国人雇佣许可制"的有关规定，在工作意向一栏中，他写下了"制造企业"。他是以"产业研修生"身份进入韩国的中国合法劳工。在他所填写的《标准劳动合同》中，有这样一段注解：超过法定工作时间的加班、夜班与节假日上班时，公司应加付平时工资的50%。

此时，对于在韩的中国非法劳工而言，刚刚在韩国国会通过的《外国工人雇佣法》更吸引他们的日光，因为这项法律将决定他们未来的生活，身份如果可以转为"合法"，他们的生活将得以重新规划。韩国统计厅公布的一份资料显示：2002年65岁以上人口占全体人口的7.9%，预计2019年这一比例将上升到14.4%，届时韩国将成为名副其实的老龄化社会。与老龄化社会共生的，是整个社会的劳动力严重不足。

事实上，劳动力缺失严重已经是困扰韩国中小企业发展的瓶颈。某从事电子零部件生产的韩国企业在2002年年底发布招收28名工人的信息，结果到报名结束的时候只接到15份申请，那时，该企业已经连续6个月未能完全开工，原因是始终面临9%的劳力不足。在此前的几次招工中，该企业从未按照预期招满过，且不断有工人中途辞职。

2002年底，韩国中小企业厅与产业研究院联合针对雇佣规模在300—500人的8 400个中小企业进行调查，结果显示：韩国中小制造业正面临着有史以来最严重的劳动力不足问题，中小企业的劳动力不足率超过9%。按照这个比例推算，韩国中小企业缺乏劳动力超过20万人。韩国中小企业厅副厅长张志钟认为，解决用工难问题的关键在于让韩国劳动力更多地到中小企业工作。但在韩国人的选择中，与危险、肮脏、费力等同的3D行业很少被考虑，这些行业也一直是国外非法滞留者的“天然”选择。

由于国外非法滞留者数量的不断攀升，韩国政府也屡下决心清理非法滞留人员。2002年3月，韩国政府要求在韩的非法滞留者进行主动申报，对于主动申报者，韩政府将其滞留时间保障至2003年3月，并对其非法滞留行为免予处罚。结果，措施公布后的2个月内，申报人数超过了23万。但不久，此项措施便开始遭到韩国中小企业的抨击，他们认为，一旦非法滞留者全部离境，将有相当一部分中小企业无法开工。中小企业并不愿为非法劳工提供权益保障而增加企业运营的成本，但同时他们也清醒地看到，由于不存在额外的出国费用，“外国人雇佣许可制”施行后，所支付的工资有望低于原有的产业研修生工资标准。此外，非法进行罢工等抗议行为将根据《韩国出入境管理法》第11条、第46条的规定处以“禁止入境”和“驱逐出境”的惩处，外国劳工要求更换工作岗位的可能减少，也无形中减少了企业负担。

新法允许使用外国劳工的行业共有七个：分别是员工总数不足300人的中小制造业、符合建设产业基本法规定的建筑业、餐饮业、建筑物清洁业及产业设备清扫业、近海渔业（只限10吨以上25吨以下渔船的近海渔业）、农畜产业、社会福利事业（青少年事业与看护病人行业）。韩国劳动研究院的一项调查显示：赞成此项制度的中小企业占总数的54.2%。

历史上，韩国一直奉行不允许拥有简单技能的外籍劳工就业的政策，目前实施的“产业研修生制”在1993年才实施。这项以“无工作经验的外籍劳工实习一年后，正常工作两年”为主要内容的用工制度，尽管可以使外国劳工在两年内享受加班费、生命保险、产业灾害保险、拖欠工资保险等部分权益，但由于工资低，不少以产业研修生资格入境的中国人，在获得研修就业 E－8 签证后，纷纷失去踪影，自愿成为非法劳工。

曾是产业研修生的非法劳工项宇告诉记者，“产业研修生制”与打黑工的工作条件区别不大，但收入要少很多。作为研修生，他在地铁与高速公路每天工作 13 个小时，只能拿到 1 650 韩元的时薪，每月的收入不足 60 万韩元，而目前在餐馆的月收入已经超过了 100 万韩元。他认为，收入的差距是促使“产业研修生”甘愿“非法”的主要原因。

韩国有关部门 9 月 13 日公布的一项调查显示，今年上半年“黑”掉的产业研修生达到 10 905 人，远远超过了去年全年统计的 6 418 人。这使得为解决中小企业劳动力不足的“产业研修生制”饱受抨击，尽管 2003 年产业研修生的引进名额比上年增加了近 5 万人，12 万韩国中小企业的生产劳动力仍存在 20 万人的缺口，这个由韩国中小企业协会中央会副会长金弘经给出的数字还是保守估算的。所以，2002 年底的一次公民普调中，70％的韩国民众支持废止“产业研修生制”，支持“外国人雇佣许可制”。

将于 2004 年 8 月起施行的“外国人雇佣许可制”规定，业主雇用外国劳工前，有义务招聘韩国公民，在未能雇用到韩国公民时方可雇用外国劳工。对于 20 万中国非法劳工而言，更重要的内容在于：以 2003 年 3 月为准，滞留期限未满 3 年者，最长可再延长两年的滞留期限并允许工作；滞留期限满 3 年不足 4 年者须出境后再次入境，包括出境前滞留时间在内，可在韩国就业 5 年；而对于滞留期限超过 4 年的非法劳工将被强制离境。这意味着，在韩中国非法劳工中的一部分人有可能将身份转为“合法”。

事实上，“雇佣许可制”在韩国国会通过前也争议颇多。韩国中小企业中央会会长金荣洙认为，实行“外国人雇佣许可制”会加重中小企业的生产费用负担，使企业丧失生产竞争力，从而在根本上动摇中小企业发展的基础，同时，可能引发的劳工定居潮将加重韩国社会的负担。

不具备“外国人登陆证”的非法劳工不能拥有韩国银行的合法存款账户，但几乎每一位接受采访的人都能讲出中国非法劳工“救活”一家银行的故事。在首尔永登浦区大林洞中国人聚居区，有韩国外汇银行的一家分店，该分店曾因吸纳存款有限，亏损严重。2001 年，分店长申全秀推出了专门针对中国劳工的金融服务，并发行专用购物结算卡，以解决中国劳工不能办理信用卡的难题。截至2003年，分店吸纳存款增加了2倍，汇款业务量也是过去的5倍，中国劳工汇款和储蓄业务额占全店业务总量的70%以上。

在地铁中，中国银行驻首尔分行“来自家乡的银行”的广告也十分醒目，对于金融机构而言，中国非法劳工的巨大市场是很难忽视的。此外，对于房屋出租行业，非法劳工的贡献也很明显，仅以首尔为例，每年此项交易费用便超过2 000亿韩元。

黑井

丙篇

25岁的丁祖财死了，死在了800米深处的井下，死在了一次特大瓦斯爆炸事故中。他别无选择，因为每个班次50元的收入是全家唯一的生活来源，因为娶媳妇家里已经欠下5万元的债务，因为妻子已经怀上4个月的身孕，因为弟弟丁祖来23岁了还没说上媳妇。因为没有耕地，和所有生活在矿区的人一样，他除了下井采煤几乎没有选择。

笔记：滴血的煤

25岁的丁祖财死了，死在了800米深处的井下，死在了一次特大瓦斯爆炸事故中。丁祖财别无选择，只能在800米深处的井下讨生计。因为每个班次50元的收入是全家唯一的生活来源，因为娶媳妇家里已经欠下5万元的债务，因为妻子已经怀上4个月的身孕，因为弟弟丁祖来23岁了还没说上媳妇。因为没有耕地，和所有生活在矿区的人一样，他除了下井采煤几乎没有选择。即便已经有人"移民"到了县城，也都没能摆脱徘徊在社会底层的命运，开"港田"、"杵大岗"、卖零碎儿，大抵如此。

丁祖财原本可以不死，在事故发生前预警频繁：10天前，发生瓦斯爆炸的作业面突然起火，煤矿组织人员用沙子、黄泥灭火后，垒起了一道砖墙，但采煤作业没有停止。5天前，砖墙的隔离降温效果不明显，作业面温度仍高达65摄氏度，矿方再次组织人建了一个水池降温，但采煤作业没有停止。在事故发生的10小时前，矿内再次发出警报——作业面温度高达100摄氏度！矿方又组织人修建了3道砖墙，但采煤作业仍未停止。在事故发生前的6个小时内，煤矿监测系统记录了10次瓦斯报警，但每一次都无人理会……

就这样，丁祖财和他的33名工友昼夜不停地向地下深处掘进、掘进，直到阴阳相隔。

唯一庆幸的是，这起发生在黑龙江的事故并没有瞒报，但即便如此无奈的幸运，也不是所有人都有。在陕晋峡谷中的另一起吞噬了21条鲜活生命的富源煤矿特大透水事故中，由于矿主隐瞒不报，事实真相的破解一直在扑朔迷离中进行。

在富源煤矿特大透水事故发生前，山西省煤矿安全监察局曾给该矿下达了“未经批准，私自开工，责令立即停止施工”的安全监察意见书，但采煤并未因此停止，甚至在缴纳了罚款后也没有人再来监督处罚的执行情况。这只是“迷雾”征兆的起始，随后发生在这里的一切都很耐人寻味：发生在山西境内的事故在陕西善后处理，远道赶来的遇难者家属历经频繁转移，代替矿方出现在赔偿谈判中的活跃人物是当地警员。还有调查中随处可见的劝阻被采访人的眼神、手势，甚至还有人为此被飞起的一脚踢中，只是因为他没能掌握好“讲故事”的尺度。与此同时，面对每一个提问，当地官员的态度只有三个字：“不知道。”

这是一个让人真切感受到寒意的晋南小城。尽管矿长在矿主的电话调度下投案，但直到我离开山西时这位矿主仍未归案。我还曾试图去了解当地小煤窑的数字，但这同样是“谜”，计划发展局的说法是50多个，分管副市长的印象是68个，而当地媒体报道事故后关闭小煤矿的数字是91个。即使最不经意的细节也足以让人耿耿于怀，诸如参与抢险的韩城矿务局救护大队的人数，官方所说的19人与实际到达现场的11人间的差别并不重要，但被人为改动的这份材料要经层层审阅，最终的去处是国家安全生产监督管理局……

我知道，面对接连“重复”的煤矿事故，人们的关注、记者的探究的热情都在降低，人们甚至已经很少想起，这每一次重复都以生命作为代价。更令人忧虑的是，在不触及根本的变革出现前，小煤窑“吃人”必然发生，在降低安全成本进而造成“吨煤成本”在市场上具有超常竞争力的背景下，一切都可能发生，一切都还会发生。

尽管如此，我还是希望我们不要忘记，还有2 100万矿工，正在15万座矿山、390多座矿城工作，他们在地下几百米深处耕耘着微薄的希望，他们曾为我们付出了很多。

雾迷河津

山西富源煤矿特大透水事故调查

位于陕晋峡谷中的富源煤矿发生特大透水事故后，矿主隐瞒不报，20名矿工生死不明。在奔波于陕西、山西两省的72小时中，我采访了事故幸存者、遇难者家属、政府官员、小煤窑矿主，越接近真相疑团就越多。河津，阴雨中的城市显得如此扑朔……

雨中，河津市副市长马振河站立在距离富源煤矿井口40米下的泥泞中，锁眉仰望峭壁上忙碌的抢险队员，这是10天来他最经常的姿势。此时，是2002年5月20日下午，距离富源煤矿发生21人死亡的特大透水事故已经过去了整整16天，事故真相和20名遇难矿工仍深藏在40米深的水下。这一天，距离马振河被提拔为分管煤矿安全的副市长仅仅49天。

尽管马振河是最早出现在事故现场指挥抢险的当地政府领导，但他自己清楚，作为主管市长他还是来晚了，依照惯例对他的处理将是严厉的。4月1日刚刚在副乡长的任上被提拔为副市长，马振河遭遇的当头一棒在河津市被传成了"命中的劫难"。而马振河的委屈是，在5月4日透水事故发生前，他从未到过富源煤矿，甚至"不知道这里还有个矿"。但就在3月14日，山西省煤矿安全监察局临汾办事处曾派专人检查富源煤矿，并下达了"未经批准，私自开工，责令立即停止施工"的安全监察意见书。令人匪夷所思的是，采煤作业并未因此而停止，甚至在收到煤矿缴纳的罚款后再也没有人来监督处罚的执行情况。

发生在山西的事故被安排在陕西处理，遇难者家属被频繁转移住处并且分散在不同小旅馆，出事煤矿方圆一里的电话全部被人掐断，身份不明的人一直在被采

访者身边游走。

山西富源煤矿特大透水事故的抢险指挥部设在了陕西韩城桑树坪煤矿，从湖北、河南、陕西等地赶来处理善后的遇难者家属，也被安置在了韩城下峪口镇的不同小旅店内。5月19日晚，记者连夜从西安赶赴韩城的途中，曾到过此地采访的新华社记者陈忠华在电话中提醒，“幸存者和遇难者家属都被转移了，你们自己一定要注意安全”。就在半年前，这里曾发生过造成69人伤亡的“天龙煤矿特大瓦斯爆炸事故”，为掩盖真相，矿主连夜转移了38具遇难者遗体，前来采访揭露黑幕的记者惨遭毒打。

5月20日一早我们赶到下峪口镇邮电招待所时，先前掌握的遇难者家属名单上的人都不见了。一番周折后，才在粮油招待所内见到了20多位遇难者家属，他们是前一天晚上被一位自称是矿主朋友的中年男人从邮电招待所转移来的。除他们外，其余40多位遇难者家属都被分散安置在四个小旅馆内，最远的距此30公里。在粮油招待所的走廊里，始终有不明身份的人频繁走动，关注着记者的每一个举动。在弥漫着潮湿霉气的房间里，一位遇难者家属悄悄告诉记者，他们被频繁地送来送去，是为了防止不同地区的家属相互联络。在这起事故中遇难的罗官富的叔伯兄弟黄本宝这样描述矿主的本事：“一说转移，马上就会开来几辆大客车。”

韩城火车站前的饮食一条街上分布着30多家个体旅店。名为“秦龙”的招待所和另一家没有挂牌的小旅馆内都曾住过遇难者家属，但在招待所的旅客登记簿上却毫无痕迹，因为所有的遇难者家属都没有办理登记手续。当地人介绍，这条街在山西河津和陕西韩城都赫赫有名，是名副其实的“矿难处理中心”。给我们包车的当地司机姚师傅说，这条街的旅馆老板与小煤矿矿主都有着千丝万缕的联系，这里是安置小煤矿事故中遇难者家属的“指定旅馆”。我们了解到，在刚刚过去的4个月里，先后有4批遇难矿工家属曾在此居住。接待流程也因此“规范”起来：事故煤矿会安排专人打理遇难者家属的日常生活，由矿主出面就赔偿问题与遇难者家属“谈判”，而旅馆老板的义务则是为矿主保守秘密并且监视家属举动。此前，我们试图通过位于桑树坪煤矿的抢险指挥部了解遇难者家属的情况，他们给出的说法是“我们根本找不到人”。

令人震惊的是，矿区方圆一里内仅有的两部电话，在事故发生后全都被人掐断。这起事故中年纪最小的遇难者是湖北人张启成，事发时不满18岁，他的叔叔告诉我们，侄儿出事的消息是在同一煤矿做采煤工的张启成的哥哥张启建从矿上的小卖店打来电话通知的，但家属随后就再也打不通这部电话了。我们在赶往富源煤矿的途中发现，通过距离富源煤矿千米的“乡韩黄河大桥”时，手机便失去信号，出事矿井因为处于一个山坳的底部，也始终搜索不到手机信号。在如此封闭的环境中，能与外界保持通讯畅通的，只有安装在矿上一个小卖部内和距离煤矿500米外商店里的两部电话。抢险人员赶到后，为了及时通报抢险进展情况自行接通了小卖店内的电话线路，而商店里的那部电话依旧不能使用。店主说：“煤矿出事了，电话就被人掐了。”

采访在艰难中进行，即便面对遇难者家属与抢险人员也是如此。5月20日、21日，我们两次赶到富源煤矿了解现场情况，采访多次被人为打断，被采访者时常被不明身份者以眼神、手势劝阻，甚至还有人为此被飞起的一脚踢中，只是因为这位抢险队员没能掌握好“讲故事”的尺度。我们想知道：如果抢险进展也需要隐瞒，事故真相何时才能解开？

抢险进展通报会上抢险人员数字被人为夸大，事故调查组的工作人员大多留在宾馆房间内聊天，面对提问，副市长让记者有事找市长。

河津宾馆的大堂内坐满了穿着光鲜的青年男子，后经证实他们中不少人的身份是河津市公安局民警。记者赶到时，这家当地政府接待宾馆的前台明确告知已没有房间可以入住，但宾馆经理核对了记者身份并打通一个电话后，便热情地表示“一定要帮这个小忙”。当他在宾馆商场内进行通话时，我们听到的两句话分别是“是记者”、“那我明白了”。随后我们的入住手续办得异常顺利，甚至在交付押金时还被婉拒，这位经理的解释是，“钱就算了，咱们交个朋友”。见我们执意不肯，他又邀请我们一起吃晚饭，在这些“礼遇”被我们谢绝后，这位经理就再也没有露面。

和宾馆经理的过度热情相比，我们遭受的冷遇更多。河津市政府每晚都会在宾馆二楼会议室召开“抢险进展通报会”，但从不提前通知媒体时间，有的记者为了不错过情况通报晚饭后就“守”在会议室里。和以往不同的还有，会议不允许任何人提问，也不发文字材料，一般在简单通报当天的抢险进度后主持人就宣布散会。我们从运城市政府副秘书长卫明泽处要到一份“富源煤矿透水事故5月20日抢险情况”，一段表述引起了大家的注意：“韩城矿务局救护大队的19名队员于16时到矿前来增援。”时间没有错，从韩城救护大队的车进入矿区到列队完毕，我们都在现场并仔细清点过人数，第二天还再次到抢险现场仔细核实过。遗憾的是，这个数字不是19而是11。并不重要的数字被人为改动的原因我不得而知，但我知道的是，这份材料要经层层审阅，最终的去处是国家安全生产监督管理局。

5月21日上午，我们在事故调查组所在的河津宾馆四至六层的楼面转了一圈，打开房门的房间里大多都在聊天。在六楼靠近电梯的房间里，两位自称“调查组工作人员”的年轻人明确拒绝了我们索要资料的要求，并解释自己的职责是保护调查组领导的安全。那是不是意味着，调查组的主要工作都是在宾馆内完成的呢？我们先前了解到，由于事发后矿主烧毁了几乎所有的矿井资料，抢险工作进展十分缓慢，即便这样也没有人去找两位幸存者帮忙，尽管他们能准确画出矿井内的结构图。我们在离开河津前，在市政府门前遇到了副市长阎新民，尽管只想了解当地的经济结构和状况，阎新民的推脱还是没有丝毫的犹豫。他一边大步向前走，一边说道：“我们都是在市长领导下开展工作的，有任何问题你去找他。”

从上到下如此讳莫如深，他们所躲避的，仅仅是一起透水事故吗？

没有人能说清河津市小煤窑的数字，在矿主的“调度”下矿长被当地警方抓捕，但矿主却意外地“失踪”了。

作为运城地区煤矿资源最为集中的河津市，煤炭及其附加产品的产值和利税都占地方经济的半壁江山，但似乎没有人能说清河津市究竟有多少煤矿。在当地政府领导的嘴里，这个数字始终没有统一过。市计划发展局的说法是50多个，副市长马振河的印象是68个，而在当地媒体的报道中事故后关闭小煤矿的数字是91个。当地人把手指向连绵的大山，“这个问题没有答案，这大山里全是小煤矿”。

藏匿踪迹的黑矿一时难以统计，但葬身水下的遇难者却被“明码标价”。遇难者家属曾经向我们提供一条信息：5月12日，他们接到通知，“当地政府会在下午来看望遇难者家属”，但被送到韩城下峪口镇派出所后，一位自称是河津市公安局副局长李振林和另一位自称是河津市公安局刑警大队大队长王建军的人，却讲出了让所有人都深感费解的一段话，“由于矿上经济困难，只能给你们每家1万多(元)”。对于警方此行的目的，他们自己的解释是“我们不是来说和的，只是来给矿主追债的”。记者在河津采访期间，李振林的手机始终没有开机，他的位于河津市公安局办公楼一层的办公室也始终没有人。而查找王建军的过程更为曲折，我们在刑警大队政秘科核实到他的真实身份为刑警二中队侦查员，据称已经有几天没来上班了。刑警二中队办公室的其他人一边玩着电脑游戏一边敷衍着我们的提问，并一再表示没有人知道王建军的联系方式，也没办法找到他。甚至随后进入办公室的警员得知我们要了解王建军的情况后，连声说“我不认识这个人”，并快速走到留置室打起了电话，其中一句是：“建军，你别过来了，有记者要采访你。”

在我们的坚持下，刑警大队一位刘姓副队长用办公电话不断拨打王建军的传呼机，却始终没有回电。有些过意不去的刘副队长宽慰我们说：“那话肯定是说了，但现在谁也不会承认了。”新的疑问是：如果情况属实，那么当地政府在第一时间没有报告、调查事故真相，当地警方却主动出面替代矿方打发家属，这样的行为背后究竟隐匿着什么？当地警方与小煤窑矿主间又存在何种关联呢？更具戏剧性的“抓捕”一幕也与上述疑惑直接相关。事故煤矿的矿长是曾有30年从教经历的张顺和，目前已被警方羁押，诱捕他的竟然是煤矿法人代表魏守仁，而按照当地警方的说法：魏守仁本人意外“失踪”了。据介绍，透水事故发生后张顺和曾在第一时间打电话给魏守仁，魏守仁的态度是“先稳住，把工人处理好”。5月7日晚魏守仁给张顺和打来电话：“事故被人举报了，上边来人调查，你先到河津方圆宾馆，要记住该说的说，不该说的别说。”张顺和赶到河津后并没见到魏守仁，把他送到河津宾馆的是魏守仁的兄弟。当晚，张顺和被警方扣留。运城市政府副秘书长卫明泽向记者证实了对张顺和的抓捕是在河津宾馆完成的。据此更大的疑团产生了：魏守仁为什么能准确掌握政府部门、公安部门的动向？

在魏守仁的“调度”下完成了对张顺和的抓捕，可直到我们离开河津，魏守仁仍然没能归案。解开这些谜团所需要的不仅仅是时间。事实上，直至5月18日被刑事拘留，张顺和才首次供认“井下还有20名矿工”，在羁押的11天漫长时间里，他有过激烈的思想斗争，难道这只是简单的侥幸心理吗?

在河津市采访的几天里，一张无处不在的大网在罩住了事故真相的同时，也连缀出以小煤窑为中心的复杂利益格局。

黑井

孟庆地，22 岁，湖北郧西六郎乡大石堰村七组

梁文成，28 岁，湖北郧西六郎乡大石堰村七组

贺　某，36 岁，湖北郧西六郎乡龙泉村

贺立兵，年龄不详，湖北郧西六郎乡龙泉村

梁秀兵，29 岁，湖北郧西马安乡北家崇山峻岭村二组

周本成，21 岁，湖北郧西马安乡北家崇山峻岭村七组

罗关富，20 岁，湖北郧西马安乡北家崇山峻岭村七组

鲍　某，36 岁，湖北郧西马安乡上川村五组

陶修富，26 岁，湖北郧西马安乡下川村三组

王文庭，28 岁，湖北郧西马安乡下川村三组

张启成，18 岁，湖北郧西尖河镇大东沟村七组

王学宝，35 岁，湖北郧西马安乡锡洞沟村四组

沈兴兵，33 岁，湖北郧西马安乡顺利沟村一组

沈兴汉，35 岁，湖北郧西马安乡顺利沟村一组

高成群，年龄不详，河南三门峡市芦氏沙河

张成军，年龄不详，河南三门峡市芦氏沙河

马奎周，26 岁，河南驻马店市上蔡县西洪乡马索村

曹圣才，37 岁，河南驻马店市上蔡县西洪乡马索村

曹稳当，40 岁，河南驻马店市上蔡县西洪乡马索村

金公宝，年龄不详，陕西山阳人

张建军，年龄不详，山西太原人

21个名字，代表着曾经鲜活的21条生命，代表着被黑井吞噬的21个冤魂。除技术员张建军在距离矿井口不远处被大火烧死外，其他20人都是葬身在漆黑的水下。在矿井深处，他们结束了血泪拼搏——5月20日，记者来到山西运城地区河津市富源煤矿现场，抽水机排出的水已呈白浊色，并散发出腐尸气味。

在陕西韩城下峪口镇的一家小旅馆里，记者见到了“遇难者名单”的提供者张振银。就在这次事故中，他失去了18岁的侄儿。张振银说，这是他费尽周折“私下”联络曾和遇难者一同下井的同乡、“串联”其他遇难者家属才整理出来的。另一位遇难者家属李国印则告诉记者，直到事故发生后的第14天，河津市的有关领导才来看望遇难者家属。“也就是在院子里象征性地站了一下，还没等家属们都出来，这个慰问仪式就匆匆结束了。”

一盏没有人愿意用的旧矿灯使陶修奎成了“富源煤矿特大透水事故”中唯一幸存活下来的采煤工，另一位和他共同经历了350米漫长生死路的同乡工友叫李正炎，是被俗称为“撬门子”的转运工。在韩城下峪口镇一家空间逼仄的私人诊所里，这两位幸存者的讲述复原了黑井中曾经的惨烈一幕：

5月4日8时30分，陶修奎和其他19名采煤工进入坑道，分散在4个采煤平台作业，大约9时一个采煤平台传来消息，采煤时在井壁上打出的一个眼冒水了。尽管交班时工友曾说过出了“矿汗”，此时他们还不知道，这已是透水发生的前兆，刚刚的一钎在不经意间已经打通了古矿井。带班的在井下打电话给技术员张建军求助，张建军下井后发现“矿汗”严重，立即给矿长打电话，但拨了三遍电话始终没能接通。

其实此时巷道的尽头早已积满水，矿方也在图纸中标注位置，但应建的隔水墙一直没来得及打。这时陶修奎发现自己的旧矿灯灯光很暗，便穿过200米的坑道，去找人换一盏亮点的矿灯。走到井下350米处的运煤平台，陶修奎和工友李正炎换好矿灯，刚把它系在腰上就感觉到全身一颤，刹那间他失去了知觉。不知过了多久，陶修奎感到脸上火辣辣地疼，技术员张建军的耳光把他打醒了，同时他的右臂处传来了阵阵剧痛。在矿灯的微弱灯光下，他看清楚了自己的位置，刚刚的剧烈震颤已经把自己掀翻到2米多高煤台的下方，同时摔下煤台的还有工友李正炎和技术员张建军。往上是全长350米、坡度23度的斜井，向下穿过100多米的坑道就是4个采煤工作面的坑口。此时，从作业平台不断涌出的水正迅速漫升，几个人全明白了，透水事故发生了。

周围几乎漆黑一片，两个人想说点什么又都张不开嘴。技术员张建军爬在前边，向他们喊了一声“快点爬啊！”46岁的李正炎和右臂骨折的陶修奎实在没有力气了，但他们知道自己没有选择。陶修奎把头靠近巷道地面，猛地吸了两口地下的潮气，头脑清醒了许多，他突然想起住在附近的老人曾说过的话，“煤矿就在黄河古河道上，一旦透水就等死吧”。他开始向350米外的矿井口奋力爬去，他想起了自己的家人，瘫痪在床的父母、含辛茹苦的妻子还有小女儿，想起了自己做建筑工人时尽管收入不多，但也没有要命的危险。后来他想起来矿上还欠着自己2 000多元工资呢。

无比漫长的350米求生路上，同为湖北郧西县马安乡乡邻的李正炎与他相伴。

爬到距离井口还有大约150米的地方，他俩实在爬不动了，就商量着在坑道边的洞里歇口气。还没待把气喘匀，就看见一个大火球从井口处向巷道深处扑来，他们赶紧在一个水沟前趴下躲避。火球过后，两人继续向矿井口方向爬去，在距离井口只有20米的地方他们发现了一具被烧得焦黑的尸体。被烧死的是技术员张建军，在即将获救时正赶上瓦斯爆炸引起的大火。李正炎、陶修奎用尽力气提起一口气，踉踉跄跄地冲出了井口。短短的350米逃生路，他们用了整整4个小时。

李正炎告诉我们，第二天醒来以后就有人告诉他们“不要乱说”，后来又暗示他们不要接受记者采访，因为“报社会抽取他们60%的赔款金”。5月16日在他们接受了新华社记者采访的当天，每天15元的生活费就被停发了，一直到5月20日才恢复。这中间还曾有自称运城市公安局的两个人来找过他们，希望李正炎和陶修奎回湖北老家休养，并表示每人可以得到2 000元工资和3 000元补偿金。就在记者与他们见面的前一天，这家私人小诊所的医生还特意给两人更换了挂在床头的病历卡。记者注意到，崭新的病历卡详细地记录了两人的病情和诊治方法，字迹十分工整。李正炎说，这家小诊所由矿主的同乡开办。

采访中碰巧有人来续发生活费，陪同我们到小诊所的一位遇难者家属提出是否可以发一些女同志的生活用品时，新桥煤矿李姓矿主说，“这每人每天15元钱是我个人出于同情自掏腰包的，其他的钱我也拿不出了”。李姓矿主拿出30元钱后，让李正炎和陶修奎在一张发放单上签了字。当晚河津市政府在河津宾馆召开的一个约20分钟的“新闻发布会”上，李姓矿主的这一“私人”行为，变成了“政府继续关心幸存者和遇难者家属，每人每天发放生活费15元钱”的讲述。

尽管此前接受采访让他们遭遇了麻烦，李正炎和陶修奎还是讲出了一些不为人知的隐情。“事故发生5天前，矿上就发现有透水现象，”李正炎说，“矿上有一种探测机，但只是为了应付检查摆样子的，因为要搭人工和电费，矿主舍不得用”。陶修奎随后补充说：“矿上没采取啥安全措施，还在矿井口附近放了一个烧水的炉子，事故中烧死技术员张建军的大火，就是这个炉子引起的。”

我们曾询问新桥煤矿李姓矿主“富源煤矿有无开采证件”的问题，他的回答是“所有的证都是齐全的”。我们随后了解到，富源煤矿在1998年取得了采矿许可证，但直到事故发生时也没有拿到生产许可证、工商营业执照和矿长资格证，属于非法开工建设、非法生产、违规操作的黑煤窑。还有一个情况，富源煤矿在地理上属于临汾市乡宁县境内的枣岭乡，煤炭资源却划属运城市管理，2001年运城市煤矿安全生产专项整治领导小组发文，依照“属地管理”的原则将该煤矿移交给河津市。2002年5月8日，即事故发生后的第五天，河津市煤矿专项整治领导小组向运城市煤矿专项整治领导小组提出，不能接受对包括富源煤矿在内的四个煤矿移交给河津市的决定。于是，一个“怪现象”出现了：在地方政府和有关部门“高调”抢险救灾的同时，围绕着富源煤矿的归属权地区间又互相推诿，不断扯皮。

同样的推诿在抢救现场表现得更直白，直白到只有“不知道”三个字。

镶嵌在峭壁上方的矿井下方有一潭水洼，那是抽水机排出来的矿内积水。水洼不远处停着一辆抢险车、一辆公安巡逻车，还有几辆挂着当地政府牌照的小车。抽水机和排风机在轰鸣中工作，抢险队员也在紧张忙碌着。河津市副市长马振河说，排水已经超过3万立方米，但由于矿井距离黄河只有三四百米远，井内的积水很多，再加上矿井里的瓦斯浓度依然很高，从安全抢险的角度出发排水速度很难加快。就在我们第一次来到现场的这一天，抢险方案被临时调整，第二台水泵于当天下午安装到位，第三台水泵预计在稍晚的21时运抵安装，同时还从陕西韩城矿务局调来一台大功率“对旋式”风机。但我们在现场发现，抽出来的水已呈乳白色，并发出腐臭气息，一名抢险队员拍打着脖子上的蚊子说：“你没见臭气把蚊子都招来了吗？浸泡在水里的尸体开始腐烂了。”事故发生后，矿工已经全部被清理遣返，只留下给抢险队做饭的两名伙夫，但他们显然也已经被“关照”过，什么都不肯说。“你们老板是谁？”“不知道。”“你们知道井下困了多少人？”“不知道，事不关己高高挂起。”“如果下面有你的兄弟、老乡呢？”“也不关心。”“有谁不让你们说吗？”“我们知道了也不说，除非给我们10万块钱。”

5月21日我们在现场发现，周围已被当地警方拉线警戒起来，前来采访的记者都被拦在矿区之外。对此警方给出的解释是“矿井口附近瓦斯浓度太高”。而抢险指挥部的官员一直在警戒圈内不出来，与记者“画线而立”。两个小时后当地政府和抢险指挥部工作人员一踏出警戒线，我的同事就迎上前采访，走在最前面的一位官员在仔细查看了记者证后，对一连提出的七八个问题的回答都是“不知道”，随后在其他官员的簇拥下找了张凳子坐下。记者紧跟上去发问：“现在下面的情况怎么样？”“不知道。”“你知道下面埋了多少矿工吗？”“我不知道。”“请问你是河津市的官员还是运城市的官员？”“我不知道。”“什么都不知道你来干什么？”“我不是来抢险的，我就是不知道！”在因为下雨而泥泞不堪的矿区里，唯有这位官员的头发梳得一丝不乱，皮鞋锃亮，眼光中的冷漠令人心寒。当这位官员以“不知道”漠然置之时，20位苦难矿工的遗体正被浸泡在不远处漆黑的矿井底下。

大雪无痕

黑龙江宝兴煤矿特大瓦斯爆炸事故调查

尽管事故发生前的6小时内，煤矿监测系统忠实记录下10次瓦斯报警，尽管在事故发生的11天前，采煤作业面曾出现过严重火情，黑龙江宝兴煤矿的34名矿工还是在矿方对安全的漠视下一步步走向了死亡。因为没有耕地，缺乏谋生能力，活下来的人还要继续在数百米深处的矿井下讨生活。

再过一周，矿上就要放假了。和干"井下活"的173个兄弟一样，25岁的丁祖财也在惦记着被矿长扣着的那一个月工钱。年关将至，他希望矿长杜生堂能够把这笔钱发下来，但他不敢去找矿长理论，因为他清楚，如果为此砸了饭碗，就什么都完了。

这一天，丁祖财的下井时间是零点。他摸黑走出家门的时候，怀有4个月身孕的妻子还在睡梦中。家里到矿上的沙土路不足千米，他深一脚浅一脚地走过坑坑洼洼还是花了点时间，黄色的沙土夹杂着白色的雪和黑色的煤，在他的眼中已然黑魆一色。丁祖财迈进煤矿大门的时候，弟弟丁祖来已经在距离地面450米下的采煤作业面干了整整16个小时。

零点，交接班的兄弟俩在井口擦肩而过。"哥，别下了，今天温度太高，活不好干，可是——"话到嘴边，弟弟又咽了回去。他知道，哥哥不会听他的，换了自己也没得选择——每个班次50元的收入是全家唯一的生活来源，何况为了给哥哥娶媳妇，家里已经欠下5万元的"饥荒"，何况自己23岁了还没说上媳妇。而且丁祖来太累了，60摄氏度高温下长时间的井下作业让他连回头叮嘱的力气也没有了。

这是兄弟俩的最后一面，丁祖财再也没能走出黑洞洞的矿口，4 个小时后——2003 年 1 月 11 日凌晨 4 时 45 分，一声巨响从矿口下 450 米深处传出——黑龙江省宝兴煤矿发生特大瓦斯爆炸事故！除地面作业的水泵工和后来被救出的严重烧伤的装车工，零点班组的其余 34 人全都被埋在了井下。

第二天我飞抵哈尔滨市，并立即赶赴 800 里外的宝兴煤矿，从哈尔滨市紧急抽调的烧伤科、骨科医生此时也已到达事故煤矿所在的方正县。在中央和省市领导的指挥下，抢险工作在紧张进行，但由于矿井内仍有明火燃烧，通风系统还未修复，巷道内的棚架已经坍塌，救援工作的进展极其缓慢。

1 月 13 日，被宣布为“失踪者”的家属陆续在矿口处烧纸祭拜。

事故发生前的 6 小时内，煤矿监测系统忠实地记录了 10 次瓦斯报警。事故前的数 10 个征兆，没有一个能引起重视。

在地理上，宝兴煤矿和宝兴乡没有任何关系，它远在宝兴乡 200 里外的沙河子矿区内，这让我 1 月 13 日晚第一次进入矿区颇费周折。从高速路转入矿区的沙土路后，车子开始剧烈颠簸，因为路面不平整，车子只能取道冰封的松花江江面。从江面上遥看矿区，漆黑一片，偶尔看到的几点灯光也都昏黄微弱。

宝兴煤矿的大门前，有一座被冻得结结实实的煤山，在它的旁边，是先前露天开采自然形成的一个千米长、百米宽的“峡谷”。通向出事斜井的路上，凌乱地堆放着几辆生锈的矿车。在一溜早年建造的平房里，我找到了煤矿的办公室，狭长走廊的墙壁上贴满了安全措施布告。会议室已经是事故抢险调查组的办公区，墙壁上最醒目的“事故矿井平面构造图”旁是“安全设施一览表”，我抄录了一组数字：瓦斯浓度检定器 13 个、测风表 3 个、甲烷报警器 15 个、一氧化碳检定器 2 个。

事实上，这些被矿工视作“救命神”的安全装备忠实地履行了自己的职责，却没能引起矿方应有的重视。随着采访的深入，事故发生前十几天的矿区安全状况被陆续复原。矿工陈柱国回忆：去年 12 月 31 日，发生瓦斯爆炸的作业平台突然起火，煤矿组织人员用沙子、黄泥灭火后，垒起了一道砖墙，但采煤作业始终没有停止。几天后发现砖墙的隔离降温效果不明显，作业面温度仍高达 65 摄氏度，矿方再次组织人建了一个水池进行降温。在事故发生前的10小时，矿内再次发出警报——作业面温度达到了100摄氏度！矿方又组织人修建了三道砖墙，但采煤作业仍未停止。在事故发生前的6个小时内，煤矿监测系统记录了10次瓦斯报警，但每一次都无人理会。黑龙江省煤矿安全监察局总工程师赵书田据此判断：尽管此时矿井内的瓦斯容量已很高，但若立即采取有效措施，事故的发生依然可以避免。

1月14日在家属区采访时，两位矿工偷偷找到我，他们说："马上就要过年了，采煤的进度就慢了，但矿上对采煤工说，年前一定要把这个封闭面的煤全部采完，如果不采完生产矿长和安全矿长就拿不到3万元奖金。"

就这样，矿工们昼夜不停地向地下深处掘进、掘进，直到阴阳相隔。

事故发生后，方正县县长王树清以抢险调查组组长的身份参与了全部工作，这位49岁的中年人半年前刚从双城市委副书记的任期内调来。为方便指挥抢险，这几天他一直住在矿上。接受采访时他这样归结事故原因："矿方违章处理火区，造成了'采空区'瓦斯大量向灾区流动进而形成瓦斯聚集，最终酿成了这起特大事故。"

采煤被矿工们比作"阳间的人干阴间的活"。但每一个矿工都清楚，除了下井没有别的选择，即使在痛失亲人的家庭中，他们要做的也是在亲人的血迹上继续掘进。

腊月里北风正劲，打在脸上犹如沙石一样，两次走近事故矿井的井口时，我都被凛冽的北风生生吹落了眼泪。在煤矿家属区西边的一个高地上，坐落着丁祖财家的小院，1月14日记者赶到时，他的3个堂兄妹刚刚从矿上给丁祖财烧纸祭拜回来。火炕上几乎没什么热气，坐在上面的丁强卷纸烟的手一直在抖。刚刚50出头的丁强是丁祖财的父亲，脸上却已布满沟壑。谈起最喜爱的大儿子丁祖财，丁强的眼圈又红了，很久才说出来一句"这孩子机灵啊"。曾干过20多年井下活，丁强很了解儿子工作的危险。"这是阳间的人干阴间的活"，丁强喃喃道。

丁强老家山东阳谷，1976年来到与方正县一江之隔的宝清县谋生，随着沙河子矿区开出第一座煤矿——方正煤矿，他被“招工”来到方正县当了一名“国营工人”。回忆那段工作时他说：“那是沙河子的第一个矿，是国营煤矿，安全和生活都有保障。”但自从3年前煤矿承包给个人后，丁强就被辞退回家了。矿区里流行的一句老话是“下井亲兄弟，采煤父子兵”，丁强的两个儿子也先后干上了“井下活”。丁祖财更是初中一毕业就干起了采煤工，至今已经8年，去年秋天结婚后才由红旗煤矿转到宝兴煤矿。

说话间，老人不停用粗糙的双手捂住脸掩饰悲痛，但浑浊的泪水还是透过指缝流出。尽管最多的时候，家中有3人同时在井下干活，这个五口之家如今依然艰难的日子一眼就看得出。丁祖财的堂姐搭话说：“不怕你笑话，家里实在太穷了，祖财的媳妇都是我们从老家骗来的，那时我们只能说家里条件好，其实为了办这档婚事我们还欠着5万元的‘饥荒’。”丁祖财新婚不久的妻子叫布艳勤，今年22岁，是丁家的山东老乡，如今已有了4个月身孕。在丁家采访时，正赶上布艳勤的家人把电话打到了邻居家。接好电话后她告诉丁强，娘家人正准备往这边赶。布艳勤告诉我：“家里都知道矿上工作危险，着火也已经不止一次了，但是没办法，只有下井才能赚钱。为了能够有活干、能下井，他们还曾给矿上的人送过礼。”丁家上下正沉浸在失去亲人的悲痛中，遗腹子的命运究竟怎样还没有认真考虑。更大的担忧是，矿区人都没有耕地，除了下井采煤，他们几乎没有选择。在事故中失去亲人的家庭，大多还要继续走进地下深处的矿井。对于他们而言，自己的未来是和漆黑的井下连在一起的。这两年，沙河子矿区中陆续已经有不少人“移民”到了县里，但他们也都摆脱不了徘徊在社会底层的命运，大部分人的生计是开“港田”、“杵大岗”、卖零碎儿。

矿工的保险应当赔付给谁？这个简单的问题可能有意想不到的答案。在当地主要领导的眼中，出事煤矿承包给私人是学习沿海地区的经验。

1月13日、14日两天，被采访矿工都不约而同地向我提供了相同的信息：自己当月的工资单都被扣了钱，矿上给出的说法是为他们购买保险，但相关单据都不在自己手上。他们还透露，过去矿上出事故的时候，从没有人领到过赔偿金。

弟弟在这次事故中遇难的雪兴为此找到了保险公司经办人员，保险员李润的解释是“矿上投保的是集体险，一旦发生事故，保险公司的权限是把理赔款项交付矿上，究竟矿上怎么发放，我们没有权利去监督”。在高楞乡，我看到了这份保单，受益人一栏填写的是：宝兴煤矿。中国人寿方正公司的经理李秀媛承认赔偿金只赔付给矿方的做法，但她劝慰雪兴：“尽管意外险是矿上出面投保，但这次和过去不同，一定能落实到遇难家属手里。”她所说的不同是指“这次事情搞得这么大，中央和省、市领导都在关注，谁也压不住，我们不仅要把钱交给个人，还要搞个大场面”。根据保险合同约定，在这次事故中遇难的矿工每人可获得 2 万元赔付。

方正县地矿局局长张维清两年前是宝兴乡党委书记，但这两天一直没出现在地矿局的办公楼里。他的同事介绍，出事的宝兴煤矿是宝兴乡投资的集体企业，但 3 年前开始由个人承包了。记者了解到，国家和黑龙江省有明确要求：凡与个人联营或者实行个体承包的小煤矿，必须立即解除联营合同或承包合同。但在沙河子矿区，过去由集体经营的煤矿目前全由个人承包经营。从 20 世纪 70 年代开矿采煤至今，沙河子矿区共建成 5 个煤矿，分别是万宝煤矿、永平煤矿、方正煤矿、红旗煤矿和宝兴煤矿，都是如此。与此同时，相关煤矿的税收已成为方正县财政收入的重要来源：2002 年全县财政收入 7 000 万元，煤矿的税收贡献超过 500 万元。在 20 世纪八九十年代乡镇企业兴起时，方正县著名的财政“困难乡”宝兴乡可谓富甲一方，但由于发展后劲不足，债务纷争繁复，全乡已累计欠债 3 000 余万元，煤矿每年上交的承包费只不过是“杯水车薪”。

一位不愿透露姓名的县委常委在接受采访时说，从目前的情况看，宝兴煤矿证照齐全。对于“个人承包”煤矿的做法，他给出的理由是“我们把井包给个人是学习沿海地区的成功经验”。其实就在这起事故发生前不久，方正县所在的哈尔滨市在关闭乡镇煤矿方面有过统一部署，其核心内容就是：除维持民用燃气供应所需的两个煤矿外，其余的煤矿都要停产。先前哈尔滨市主要领导前往方正县检查煤矿安全工作时也曾明确指出：即使在市场经济的条件下，对煤炭开采这类特殊行业也要实行严格的管制和市场准入。

但沙河子矿区依旧“红火”，而这里出产的“乌金煤”由于口碑好，在市场上销路通畅。作为高瓦斯矿区，矿区经过 30 多年开采，地下形成了上千条废弃的大小巷道，有的已被炸塌，有的成了瓦斯积聚的“毒巷”或积满地下水的“水窟”，在该区域采煤作业的安全系数要比新矿区低很多。此外，矿区距离松花江最近处仅有数百米之遥，煤矿也常常受到洪水威胁，1998 年松花江在遭遇百年不遇的特大洪水时，矿区就曾被淹，把矿井里的水全部抽干用了数月时间。

1 月 13 日晚，我从矿区返回方正县城时，车上搭了一位叫韩阳的年轻人，他是来宝兴煤矿拉煤的货运代理商。夜幕下蹒跚在沙土路上的一列车队都装满了煤，黑色的煤洒落在通往县城的路上，在大雪的映衬下格外醒目。粗略统计，仅此一趟，从宝兴煤矿运出的煤炭至少有 300 吨。而先前我们被告知：事故发生后，矿区的 5 个煤矿全都处于停产整顿状态。

无法关闭的小煤窑

“小煤矿事故频发的根本原因是体制造成的，这是个暴利行业。”运城市市政府副秘书长卫明泽这样归结小煤窑“吃人”不绝的原因。而我辗转找到的一位丁姓小煤矿矿主则说得更直白：“这就像每天有10万块钱摆在我的面前，只要开工就能拿到，要是出了事死了人打点几万块就能了掉，换成你做不做？”

在陕晋峡谷的山中，究竟“藏”了多少小煤矿，谁也说不清。统计数字显示：乡镇煤矿产量占山西省总产量的34.2%，而发生事故的死亡人数却占了全省的75.7%。记者从山西省煤炭工业管理局了解到，山西省国有大矿“吨煤成本”在100元左右，小煤窑的“吨煤成本”最低的却只有30元。在同为“煤炭大省”的黑龙江，小煤矿的产量占全省总产量的三分之一，而发生一次性死亡10人以上的特大事故却占全省的90%以上。与国有大矿“吨煤成本”接近120元相比，方正县沙河子矿区的小煤窑最低的不到40元。

如此巨大的成本差别正是小煤窑屡禁不止的经济根源，而压缩掉的成本往往是以矿工的生命作为代价的。国有大矿的采区有严格的设计标准，采煤、掘进、机电、运输、通风五大系统必须完善，还要兼顾采煤工作面的空气净化，这些设施建设和安全保障都包含在煤矿开采的成本核算中。而小煤窑的设备大多是国有大矿淘汰掉的旧、杂设备，有些已经不具备安全生产条件。

小煤矿矿主对此并不在意：“我们的设备确实是大矿淘汰的旧设备，因为价格便宜，但我们还算不错的，你去看看不少小煤矿连瓦斯监测和报警器都没有。”“需要火区管理吗？专门雇人肯定不划算，你别看东堵西堵的方法很原始但实际有效。”在调查中我了解到，接近四成的小煤窑存在着“死头”采煤的现象，这样的方式极易聚积瓦斯，还有的煤矿从附近拉根电线就能开工，根本不铺设真正的回路。

与设备安全的欠账相比，更可怕的是井下人员的素质欠账，这给“火药桶”般的小煤窑又装上了“人为”的导火索。黑龙江煤监局局长王峰就坦言：“全省煤矿安全形势非常严峻，其中一个重要原因是采煤工流动性太大，还有煤矿随便将采煤的活转包出去，对人员的安全教育已成为重中之重，当务之急。”在黑龙江宝兴煤矿特大瓦斯爆炸事故发生的3个月前，该省在国家煤矿安全培训中心开办了一期“煤矿违章矿长培训班”，担任主讲教师的原鸡西矿业集团总工程蔡洪波心情颇为沉重，“现在的煤矿从管理人员、技术人员到普通工人，素质普遍都很低，而且形势越来越严峻”。他说此话的依据是：许多矿长连基础的安全知识都不掌握，有的甚至连字都不认识几个。而山西小煤窑的雇工大多是来自四川、湖北、河南和陕西等贫困地区的农民工，有的煤窑甚至以“干一天活给一天现钱”来吸引劳力，不仅国家规定的20天安全教育无从谈起，甚至还发生过由于矿工吸烟而引发的瓦斯爆炸事故。此外，“承包、租赁、委托经营”等不利于监管的经营机制的广泛存在，也是造成生产安全无法保障的重要因素。据估算，山西省1 500余个小煤矿中，80％左右处于“个人承包和变相个人承包”的状态，黑龙江省的这个数字也不分上下。

但一直以来关闭小煤窑的阻力都很大。黑龙江省国有重点煤矿开办小井的初衷，是解决企业职工家属就业、安置下岗分流职工，目前全省仅这部分人员就有3万人。关闭小煤矿就意味着公司解体和大量职工集中下岗，在就业机会相对较少的中小城市问题就更大。关闭小矿还涉及一系列经济纠纷，诸如生产的投入、职工的开支、债权的划分、银行贷款等问题。国务院对此的要求是：“小煤窑的停产整顿，由地方人民政府与有关部门共同组成检查组进行检查和认定。”然而这几起事故的发生，说明一些地方政府并未真正负起责任，在安全与生产、安全与效益的平衡上，最容易滋生严重的地方保护主义。以山西河津为例，地方统管小煤矿上缴的税费占到当地财政收入的七分之一，一旦关井地方经济就会受到直接影响，况且这些小煤矿虽然大多设备不全，但也要有数十万甚至数百万元投资，直接关掉后这些利益全都灰飞烟灭，所以也就不难想象他们对关闭小煤矿的对抗态度。

我离开河津时，小煤矿已经在执行停产3个月进行整顿，但从山上下来的车都装满了煤，洗煤厂也一直在工作。知情人透露，由于煤矿停产整顿，近日山西煤价还会暴涨，在巨大的经济利益驱动下，谁能保证黑心的小煤窑会真地偃旗息鼓？因为小矿主说："我们最好的时候就是关闭小煤矿的时候，价格涨上来，只要开工就是数钱。"

事故发生使小煤窑的安全问题暴露无遗，但还有多少问题会一直隐藏下去呢？对于暴露出的问题是否能在停产整顿中一一核实、解决呢？要知道，作为世界目前已探明煤炭储量最多的国家，在安全事故上我们所"贡献"的教训也最多。

丁篇

贻害

尽管那段梦魇般的日子已经过去了半个多世纪，尽管我的父辈在他们幼小的心灵中也不曾这样「直面淋漓的鲜血」，我们还是会因为「日本军旗装事件」、「靖国神社参拜」而轻易地激愤。历史是不需要评说的，但当历史常识变成闹剧的时候，一定有人深感悲凉。更多的人？更多的年轻人呢？还有，更多的日本人呢？更多的日本青年呢？这样的想象无法继续。

笔记：历史如山

12月13日，听着响彻南京的凄厉警报声时，我看到人们多是行色匆匆。我不知道，这回响在城市上空的警报是不是也能响在每个人心中。又一年的5月，我第一次坐在时任侵华日军第731细菌部队罪证陈列馆副馆长金成民的面前，他讲述的一位韩国人的故事让我良久无言——这位韩国人自建731罪行陈列馆，只因该魔鬼部队也曾将黑手伸向他的同胞。真希望他们的拳拳之心和切切之意能被更多人理解。

8月初，侵华日军细菌战受害者原告诉讼团迎来第一次判决，诉讼团首席代表王选用电影《不可能完成的任务》作比自己的诉讼经历："我要把这项不可能完成的任务进行到底。"我和王选都清楚：在那之前所有关于细菌战受害索赔的民间诉讼还没有胜诉的先例。

我不想再讲国际公约，尽管每一条都对生化武器严厉禁止。

一个连历史都不敢直面的民族，你还能讲什么呢？

在这个沉重的采访过程中我几度写下过"对不起，我写不下去了"的笔记。有一处就写在转述一位侵华日军老兵的回忆后：一个中国少年被严刑拷打后带进了解剖室，他被扒光衣服，几个日本军医扑了过去将他按在手术台上，挣扎的四肢被皮带紧紧地扣住。少年被全身消毒并注射了麻醉剂，随后日本军医一刀将他的腹部切开，按照肠、胰腺、肝、肾、胃的顺序取出内脏，经分类扔进铁桶里，再放入装有福尔马林溶液的玻璃容器内……军医又从少年的耳鼻一线处入刀，头皮切开后再更换锯条，头盖骨很快被锯成三角形，掀开后就露出了大脑。这时，一个队员用手伸进柔软的保护膜，把脑子取出，立即放进装有福尔马林溶液的容器中。此时，手术台上只留下少年的四肢和一具空壳身躯。

一个年少的生命，就这样消失在恶魔们的刀下。

……

尽管那段梦魇般的日子已经过去了半个多世纪，尽管我的父辈在他们幼小的心灵中也不曾这样“直面淋漓的鲜血”，我们还是会因为“日本军旗装事件”、“靖国神社参拜”而激愤。历史是不需要评说的，但当历史常识变成闹剧的时候，一定有人深感悲凉。更多的人？更多的年轻人呢？还有，更多的日本人呢？更多的日本青年呢？这样的想象无法继续。

好的消息也有。在高知颇有名气的城西带状公园内，纪念碑比比皆是，有一位日本教师因在战前怂恿学生积极参战而心怀愧疚在此立碑警示后人。在公园的中心地带还有一块巨大的纪念碑，上面写着“侵华日军采取‘三光’政策，造成中国一千多万人的伤亡”的内容。我从心底里尊敬那位迷途知返并身体力行赎罪的日本教师，他有勇气正视自己的错误。那，一个国家呢？

那些有良知和判断力的日本人所做的事情，能否取代一个民族的赎罪？

感谢金成民先生和王选女士，感谢那些曾经也沾染过中国平民鲜血而今天勇于站出来的日本老人们。当更多的人在用自己的心血凝成新的历史回眸时，我愿意相信，会有更多人记住他们的名字。

2010年8月15日又到了，这是中国抗日战争胜利65周年的纪念日。

等待反省

因为太多的关注，2002年8月27日，一个普通的日子变得不再普通。这一天，在日本东京法院，已耗时5年的细菌战诉讼案将进行一审判决。这是一次迟到的审判，由于种种原因，原定于春天举行的判决一再延迟，直到今天。

艰难的诉讼历时5年：

1997年8月11日，细菌战的中国受灾区浙江省宁波市、义乌市崇山村、湖南省常德市108名代表向东京地方法院提起诉讼，要求日本政府道歉，并对每个原告支付1 000万日元的损害赔偿。

1999年12月，72名中国受害者进行了第二次起诉，起诉总人数达到180名。

2000年11月15日，东京地方法院第十七次开庭，参与生产细菌、进行人体试验、活体解剖的原日军731部队少年班队员筱冢良雄，参加细菌作战的原日军731部队航空班飞行员松本正一等作为原告方人证证实了这段曾一度被掩盖起来的历史。

2001年12月26日，东京地方法院第二十七次开庭，结束了法庭调查举证，来自中国浙江、湖南的8名受害者出庭陈述，以各自的家庭惨遇控诉了日军731部队施行灭绝人性的细菌战，驳斥了日本政府企图掩盖历史、抹煞事实的恶劣行径，并强烈要求日本政府向中国受害者谢罪，做出应有赔偿。

2002年7月12日，湖南省常德市外事办将沉甸甸的53本签名册、287 000个签名，连同常德15 000名细菌战受害者及600万常德人民“给我公正判决”的呼声，一并寄给了日本东京地方法院。

人们希望可以听到早该听到的反省的声音。

180名原告的控诉，230名日本律师的义务服务，480多件触目惊心的铁证，27次沉重的开庭，2 000多天漫长的等待，几十亿双眼睛的关注——8月27日，这场审判终将到来。这并不是针对侵华日军施行细菌战的首起诉讼，在此之前的所有裁定一再让善良的人们失望；这也一定不会是受害者寻求公理的最后努力，历史将证明一切。

细菌战受害地区实录

1907年《陆战法规惯例公约》规定：禁止使用有毒的和能够造成不必要痛苦的投射物质，以及使用该物质的武器。
1919年通过的《布鲁塞尔条约》规定：禁止贩卖、制造、输入以及使用毒气。
1922年《华盛顿协约》规定：签字国禁止使用窒息性中毒性的气体或液体以及其他物质。
1925年日内瓦《和平解决国际争端议定书》规定：禁止互相使用窒息性、中毒性或类似性质的气体、液体等物质和方法；绝对禁止把细菌性物质作为军事手段使用。

王选和她所在的调查队沿着当年日军细菌战的受灾区一路走下去，常德、宁波、衢州、江山、金华……当一座座城市、一个个村镇在地图上被标注出来时，更大的愤懑涌出——日军细菌战发生的地点并不是一个个孤立的村镇，而是沿杭州、金华、衢州铁路蔓延开来的大片区域。

发生在1940年到1942年的噩梦经历，陆续复原在世人的眼前。

"烂脚病"与1942年的炭疽疫情

2002年3月4日，日军细菌战中外调查组来到浙江金华，尽管走访的只是位于市郊的部分"烂脚村"，但目光所及处，受害人数之众、受害程度之深，还是超出了所有调查人员的预想。在汤溪城隍庙，蔡家芳老人卷起裤腿，右腿上还留着一个鸡蛋大小的伤疤，烙在皮肤上的结痂就像松树皮一样。

74岁的洪国济老人一开口，所有的心都像被揪了起来。1942年，只有14岁的洪国济突然发现自己的双腿起了水泡，又痛又痒，抓破后还会流血、溃烂，最严重的部位都露出了骨头。到学校上学时，他的烂脚散发出一股刺鼻的臭味，在三五米远的地方都能闻到，同学们都不愿接近他。因为害怕同学们疏远，每天上学前洪国济都要先到河里将脚洗干净，再敷上一种草药，然后才敢迈进学校的大门。在洪家，洪国济的病情还不是最严重的。他的父亲患上"烂脚病"后到农田里干活时，蚂蟥竟直接从溃烂处钻进。而他的爷爷、母亲、二姐最终都丧命于"烂脚病"。弟弟洪定甫虽然没有染上"怪病"，但因为一家人都挤在一间只有12平方米的小房间生活，他承受的痛苦并不比患病的亲人少。洪定甫回忆，晚上房间里"烂脚"的臭味熏得他无法入睡，白天放学后他还得清洗一大堆衣裤、被单。村里人不明真相，还以为洪家患上瘟病，以至于平常最亲近的邻居也不愿再跟他们交往。村里的水塘不允许他们使用，洪定甫只好到村外一公里左右的塘里洗涤衣物。这些衣物上沾满了从父亲、母亲等患病亲人身上掉下来的"烂肉"，洪定甫闻着阵阵扑鼻的腥臭，洗着衣服眼泪就会忍不住流下来。

同样的情形也发生在浙江衢州。当地老医生潘振钰早年接受采访时曾回忆说，1942年4月之前，在衢州当地未发现过炭疽疫情，但在日军进攻衢州前的四五月间，衢州城区及所属乡镇突然爆发了炭疽疫情，此外驻防在此的国军以及军马、耕牛中都有发现。因为县卫生院已经接到了政府的疏散命令，所以当时未及时进行详细调查，也未采取相应的防疫措施。潘振钰曾猜测：炭疽疫情的出现可能与日军飞机多次在衢县一带播撒灰白色异物、投掷陶瓷炸弹有关。而受害者章自修老人也有着同样的猜测，在接受调查时他说："就在四五月间，我亲眼看到日军飞机轰炸，当时还投下了形似酒坛一样的长圆形陶瓷罐炸弹，随后村上生病的人一天比一天多，好多人开始烂脚、烂脖子、烂背，我的叔叔因为烂脚没能得到救治最终死掉，同村的陈花芳、严枝怀的手、背、脚也就从那时起开始溃烂，一直到死，当时医生对此的诊断结果就是炭疽病。"调查组统计，老人所生活的木家墩村百余人口中，有30多人死于炭疽病。

另一位受害者，六都杨村村民徐雨生老人回忆说："1942年5月日军侵入我村，我们全家逃避到山区，直到日军撤退后我们全家才返乡。在家劳动没几天，我的左脚就出现了水泡，接着就出现了黑色的结痂，流脓水，直到溃烂。父母曾带我到处求医都没能治好。1945年我在衢州城里的台湾医院被诊断为炭疽病，后来我又多次到金华、杭州等地的医院医治，并两次植皮，但出院后仍会复发，创口处不断流血、流脓水。在迫不得已的情况下，我到衢州市人民医院做了截肢手术。”

这对于任何人都不啻是噩梦般的经历，都归结于1942年日军在衢州地区使用炭疽细菌弹。后经证实：1942年5月中旬，日军在进攻衢州前派出飞机空投陶瓷炭疽细菌弹，此外还派出多路人员潜入居民与驻军生活区直接撒播炭疽菌。当年8月日军从衢州撤退时，日军731部队还专门派出“远征队”在城乡居民区内人工投掷、撒播，目标分别被设定为水井、河滩、房屋。日军在衢州地区撒播炭疽菌，造成了当地人群、家畜以及驻军的军马中炭疽病流行。据初步调查，至1948年末，衢州地区先后已有19个乡镇、94个村(居民区)发生过炭疽病流行。不仅是衢州。日军发动“浙赣战役”前的细菌弹投放范围包括了浙赣交通沿线的金华、兰溪、汤溪、龙游、衢州、江山、常山、玉山、上饶等地，从而造成了浙赣交通沿线的军民中爆发了炭疽病大流行。

鼠疫大流行

同样是在衢州，1940年10月日军从空中投放了鼠疫菌后，引起鼠疫疫情发生并流行了13年，在同省的义乌，鼠疫曾蔓延全县，并传播到邻县东阳。被保存在日本防卫厅防卫研究所图书馆的陆军军官井本熊男的《业务日志》中，清楚地记录下细菌战从作战计划、准备、实行到战果的全过程。在1940年9月18日的日志中，记载了将细菌战的攻击目标确定为宁波和金华，此外还列举了玉山、温州、台州，还对攻击目标的细菌使用量做出了详细安排：在宁波，每平方公里使用细菌1.5公斤。

1941年11月4日，一架轻型轰炸机在中国湖南的常德“播撒”了36公斤带有鼠疫菌的跳蚤，一周后便收到了有关鼠疫大流行的“战果报告”。据了解，当年常德死于鼠疫的民众中，“个人信息确凿”的就有几百人。设在常德市大西门外的千佛寺内，火葬炉终日烟火不歇，据记载，在那里先后火化的死于鼠疫的尸骨有360具。生于1922年的杨志惠老人就是这段历史的亲历者，那一年她只有19岁，与母亲、弟弟一同住在常德五铺街木板房里。她回忆道：听到飞机轰鸣声，母亲把一张桌子拉到房间当中，又抱来棉被铺在桌上，把我和弟弟拉到桌子下面躲起来。几十分钟后，我看到五铺街一带的大街小巷到处都是谷粒、高粱、麦粒和破布。3天后弟弟开始发高烧，接连三天三夜茶饭不进、呕吐不止。在弟弟患病的第二天我也开始呕吐，并伴有头痛、高烧和抽搐的症状。保甲长把我们迁到了隔离医院，当我母亲求人用木板将我抬进医院时，那里已经挤满了瘟疫患者，到处都是撕心裂肺的哭喊声。

宁波也是鼠疫流行的重灾区。1940年10月，日军向宁波空投了带有鼠疫菌的谷子、粟米、面粉，上百人很快染病死去，当时只有16岁的钱贵法也病倒了，他被迅速送到甲级隔离区。"我被抬进病房后不久，躺在我身边的那些人就全都死了，他们身子扭曲，脸色发紫，嘴巴干裂，样子痛苦极了，到后来我也病得几乎和他们没什么两样了。"甲级隔离区内每天都有人被装殓，医护人员见到钱贵法一动不动，便找来抬尸工准备收殓，在把他放入棺材的过程中，有人发现他隐约地挣扎了一下，便连忙喊：这个人还在动！钱贵法是当地鼠疫患者中唯一的幸存者。

爆发在宁波的这次疫情在短短数日内造成了100多人死亡，这其中退休教师胡鼎阳一家就有4人罹难。他向调查组回忆说："10月27日当晚下了一场大雨，把散落在房顶的麦粒、面粉都冲到了屋檐下盛装生活用水的水缸里。死神很快来临了。10月30日，我家房客、滋泉豆浆店店主赖福生夫妇突然发病，第二天晚上夫妇俩便暴死。接下来两天里，我家附近不断有死尸抬出来，开明街、东后街、太平巷这几条街巷哭声不绝。又过了几天，我们开明街一带几乎成了死亡之街。"就在11月1日的夜里，胡鼎阳16岁的姑姑和7岁的小叔也同时出现了头痛眩晕、畏寒发热的症状。第二天午饭还没来得及吃，姑姑便全身发烫、红肿，变得神志不清，一会儿就咽气了。又隔了一天，小叔也开始两眼充血，并伴有抽搐，不多时也死了。胡鼎阳和母亲被安置在隔离医院，注射了预防鼠疫疫苗并接受观察，当他从隔离医院出来后才知道，爷爷奶奶早已相继发病死亡。

这是一份关于日军细菌战受害死亡者的不完全统计：1940年10月至1941年12月间，日军细菌战造成浙江衢州至少2 000人死亡；1941年9月至1942年3月间，日军细菌战造成浙江义乌市区至少230人死亡；1941年10月至1942年4月间，日军细菌战造成浙江东阳至少113人死亡；1942年10月至1943年1月间，日军细菌战造成浙江塔下洲至少103人死亡；1940年11月至当年12月间，日军细菌战造成浙江宁波至少112人死亡。在湖南常德，受害死亡者的数字是

6 491名，在常德市区爆发的鼠疫大流行自 1942 年 3 月起被陆续传播到所属农村的东江、东郊、许家桥、石门桥、聂家桥、韩公渡、石公桥、周家店、马宗窗、桃源九溪、草坪、大龙、镇德桥、白合山、肖伍铺、南坪、黄土店、钱家坪、双桥坪、瓦屋当、中河口、黑山嘴、黄珠洲、洲口、冲天湖、太平铺、毛家滩、丹州、德山……

半个多世纪以来，为预防鼠疫再发生，日军细菌战受害地区必须每年数次在相关的区域内捕捉大量老鼠和跳蚤进行鼠疫菌检测。这些地区卫生防疫机关的检查结果显示，浙江的衢州、义乌及湖南常德，从 20 世纪八九十年代至今，仍有鼠疫菌抗体阳性的发现。也就是说，在这些地区鼠疫菌依然在活动，鼠疫再次爆发的可能性仍然存在。

对于生活在这些地区的人们来说，日军细菌战不只是历史，更是现实。

环环相扣的罪恶

李晓方所著《泣血控诉》一书中透露：保存在中国历史档案馆的一份中国国民政府的文件表明，当时中国方面对于日军使用炭疽菌进行攻击已有觉察。1939 年 12 月，中国国民政府军医署驻桂林办事处医学专家向军政部提交了《防治敌机散播鼠疫菌、脾脱疽菌、马鼻疽菌办法》的报告，报告分析了日军飞机可能散播的细菌种类，提出了相应的防疫措施："悉查利用毒菌以作兵器在医学上尚属少见……敌人广播所称利用飞机散播细菌于空气中能为人畜之害者，则可能为下列三种：鼠疫菌、脾脱疽菌、马鼻疽菌（注：脾脱疽菌是炭疽菌的另一名称）。"美国国家档案馆所藏一份美军军医部有关文件表明：当时美军从缴获的日军文件中发现，日军有用炭疽菌进行细菌攻击的动向。据美国国家档案馆日军俘虏审讯记录，日军的炭疽疫苗有效性为 80%，日军驻中国部队全部接受炭疽防疫注射，疫苗由关东军提供，血清由大连卫生研究所生产。

1949 年 12 月，著名的"伯力审判"中 12 名日军人员被指控从事细菌战犯罪活动，被告的法庭证词证实了中国国民政府军医署驻桂林办事处的这份报告中的分析和推测的精准。被控日军人员供述：此时驻哈尔滨的日军 731 部队和驻长春的日军 100 部队已经大量生产炭疽菌。日军 731 部队生产炭疽菌的能力甚至已经达到了每月600公斤，而仅在1941年至1942年间，日军100部队便生产出1 000公斤炭疽菌、500多公斤鼻疽菌。日军731部队第四部部长还供述，1942年年中他曾奉令准备了130公斤的副伤寒菌和炭疽菌，为日军731部队南下远征使用。

此次日军731部队南下远征就是参加“浙赣战役”，与南京的日军1644细菌部队一同，出动人员160名，使用了除鼠疫、炭疽、霍乱、伤寒以外至少6种细菌。日军除动用正规军队投撒细菌外，还曾长期派遣大批受过训练的奸细组成特工小队，潜入各地投放细菌。在浙江某地方档案馆发现的一份1943年被抓获奸细的审讯记录中，也提到特工队员随身携带一种绿色“药丸”，“放入井中或路旁遇水即化”，“使腿部发肿溃烂”。一直到战争结束，日军对中国平民使用细菌武器都毫无顾忌。日军100部队某支队队员战后作证：1945年8月日本宣布投降之后，他们还将马匹感染上鼻疽后，驱放到附近的村庄。

美国犹他州达格威美军生物武器试验场技术资料馆保存着一份报告，作者是参与日军细菌战主要人员调查与交涉的调查官，调查报告记录了他对日军731部队司令官石井四郎的讯问。讯问中，石井四郎告诉调查官：细菌武器最重要的3种病原菌是炭疽杆菌、鼠疫和流行性脑炎，而在另一处讯问记录中，石井四郎说：作为细菌武器最为有效的地方病病菌是炭疽，传染病是鼠疫。

日军为了开展细菌战做了精心、漫长的准备：1932年日本陆军军医学校在东京设立了防疫研究室，以石井四郎为中心人物的细菌战研究初始运转。同年，在中国黑龙江建立了细菌实验部队。1936年，根据日本天皇密令日军在哈尔滨设立731细菌部队，从事用于人体的细菌武器的研究和开发，在长春设立100细菌部队，从事用于牲畜和农作物的细菌武器的研究和开发。1938年，日军分别在北京、南京、广州设立1855、1644、8604细菌部队。上述部队共有超过60个的支队和派出机构，人员规模约10 000人。到1945年战争结束时，731部队的编制人员还在3 000以上。

需要说明的是，以上日军细菌部队都使用活体做细菌武器试验，并大量生产细菌武器。在中国的日军陆军医院、各部队防疫给水部甚至常规部队也有参与，涉及人体试验、活体解剖、细菌培养、培训特工、实施细菌战和收集数据等。

请记下这些数字：

每135克纯细菌就可以使400平方公里之内的所有水源遭到污染。日军731部队用活人做试验的人数至少3 000人。

也请记下这些距离我们已经很遥远的名词：

伤寒、副伤寒、霍乱、菌痢、炭疽热、马鼻疽、鼠疫、破伤风、气性坏疽。

还有那些罪恶的方式：

细菌炸弹、飞机喷雾、人工散布。

王选说："让全世界了解真相，过去的日本曾严重违背国际公约，掩人耳目，惨无人道地进行细菌战毒害无辜的中国平民，且贻害至今。重要的是，遭受日本法西斯荼毒的土地上，还有那么多的受害者，而凶手却逍遥法外！"

调查“死亡工厂”的女人

“如果我们生命的每一秒都被精确地记下并无数次重复，我们的社会就会像耶稣被钉在十字架上；如果我们的每一秒都像灰尘般被毫不在意地轻轻拂过，那么我们的民族将会以前所未有的舒畅来换取犹大背叛的金币。”

——摘自米兰·昆德拉《生命中不能承受之轻》

她原本只是一个留学日本的普通中国人，有着幸福的生活和光明的前程，但她执意将自己的人生导引到另一重天地。7年的时间里，她不停地往返于日本和国内，为的是给侵华日军实施细菌战的中国受害者以公理，无论他们是幸运地活到今天还是早已不瞑离世。为了揭示这段历史的真相，她走上了“死亡工厂”调查的漫漫长路。

今天很多人都记住了她的名字——王选，侵华日军细菌战中国受害者诉讼原告团团长、总代表，但初见时，你很难将眼前瘦小的女性和她所执著的事业联系到一起。蓬松的头发在脑后挽了一个髻，一脸的秀丽，随身的那只黑色布包里装的是受害地区的调查资料，它们伴随着她奔波于60多年前日军细菌战肆虐的地方，连接起当年日军细菌战的受害者和当下的那份责任。

“王选是一位真正爱国的中国人，她将自己的全部生命献给了为日本占领中国期间暴行受害者的正义事业的战斗。她是嘹亮的号角。她是一位不同寻常的人！”《死亡工厂——美国掩盖的日本细菌战犯罪》一书的作者、美国历史学家哈里斯这样评价她。

一条“不归路”

出生在浙江义乌崇山村的王选，生长在上海，大学英语系毕业后于1987年随丈夫留学日本。1995年8月3日——这样一个普通得不能再普通的日子，改变了王选的一生。那天王选在《时代》上读到一则消息：黑龙江省召开了首届关于细菌战的研讨会，要求对细菌战的受害者进行赔偿，要求赔偿的 3 名村民就来自她的家乡义乌市。另一本杂志上的一张照片更让她无法平静，“3 个即将充作试验材料的中国人戴着脚镣被反绑在树桩上，拍照者是一个押送他们到山海关去的日本士兵，中间那个男孩非常年轻，看上去很健康，他正视镜头，目光的绝望与无奈让我深受震撼，在新干线上的 3 个小时里，我忍不住流泪了”。

两个月后，王选为前来中国调查日军细菌战真相的两位日本人担任翻译，从他们那里了解到中国人被当作细菌试验对象的一些细节：6 人编为一组，每人都被注射了不同种类的细菌，然后被扒光衣服塞进 1 平方米见方的木笼子里，他们的身体被当作细菌培养的“试验田”。笼子的下面有一个小孔，食物从那里塞入，粪便也从那里排出。一段时间后，他们再度被拖出，检查身体，化验细菌，直到没有利用价值被残忍杀害。残忍的定义是：把皮管接入大腿的动脉，将富含细菌的血液排到木桶里后，让人失血而死。更令人发指的是，放血时还要有人不停地踩着胸口与心脏，直到滴下最后一滴血，因为“要利用到最后一滴血”是当时日军细菌试验的政策。

60 多年前那段血腥历史的细节重创了善良的王选。

其实对于日军细菌战的贻害王选并不陌生。1942 年日军在浙江实施第二次大规模细菌战时，她的家乡义乌崇山村爆发了鼠疫疫情，大量乡民染病。崇山村王氏宗谱记载，1925 年时崇山王氏共入谱 160 余户计 600 余人，1942 年日军发动细菌战之前，该村共有 396 户计 1 200 余人，但细菌战后当地的人口数量迅速降回 1925 年时的水平。宗谱中所记载的细菌战死难人数为 404 人，这 404 名村民涉及 176 家，其中 23 户惨遭灭门。

在这次有明确记载的大罹难中，王选的家族里有 8 人遭遇不幸。令王选的父亲永生难忘的是，当年只有 13 岁的弟弟王海宝“在极度的痛苦中缓慢死去，那双满是绝望的眼睛临终时也没闭合”。叔叔的“死不瞑目”也让王选耿耿于怀。在家乡崇山村，她还听到过更惨烈的故事：瘟疫爆发后，日军为了检验细菌战的实际效果，以防疫为名进行活体解剖，一个叫吴小囡的 18 岁少女被日军掳到一座寺庙里，强行捆绑到板凳上，一刀下去剖开腹部，吴小囡惨叫连连，脚使劲地蹬着地，咚咚直响……

家族痛连接着民族辱，“将日军细菌战的真相公诸天下，为所有细菌战受害者讨公理”的决心，从此将这个女人的命运和那些离世冤魂及幸存的受害者绑在了一起。王选说,“我是义乌人的后代,就有责任这样做”。

接受采访时,王选穿了一件黑色T恤,配了一条浅蓝色裙子,她笑着说,“这是我今年第一次穿裙子,平时下乡调查都只能穿裤子”。

一群身边人

1995年8月,抗战胜利50周年纪念日,王选回到家乡崇山村着手调查当年日军细菌战受害者的家属、后代,谁知刚下长途车就遭遇抢劫。身无分文的她最终向路过的一位大学生借了10元钱打电话。

“算过花销吗?”我问。站在玻璃幕墙前眺望都市楼群的王选沉默了,回过身来已是一脸的无奈,“没有算过,也算不清”。其实这个数字并不难算:每个月至少要在中国和日本间往返一次,电话费、资料费、调查费用……一个月的花销起码需要1.5万元人民币。这部分费用的来源早期靠自掏腰包解决,后来陆续有日本国内反战社团和友人的鼎力资助,除此之外,王选的丈夫不仅独自承担了家庭支出,有时还在经济上补贴她。说起这些,王选极快的语速舒缓下来:“他们真的很好。”

除了在经济上给予支持,王选还得到了有正义感的日本友人的帮助。原告律师团由多位日本著名律师组成,他们“义务”为中国原告提供法律援助,律师团团长土屋公献更是为此辞去了日本律师协会会长的职务。而证人中也有为数不少的日本学者、历史学家、社会学者和原日军731部队成员。不仅如此,原告团的诉讼活动还得到了日本民众的声援,尽管他们人数不多,又分散在日本各地,但他们的支持对王选来说无疑是雪中送炭。

日本律师曾经问王选:“这场官司输掉的可能性是99%,而且可能花二三十年的时间,你打不打?”“打!”王选毫不迟疑,“义乌人和中国人曾经的苦难应该让世界知道。”在日本的10多年,王选始终有种感觉:几乎所有的中国人都知道战争中日军的种种暴行,几乎所有的日本人却都不清楚。“索取赔偿不是诉讼的全部目的,”王选说,“多一个人知道细菌战的罪行,就意味我们又向胜利迈进了一步。”1998年第一次开庭中,王选留下这样一段话:“日本人民和中国人民基于历史事实对于战争的正确认识,是日本和中国相互理解以及真正友好关系的前提。”她希望公众可以对历史事实有真实的了解，对战争有正确的认识。一审判决后，王选明确表示：“对细菌战罪行的认定，是一审取得的最大成绩。在这个基础上，我们将通过二审促使日本政府妥善解决细菌战遗留的历史责任问题。”事实上，通过媒体报道，这一诉讼已经给日本民众补了一课。

细菌战受害调查研究者需要具有流行病学、预防病学、细菌学、生物学等方面的相关专业知识，因为人在自然的情况下也要感染疾病，区分自然疾病与细菌战引起的疾病流行的关键在于对受害因果关系的确定。面对法律和技术处理上的难题，王选可以请教专家；面对精神上的巨大压力和别人的不解甚至嘲讽，王选可以选择忍耐；但面对一刻不停的时光飞逝，王选却有着太多焦虑——历史的“人证”是那些细菌战的受害人，他们留给王选的时间越来越少。王选说：“至今幸存的日本侵华期间的大多数中国受害者年事已高，他们的痛苦经历还没有被记录下来，以作为对日索赔诉讼的法律证据和历史记载。”多年来王选步履匆匆，就是受这些老人们伸向她的一双双烂脚的催促。“停止和沉默对活着的以及死去的老人都是不敬。”她把所有的精力和积蓄都用在了诉讼调查上，却从没觉得自己是在牺牲什么，“如果你觉得自己在牺牲就不会去做，也不可能把事情做好”。从一开始，王选就觉得这件事情是自己应该做的。

王选的眼睛红了，不断加快语速，不断变化手势，不断提高音调。两个小时的采访，王选的喉咙又沙哑了，第二包“喉宝”也快吃完了，可在她的嘴里，在现实中，侵华日军细菌战给中国人民带来的苦痛仍在延续。“日本人民有权利也有必要知道自己的历史，它不应该被忘记，更不应该被遮掩起来，我们要通过这次民间索赔，促进对历史的回溯和澄清。”“这不仅仅是赔偿的问题，这是 20 世纪最重大的人权问题，关系到整个亚洲政治前途的问题！”王选已经认准了这条路，“如果败诉，也一定要上诉，哪怕只有百分之一的希望”。

事实上，从日本文部省篡改历史教科书，到内阁参拜靖国神社，可以想见，要让日本政府承认细菌战这一事实，还很艰难。对此王选十分清楚。说起 8 月 27 日要进行的一审判决，王选以电影《不可能完成的任务》对比诉讼经历：“有人说我头脑简单，可正是因为‘头脑简单’，我才可能把这项不可能完成的任务进行到底。”

王选又回日本了，她要和那场战争的受害者一起，去等待一个声音。我们也在等待，不管多久。

揭下魔鬼的画皮

10万字,150多幅图表,38张照片。
著名731问题专家金成民在日本讲学期间获取的资料经过半年多的整理、研究,目前已被确认:此资料可以成为侵华日军731部队在我国内蒙古和东北地区进行了活人冻伤试验的直接证据。这填补了相关研究没有物证的空白。这是国内首次对侵华日军进行活人冻伤试验证据进行披露,也暴露了日军意欲侵略蒙古及苏联的北进计划。

太阳毒辣,但距离哈尔滨市市区40分钟车程的平房区在大片的绿荫中却少了许多燥热。走进侵华日军731部队罪证陈列馆的大门,竟然接连一阵冷颤,在一处处残垣断壁前,历史和人的呼吸一同凝滞了。

作为侵华日军731部队细菌与毒气战研究所所长,38岁的金成民从事日军731罪行研究已近10个年头,其间他多次赴日对原731部队队员取证,先后披露了包括"特别输送"档案在内的一系列侵华日军细菌战、人体试验的重要证据。

铁证

金成民的讲解为记者复原了魔鬼部队的罪恶:

1932年日军首先在东京陆军医学校设立防疫研究室,一年后将防疫班设在了中国黑龙江的五常县,这就是著名的"东乡部队"。1936年东乡部队正式进入正规军序列,并改称"关东军防疫部",开始在哈尔滨市平房地区建造设施。在1936年前,尽管这些部队都被冠以"防疫"与"供水"的名义,实际上都是开发细菌武器的秘密机关。1938年6月,根据关东军参谋部1539号命令,哈尔滨市平房区被设定为"特别军事区",500多户中国居民被强制搬迁,在此先后建成了日后成为日本细菌战中枢的部队本部营房、细菌制造工厂、实验室、特种监狱、专用飞机场、队员家属宿舍。1940年“关东军防疫部”改称“关东军防疫供水部”，并在一年后开始使用731部队的番号。

魔鬼部队的中枢机构由四个部组成：第一部是细菌研究部；第四部为细菌制造部，负责研究和制造鼠疫、霍乱、伤寒、炭疽菌等；第二部负责实战研究，包括灭绝植物研究班、昆虫研究班、航空班等；设在哈尔滨市南岗地区的陆军医院第三部，除了制造与“防疫”、“供水”名称有关的滤水器外，还制造用于细菌战的陶器炸弹容器。金成民介绍，731部队本部营房中还建有最多可收容400人的特殊监狱，这个特种监狱主要收容因反满抗日嫌疑而被捕的中国、苏联、朝鲜、蒙古等国志士，他们被取消了姓名并代之以“木头”称呼。以一根、两根计算的这些“木头”的最终命运，就是在解剖室、野外试验场被用于活体试验。

当我们从一幅幅历史图片上复原60多年前发生在中国大地上的黑色场景时，我们震惊了，这震惊来自我们“先天不足”的承受能力。无辜平民和抗日军民被日军用作冻伤试验的铁证，也陆续出现在日军拍摄的图片和文字记录中。

金成民购自日本东京某图书馆并整理出的全套资料，由文字、图表、照片、地图四部分构成，其中文字10万余、图表150多幅、照片38张，标题为《极密·驻蒙军冬季卫生研究成绩》的这份文件，是“北支那防疫给水部”进行冻伤试验的详细记录，编辑者是该部队冬季卫生研究班，形成时间为昭和十六年(1941年)3月。“北支那防疫给水部”又被称作“北支甲第1855部队”，部队长是原731部队训练教育部部长西村英二大佐。承担此次任务的研究班班长为军医少佐谷村一治，此外还有将校8名、下士8名、兵士24名、军属14名、“驻蒙军”军医部成员1名、“北支那方面军”军医部成员1名。冻伤试验的8名受害者全部是中国男性：刘春(27岁)、潘春(22岁)、高付(33岁)、下关(15岁)、高百(49岁)、郝贵(35岁)、张义(21岁)、陈远(38岁)。

这是一次完整的冻伤试验过程，全部项目包括有：前线冻伤者的处置，人体冻伤试验，卫生滤水机、毒物检测机试验及药物携带法，蒙古包内的人体解剖。试验时间为昭和十六年1月31日至2月11日。试验地点设在“蒙古自治联合政府”锡林郭勒盟西苏尼特西方盆地(现内蒙古自治区锡林郭勒盟苏尼特右旗)。在1939年1月至3月的五原作战(河套作战)期间以及此前的昂昂溪、齐齐哈尔战斗中，日军共有近2 000人因冻伤而丧失战斗力。这一系列冻伤试验的最终目的，就是为提高侵华日军在我国东北冬季作战的能力，同时为其完成侵略蒙古及苏联的北进计划做准备。

金成民介绍说，日军人体试验自始至终都在绝密状态下进行，各部队又在败退之际大肆销毁罪证，造成了日军人体试验的罪证很难查找，目前侵华日军731部队罪证陈列馆内有许多能够证明日军从事细菌研究及实施细菌战的图片，但还没有一幅有关人体试验的。

取证

事实上，在侵华日军各野战医院，用中国被俘人员做活人解剖试验是常事，原日本陆军第117师团野战医院军医野田实就曾参与过。他在《太行山下的魔窟》一文中写道：1945年4月，我曾在河南焦作对一名二十五六岁的中国青年进行活体解剖试验，先后将他的腹部、气管切开，四肢锯断，又往血管和心脏注入空气。这名青年受残害致死，后被丢进了掩埋场。

在年过古稀的日本某反战民间组织副代表山边悠喜子的帮助下，9位原731部队老兵最终顶住压力，坐到了跨国取证学者的面前。731部队队员筱冢良雄讲述了他参与以5名健康中国人为"材料"进行鼠疫菌试验的详细情况，他回忆说，"在这5人当中，我们对其中4个人注射了不同来源的预防细菌感染疫苗，之后再给他们注射鼠疫菌。过了一个月后抽血化验发现，没有注射疫苗的人最先发病，我们在他临死前进行了活体解剖，并拿走了我们需要的脏器"。金成民介绍说，这是首次从细菌试验参与者口中获得直接证言。

还有一名队员回忆：1943年，一个中国少年被严刑拷打后带进了解剖室，他被扒光衣服，几个日本军医扑了过去将他按在手术台上，挣扎的四肢被皮带紧紧地扣住，少年被全身消毒并注射了麻醉剂。随后日本军医一刀将他的腹部切开，按照肠、胰腺、肝、肾、胃的顺序取出内脏，经分类扔进铁桶里，再放入装有福尔马林溶液的玻璃容器内。在这个快速完成的过程后，取出的内脏中，有的还在福尔马林液里不停地抽动。军医又从少年的耳鼻一线处入刀，头皮切开后更换锯子，头盖骨很快被锯成三角形，掀开后就露出了大脑。这时，一个队员用手伸进柔软的保护膜，把脑子取出，立即放进装有福尔马林溶液的容器中。此时，手术台上只留下少年的四肢和一具空壳身躯。

一个年少的生命，就这样惨死在恶魔们的手术刀下了。

731部队队员尾原竹善回忆在安达野外进行人体细菌武器试验的场景时说："中国人被绑在十字形木架上，飞机扔下的细菌炸弹在他们中间爆炸，然后这些人的脸部开始变形，可以看得出他们非常痛苦。"而接受731部队专业指导的军医汤浅谦回忆说："这个人慢慢昏睡了，首先做盲肠切除试验，然后进行腹腔内解剖试验……我做的是锯骨和切断气管的试验，整个解剖进行了大约一个小时，另一个八路军模样的人被解剖时还在不停喘气，后来院长亲自拿着注射器在他的心脏注射空气，注射多次后这个人才死去。"

跨国取证中，金成民和他的同事在日军731部队的两个核心秘密——人体试验、细菌武器试验及使用方面，获得了重大突破。金成民认为，曾在731部队当过8年司机的铃木进的证词最为直接，他第一次向世人揭露了731部队溃败时曾毒杀400名在押"马路大"。铃木进回忆说："他们将80间监狱在押的400余名'马路大'毒死后，抬出来排在外面焚烧了3天，后来用草袋子装上尸骨扔进松花江，我当时负责运输过一次，另外还有别的车拉这些草袋子，记不清有多少辆了。"

类似的证言还有731部队海拉尔支队队员谷崎等。以下为部分证词：

昭和十九年(1944年)3月我到达海拉尔，海拉尔支队的番号是6543，支队共有150人，我们分部大概有30人。在海拉尔我与其他队员接受了长达3个月的严格训练，主要是医疗卫生方面的。当时我就有疑问：一个部队有一两个卫生兵就够了，为什么这里需要的卫生兵这么多？这究竟是一支什么样的部队呢？后来我了解到，海拉尔支队共有3个课，第一课的名字我忘记了，但我知道他们从事的是与细菌有关的研究；第二课是给水课；第三课是总务课，负责各种事务，其中包括饲养老鼠。虽然在一个部队里，但我们不同课之间的来往很少，上面有命令，不同课之间不许谈论与工作有关的事情，有关各自工作的内容要严格保密。我在第三课，每天早8点至晚5点工作，负责在一个有近300平方米的大房子里饲养黑鼠，即田间老鼠。上面给我们下指标，我和另一个人一年要养3 000只黑鼠。731部队需要的老鼠非常多，一开始是从日本运到中国，后来就在中国直接培养。有时要得急了，6543部队就发动所有的人到田间去捕鼠。我们每年要向731部队送10次老鼠，一次1 000只。我知道，还有一部分老鼠就在第一课进行细菌培养。我想他们的试验肯定是鼠疫菌。战败后我们按照上面的要求把没有送走的老鼠和其他动物埋入深坑销毁。尽管没有直接进行细菌培养，但我们私底下也经常议论。我听说凡是在731部队用做试验的人，都是宪兵队抓来的，听说本部大楼里一年需要四五百人进行试验。

731部队海拉尔支队军官森冈宽介曾在防疫室和解剖室工作，直接参与了细菌培养和人体解剖试验。他披露了更令人震惊的秘密——海拉尔支队曾挖掘中国老百姓的尸体进行解剖试验，同时还进行过细菌培养。以下为部分证词：

我是1942年参军的，最早入队是在哈尔滨平房区，在那里受训5个月。培训结束以后我被派到了海拉尔，成为731部队海拉尔支队的队员。部队长官告诉我们，731部队海拉尔支队就是为哈尔滨731部队服务的，在那里我学习了有关细菌、各种传染病菌方面的研究方法，并直接参与了伤寒、赤痢鼠疫、霍乱、普通霍乱菌等细菌的培养和研究工作。我负责每天把病菌放在器皿中观察，起先我们在跳蚤身上培养细菌，后来在老鼠身上做细菌培养。我以前从未对别人说过，海拉尔支队曾挖掘中国百姓的尸体进行解剖试验。我还记得，1945年一名叫伊豆加明的军医在731部队海拉尔支队防疫室做过人体解剖试验，被我们用做试验的是宪兵抓到的“间谍”，这个人被伊豆军医用刀从脖颈处一直剖到腹部，我们就负责往外运所需要的内脏。在我们的部队里有一个30多米高的烟囱，那里是焚尸炉，专门用来消灭尸体。1945年8月15日我们战败了，这一天之所以记得这么清楚是因为那天是我的生日。苏联红军打进来之后，按照上面的指令，我带领部队的几个队员把当时培养细菌的全部器具扔到了兵舍附近的沼泽地里。

为了不被遗忘

跨国取证中，金成民对两个地方印象深刻。在韩国，金成民受邀参观过由韩国友人许由在报恩郡碑林园区中心筹建的731陈列室及放像厅，那里的展览包括100多幅图片及模拟景观室。1991年，许由第一次慕名来到哈尔滨侵华日军731部队罪证陈列馆参观，就被深深震撼了，他对金成民说："虽然731部队远在中国东北，但韩国也有许多同胞被抓去用做人体试验，几十年过去了，现在许多韩国的年轻人都已经淡忘了那段历史，而日本一些别有用心的人企图篡改教科书、歪曲历史。为了历史不再重演，为了人类永久和平，我们必须付出努力。"

在日本高知县的城西带状公园内，纪念碑比比皆是，其中有一名日本教师因在二战前怂恿学生积极参战而悔恨一生，怀着愧疚在这里立碑警示后人。而在公园的中心地带，高知市民立了一块巨大的纪念碑，并在上面写下了"侵华日军采取三光政策，造成中国一千多万人的伤亡"等内容。高知县议员栗原透说："日本侵华战争给中国人民带来巨大灾难，也给日本人民带来不幸，立下纪念碑就是要让后人牢记历史教训，让世界远离战争。"

"731罪证研究的意义"在金成民看来是为了让更年轻的人了解历史。他说："无论什么事情，只要过去的时间久了人们就容易淡忘，这对于年轻一代是很危险的，对于日本的青年一代更是这样。"有一次他在广岛讲演，金成民碰到一位30岁左右的年轻人，在朋友的劝说下出于好奇来凑热闹。金成民再次去日本，再次见到他时，这个日本青年已经开始参加左翼活动，在一次集会上他激动地对金成民说："我们家世代都是日本军人，但我还是觉得你说的是真相，因此我站在你们这一边。"令金成民欣慰的是，自己和同事的研究不仅具有历史价值，而且具有现实意义，对那些尚不了解战争的人有教育作用。

对此有着深切认同的还有土屋公献律师。2001年12月26日，侵华日军细菌战受害者原告诉讼团律师团土屋公献团长在东京地方法院发表了著名的《最终意见书》，他说：

在20世纪前半段，日本军国主义对亚洲各国进行了大规模的侵略、迫害，尤其是其实施的种种不人道的残酷行为，是决不容抹杀的历史事实。作为加害国的日本，通过自己的认真努力使过去的那段历史事实更加明了，将其公之于众，明确承担责任，并支付赔偿金以示谢罪的诚意，是日本政府应承担的法律责任。日本政府只有承担了法律责任，才能使被害者雪恨，才能恢复人的名誉和尊严，进而取信于亚洲及世界各国人民。否则日本就不能成为真正的国际民主社会的一员，不能恢复名誉，不能与世界人民和平共处，日本人也不能以自己是日本人而感到自豪。正是基于此种认识，我们才对种种迫害行为中最惨无人道的细菌战提起诉讼。为何必须选择审判这种手段？因为战后日本政府一直没有端正的态度，没有采取上述有效措施，反而继续对卑鄙可耻的行为加以隐瞒，美化侵略战争，妄图逃避责任，并误以为这符合日本的利益；没有认识到这种卑劣的态度招致了国际社会的鄙视、非难，使自己陷于孤立。如果继续这样出丑，将严重损害日本的利益，并且这种损害是无法估量的。法院应该遵循正义、公平的理念，依照古今中外广为承认的法理进行审判，而不是规避这些法律。法是为了实现正义而存在，不是为阻止正义的实现而存在。法院是依法维护正义的场所，封杀正义不是法院应该发挥的作用。我们站在超越时空的正义与公平的立场，期待着有良心和勇气的判决。

蓝海

戊篇

想起了10年前的那个秋天，我在俄罗斯远东博物馆里的一腔愤懑。在《中俄瑷珲条约》的签订地，我记下了刻在魁星楼上的一段话，「六十四屯今犹在，何人光复大江东？」我想知道：那一段屈辱的历史真的一去不复返了吗？此刻，告别了喧嚣的城市在弥漫的夜色中变得沉寂，但来自钓鱼岛的声声独白却挥之不去：「母亲，我是你瞻望大海的那一弯睫毛……」在东海的斜风细雨或滔天大浪中，钓鱼岛正守护着对南方大陆的一份忠贞与眷恋。

笔记：东海激荡

尝试着在海疆图上划出一条中国的“岛链”，却又不得不在一些支点上做下标注。在一个大国崛起、走向海洋的世纪宣告中，我们看到的是海基线内的暗流潜涌，海岛暗礁的争夺不绝。

事实上，这是一个不同寻常的时期，包括钓鱼岛在内的蔚蓝疆土牵动人心。所以，当我们看到香港电影金像奖颁奖典礼上，香港演员黄子华对日本小演员原岛大地说出“麻烦你回去告诉日本人，钓鱼岛是中国的”时，都会把这当作是一个普通人的最简单表达。在从大陆出发前往钓鱼岛附近海域宣示主权的年轻人中，也有很多和黄子华一样的普通人，他们是在靖国神社前用油漆写下“该死”的冯锦华、酷爱《毛泽东诗词》的湖南青年殷敏鸿、将新车抵押给船东确保出海的温州商人虞海泽、常哼着《我爱这蓝色的海洋》旋律的王立昆，尽管他们简单得近乎固执，却让人不由心生敬重。

岁月弹指一挥。在一个叫陈毓祥的年轻人纵身怒海、用生命守护钓鱼岛的12年后，中国海洋调查船“海监46号”和“海监51号”首次出现在钓鱼岛附近海域。这一天是2008年12月8日。在随后的外交部例行记者会上，新闻发言人刘建超说：钓鱼岛及其附属岛屿自古以来就是中国的固有领土，中方有关船只在中国管辖海域进行正常的巡航活动无可非议。

40年来，挑战这“无可非议”的蛆蝇之音从未间断过。令人尤其不解的是，在这个前所未有的昌明世纪，还会有人将“钓鱼岛主权原属琉球”的谬论充当染指的“王牌”。实在忍不住要说两句：目前保存于日本冲绳博物馆的古地图《琉球全图》、《琉球舆图》中清楚标明，钓鱼列岛位于中国与琉球的西南边界中国一侧。迄今所知的最早琉球古图,《海东诸国纪》中收录的《琉球国之图》,同样印证了上述观点。不仅如此,法国地理学家拉比1809年所绘的《东中国海沿岸各国图》中,将琉球群岛绘成绿色,而将钓鱼岛、赤尾屿和黄尾屿绘成了与台湾及其周围岛屿相同的红色,以标示国别。在日本“吞并”琉球的1879年,西班牙人莫尔在绘制的中日海疆界图上,仍清晰地标明钓鱼岛在中国海域辖区范围之内。在中国明、清两朝的疆域图上,都能够找寻到钓鱼岛的标识。更具代表性的,是乾隆时期法国传教士蒋友仁所绘、现藏于梵蒂冈图书馆的《坤舆全图》,将钓鱼岛等岛屿皆用闽南方言标注。也就是说,迄今为止还未发现一幅琉球国地图将钓鱼岛列岛划归其管辖范围内,地图的作者不仅有琉球人、中国人,还有西班牙人、美国人、法国人、朝鲜人,更有日本人。

如果古地图晦涩难懂,那日文著作应当是了解事实真相的更好的一种途径了吧。我推荐两本书:1972年日本现代评论社出版的《尖阁列岛——钓鱼诸岛的历史解明》(日方称“钓鱼岛”为“尖阁列岛”),作者是日本著名历史学家、京都大学教授井上靖先生。还有日本学者、横滨国立大学教授村田忠禧先生2004年出版的《尖阁列岛钓鱼岛争议》。这两本书借助了大量的史料和研究成果,主题只有一个:钓鱼岛历来属于中国。

想起了10年前的那个秋天,我在俄罗斯远东博物馆里的一腔愤懑。归国途中,在《中俄瑷珲条约》的签订地,我记下了刻在魁星楼上的一段话,“六十四屯今犹在,何人光复大江东?”我想知道:那一段屈辱的历史真的一去不复返了吗?此刻,告别了喧嚣的城市在弥漫的夜色中变得沉寂,但来自钓鱼岛的声声独白却挥之不去:“母亲,我是你瞻望大海的那一弯睫毛,我是你迎向大海的那一根肋条,我是你开拓大海的那一尊火炮……”

此刻,在东海的斜风细雨或滔天大浪中,钓鱼岛正坚守着对南方大陆的一份忠贞与眷恋。

一次民间保钓行动的 27 小时

6 月 24 日 11 时，东海海滨的坎门岛在细雨中迎来了归航人。

这艘载有 20 人、编号“浙玉渔 1980 号”的铁驳渔船在过去两天里完成了一次近 500 海里的航行——这次不寻常的悄然出海最东端到达了钓鱼岛西部海域。休渔期中，坎门岛所在的台州市玉环县渔民都不太敏感，对这群陌生人的出海几乎一无所知，连“浙玉渔 1980 号”的 5 位船员在出海时也一直以为此次航程是带这群人“出海游玩”。

这是一次由民间人士发起、个人自愿参加的赴钓鱼岛宣示主权活动。

船上的 15 位“乘客”中，13 人来自大陆，身份分别为学生、职员、私企老板和无业者。在未能按计划登岛后，他们在距雾气笼罩的钓鱼岛约 3 海里的洋面上，完成了宣示主权、焚烧日本军国主义旗帜、悼念纵身怒海的“保钓先驱”陈毓祥的系列活动，甚至还在足以“颠覆”所有人胃口的波涛中，在日方军舰、直升机的睽睽注视下，吃了顿不错的午饭。

6 月 23 日当天，中国外交部发言人孔泉在回答记者提问时强调：钓鱼岛及其附属岛屿自古以来就是中国的固有领土，中国对这些岛屿拥有无可争辩的主权，任何企图侵占中国领土的图谋都是不可能得逞的。

回家

2002 年 6 月 23 日，冯锦华离开日本回到自己在太原的家——为抗议日本首相小泉参拜靖国神社，2000年8月14日，他用油漆在神社南门的石兽上写下了“该死”二字，这最终成为东京入管局取消其就职签证的理由。一年后的这一天，作为这次民间保钓活动的总联络人，他出现在钓鱼岛附近海域。见到冯锦华时，他白皙的肤色已经显出灼晒的红晕，出海时穿着的那件前面印有“保卫钓鱼岛”、后面印有“日本滚出钓鱼岛！”字样的T恤衫上写满了“战友”的留言，而落在胸口处的是“同心协力，志在必成”。

记　者：我注意到你离开日本的时间也是6月23日，你还记得你离开日本时的感想吗？

冯锦华：我在日本生活了8年，很熟悉日本，也很适应在那里的生活，但我不得不离开，那天在机场我感触很多。从内心讲，中日两国人民世代友好是我所希望的，但是要有一个前提，那就是今天的日本要正视自己曾经的历史。但是，从日航事件、教科书事件再到最近的“有事法”的出笼，再看看钓鱼岛上的日本国旗，看看靖国神社里的招魂幡，看看日本右翼分子的嘴脸，我很难平静。

记　者：你回国后经历了一段长时间的休整？

冯锦华：是的，去年我回国后，在家里待了大半年的时间，照顾我的家人和孩子，也在思考一些问题。这半年中，我和妻子求过学也找过工，但一直没找到工作，靠我在日本工作的积蓄生活。今年3月，我来到北京，和朋友一起做些事情，因为我需要工作。

记　者：你不仅是这次活动的总联络人，你还是一个孩子的父亲，面对生活中不同的角色定位中，你有过矛盾吗？

冯锦华：一想到现实生活中，还有人等待着我的抚育和照顾，难免不受影响，我的最大矛盾是现实生活与理想的矛盾。但是我想，每个人都是要有些理想的，每个人心中总有一片净土不容他人践踏，钓鱼岛就是这样。

记　者：和为细菌战受害者参加跨国诉讼的王选相比，你们的所做区别在哪？

冯锦华：今年春天，我们在北京见过面。我们从事的事情有相似性，也有不同——细菌战是历史遗留问题，钓鱼岛是现实问题。无论是历史问题，还是现实问题，我们都可以从结果中看清楚日本政府的态度。

记　者：这次行动你有感动和遗憾吗？

冯锦华：我经常为我的伙伴们感动，我们这次出海的有15人，但倾力参与这次活动的绝不仅仅是我们15人，来到玉环的23人中有8人只能在岸上做后勤支援和联络工作，他们并没有怨言。还有远在北京、成都、雁荡山的朋友们，他们不仅关注着我们的行动，还给予了我们最可贵的帮助。还有殷敏鸿，他是个言语不多的人，但做事总是走到最前头，他跟我说，“锦华，我是个普通人，没什么特别的，但我随时可以冲到前头”。

记　者：有人说你是一个民族主义者，你同意吗？

冯锦华：我不知道别人怎样定义民族主义者，如果说我是民族主义者的话，我对它的定义是：把民族利益放在第一位的人。

其实早在4月，冯锦华在北京与部分网友会面后就决定5月4日从大陆出海宣示主权。由于“非典”爆发，这个日期被推后到6月20日前后。在网上开展的报名活动中，共有200多人填写了报名表，报名者中两类人可以优先考虑：有航海经验及驾驶船只经验者和医务工作经验者。接受报名的网站同时在醒目位置公布了两条重要信息：本次保钓行动召集的志愿者在活动结束后自行解散；所有保钓志愿者的资料都将自愿接受相关部门的检查。为了顺利完成活动，他们通过网络募捐到9.2万元人民币、2 620美元和200加元，随后，出海地点也圈定在浙江省台州市玉环县，距离钓鱼岛200多海里的坎门岛。

6月21日，被确定参加行动的23名成员抵达玉环县方正宾馆，由于联系的船只船舱不大，最多只能上15人，出发前的5小时，出海名单方被确定，他们是：冯锦华、殷敏鸿、尹冬明、钟声、牛力丕、李义强、王喜强、张立昆、李南、虞海泽、王勇强、方卫强、谢向东、罗就(港)、曾海丰(港)。而不能同行的萧世宽、彭国辉、陈荣和、张旭飞、杨红波、周永柱、陈根岭、郑志坤(港)则不得不留在岸上负责后勤和联络工作。

眼中的岛

6月22日这一天是夏至。

7 时 40 分，载着 5 名船员和 15 名乘客的渔船从玉环坎门岛缓缓出航，此时曾姓的船老大只知道他们要到海上去转转，商定的费用是 18 000 元。由于海上的风力接近七级，一个多小时后，在峰底浪尖摇曳的船上出现了第一位呕吐者。由于大多数人都没有出海经验，翻江倒海般的胃部感觉使他们度日如年。

北京来的李南在船上的时间几乎都是在船舱中“放倒”度过的，壮实的小伙子对这段经历有些惭愧，他说，两天时间里他只喝了两小碗米汤，而且用的是吸管，因为他“实在爬不起来”，在登船前，明确给他的任务是摄像。

当晚船上用铱星电话与陆地联络时，只报告了船只、人员平安，此前由于机器故障和渔政船在附近检查，他们在海上滞留了数小时，冯锦华向船老大说明了此行目的并争得了支持。

在期待中度过了一个黑夜，铁驳渔船上的人迎来了海上日出。

7 时 15 分，全球定位系统显示，渔船距离钓鱼岛的距离约 35 海里，20 分钟后，渔船上空出现日方侦察机，盘旋离开后不久再度返回，在确认是日方侦察机后，渔船上有人开始用摄像机记录。

8 时，远方出现日方军舰。

8 时 15 分，一艘日方军舰高速行驶到距离渔船约 50 米处进行拦截，可以清晰看到编号为 PL03。随后，日舰上有人用中文喊话，“这是日本领海，请你们立即离开!”台州人尹冬明拿起话筒厉声回应——“这是中国领海，请你们立即离开!”桅杆上同时升起五星红旗和香港特别行政区区旗，两面横幅被悬起，分别印有“我岛我家”、“中国领土——钓鱼岛”。

9 时，“浙玉渔 1980 号”受到日舰强烈电子干扰。冯锦华用日语喊话：“这里是中国领土，我们要行使我们的主权。”

9 时 40 分，5 艘日舰对渔船堵截，日舰编号为：PL08、PL03、PL124、PLH09、PS06。

9 时 45 分，钓鱼岛出现在视野中，同时出现在视野内的还有聚集在渔船周围的 8 艘日舰和 3 架直升机。

10 时 20 分，日方直升机抛下 3 只裹挟着传单的网球，落在甲板上的一只被虞海泽奋力抛进海里。

10 时 35 分，渔船进入距钓鱼岛约 7 海里海域。编号为 PLH09 的日舰从后面加速冲向渔船尾部，在距离渔船约20米处才紧急拐弯，试图以此方式阻止渔船前进。一架直升机上悬挂出白底黑字的大幅标语，“日本政府警告你，不要进入日本领海”。曾取道香港参加保钓活动的张立昆回忆，过去日方使用的字眼不是“警告”而是“要求”。中科院博士生钟声用英文向日方宣告中国对钓鱼岛拥有主权，冯锦华则用日语陈述。

11时，在上空有飞机，身边是舰艇的夹击下，渔船在距离钓鱼岛3海里处停下，决定举行抗议活动。此时，在雾气笼罩中的钓鱼岛清晰起来。

“起来，不愿做奴隶的人们，把我们的血肉，筑成我们新的长城……”望着就在眼前却无法接近的钓鱼岛，所有成员站成一排肃穆高歌，并向钓鱼岛方向三次鞠躬。他们把事先准备好的纸花撒向大海，以悼念1996年保钓行动中纵身怒海的“保钓先驱”陈毓祥，有人还向海中倾倒了一瓶啤酒。一面准备好的日本军国主义时期的军旗被焚烧。

12时，在日方军舰和直升机的密切监视下，船员为保钓宣示者烧制了午餐。冯锦华回忆：“这一餐很可口，是在我们的领海上的难忘一餐。”

13时，渔船返航。本想登岛后取一抔土的王喜强用一只矿泉水瓶提上一瓶海水。

20点10分，最后一艘监视渔船行程的日方军舰返航。

心中的岛

我不是你汪洋里孤苦伶仃的水草，
任凭咸涩和风雨来把我飘摇。
七百年来挥之不去的魂牵梦绕，
母亲啊，
我是你瞻望大海的那一弯睫毛。
母亲，
我是钓鱼岛！

这是网络上流传的经典之作《母亲，我是钓鱼岛》的第一部分，湖南青年殷敏鸿对这一段很推崇。曾暂时忘掉困顿生活的他将要返回湖南家乡去继续找工作，临行前他向我推荐了两本书，分别是《毛泽东诗词》和《北京法源寺》，这两本书在他此次赴钓鱼岛时也一直带在身边。在过去的两年多时间里，殷敏鸿大部分时间在学校里待着，先是在湖南师范大学学习中文，后来又花了半年的时间在北京大学旁听自己感兴趣的哲学和社会学课程。作为一个"思想者"，殷敏鸿最怀念的是过去3年的军营生涯，这在他自己确定的行事原则中也可见一斑——胸怀天下，敢为人先，像哲人一样思考，像军人一样行动。

温州商人虞海泽是一家专营汽车配件的公司股东，因为船主对休渔期出海不放心，虞海泽将自己价值30多万元的"开拓者"越野车做了抵押。车子是他今年买的，行驶里程刚过8 000公里。在此前的筹款过程中，虞海泽捐款5 000元，还说服他11岁的儿子捐出了一周的零花钱5元人民币，这也让他们父子成了为此次保钓活动捐款数量最多和年纪最小的人。在被日方舰艇包围的那段时间里，日方舰艇良好的保养令他感触颇多。虞海泽说："我们都应当做好自己的事情，这本身就是为国家尽力。我们纳税，国家富强。"他知道，只有一个强大的国家作坚强后盾，才能完成他们保钓的夙愿。

因为船载能力有限而没能随船出海的陈昱良从事电脑销售，同虞海泽一样，他也为自己打工。奔着出海来的他，最终和其他7人不得不留下来作后勤支持，经历了刚开始的短暂失落后，他很快适应了第一次岸上的保钓生活，尤其在经历了一次不眠夜后。那是6月23日16时，通过铱星电话与船上最后一次通话后，陆地与海上便失去了联系。陈昱良说，整整16个小时，我们谁也没睡觉，极度紧张。在失去联系8小时后，后勤组向中国海上搜救中心、边防、海防发出求援信息，随后又与中国海上搜救中心北京总部取得联系，请求援助。

在中国海上搜救中心展开搜救行动后，协调组和后勤组与海上搜救中心每半小时联系一次。而此时，返航途中的人们因为铱星电话电量不足，为保证关键时刻使用关闭了电话，疲惫的他们甚至忘记了还有一块备用电池在背包里。直到24日8时10分，岸上与海上再次取得联系，岸上留守的人都没有睡觉。

6月24日，我给后勤组的萧世宽打电话时，他不好意思地说，刚才睡着了。

被称作总指挥的天津人张立昆，39岁，正处于失业中。他的最后一份工作是在当地的一家国企任职。曾就读海军某部航空兵学校的他，喜欢《我爱这蓝色的海洋》的旋律，曾于1998年凭借旅游签证抵达香港，并参加了香港保钓活动委员会组织的一次出海宣示主权活动。那次，他乘坐的就是后来被日方撞沉的“钓鱼台号”。

台州人尹冬明是促成这次活动最终选择玉环作为“基地”的关键人物，为参加筹备工作，他辞了工作。作为浙江人，他还是“绿城”的铁杆球迷。

北京航空航天大学博士生牛力丕、中科院博士生钟声、户外运动教练王喜强、外号“班长”的李义，还有香港保钓行动委员会副主席罗就，作为这一行动的亲历者，他们仍在整理思绪。6月15日，坐在记者身边的李南说，我饿了。

钓鱼岛考据

中国对钓鱼岛拥有主权不可争辩

在中国台湾省东北大约 92 海里的洋面上，散布着 8 个小岛，分别是钓鱼岛、黄尾屿、赤尾屿、南小岛、北小岛和大北小岛、大南小岛、飞濑岛，史称钓鱼岛列岛。总面积约 6.344 平方公里的钓鱼岛列岛自古就是中国固有领土，却一直被我们的东邻觊觎。

在地图上，钓鱼岛列岛是难以标出的 8 个小圆点，甚至连“弹丸之地”都称不上，但这并非意味着人们的忽视和遗忘。正相反，从 600 年前钓鱼岛列岛正式划入中国版图起，中国人就从未放弃对钓鱼岛的主权主张，即使在国力“微薄”的清政府统治末期，一系列不平等条约加身的时候，亦如此。

已被国民党开除党籍的李登辉的“经典厥词”之一便是“钓鱼岛主权原属琉球”，这与日本以“窃取”的龌龊之举染指我钓鱼岛时打出的“王牌”别无二致。在我们激愤地用“皇民余孽”勾画李登辉的嘴脸时，我们更要平静地向历史讨教如下问题：

从中国人首次登岛至《马关条约》生效的 500 多年间，我们是否放弃过对钓鱼岛的管辖？

在日本吞并琉球国前，钓鱼岛是否是琉球国的领土？

《马关条约》至今的相关条约是否剥夺了我们的领土主张？

地质构造上，钓鱼岛与祖国大陆延伸的海底陆架是否一脉相承？

地图考

100 多年前，日本冲绳县是独立的国家——琉球国。但迄今为止，未发现一幅琉球国地图将钓鱼岛列岛划归其管辖范围内，清晰的边界线标明它属于中国。地图的作者不仅有琉球人、中国人，还有西班牙人、美国人、法国人、朝鲜人，更有日本人。

台湾和钓鱼岛向东，是由36个岛屿组成的琉球群岛，今天为“日本冲绳县”的群岛在100多年前，是一个独立的国家——琉球国。1 000多年前，隋炀帝曾派使臣朱宽召其归顺。自明朝起，琉球是中国的藩邦属国。1879年被日本吞并。

日本吞并琉球时，钓鱼岛是否在琉球国管辖内？在日本东京图书馆，6幅成于1719年至1877年的地图正安静地躺在典籍的尘埃中，鲜被翻阅，在地图查询索引上，它们的名字分别为《琉球国全图》、《琉球国三省并三十六岛图》、《日本边境略图》、《琉球诸岛全图》、《大日本地图》和《冲绳岛全图》，6位日本作者的职业分别为军人、学者、官员和专家。中国著名学者郑海麟在查阅这些地图时发现了它们的一个共同点：至19世纪70年代，日本史地学家和军方所绘制的琉球国地图都标明：钓鱼岛并未在琉球国版图内。1868年前，日本国内唯一一部涉及钓鱼岛的著作《三国通览图说》中，日本、琉球国、中国分别使用不同颜色区别，目前日本学者所能找到的三个不同版本上，钓鱼岛一直与中国沿海各省的颜色完全相同。

最能说明钓鱼岛是否属于琉球，还应该是琉球国本身的史籍和图志。《球阳》是琉球国中山王府第一部编年史，全书22卷，记事年代自1238年，止于1876年，尽管以内容详备著称，却没有一处提及钓鱼岛列岛的名称。研究琉球史的专家依此得出结论：钓鱼岛列岛从未在琉球的管辖区域范围内。而琉球国的第一部正史《中山世鑑》由向象贤（琉球国相）于1650年修成，全文收录了1534年陈侃所著的《使琉球录》，该文明确注明中国与琉球国的分界为古米山（也称久米岛），“见古米山，乃属琉球者”。而赤尾屿、黄尾屿、钓鱼岛均在古米山的西侧。琉球国官至紫金大夫的程顺于1708年撰写的《指南广义》中，更是在附图中将赤尾屿、黄尾屿、钓鱼岛连成一体，与琉球国的边界古米山成明显的分界线。

今天仍保存于冲绳县博物馆的古地图《琉球全图》、琉球学者蔡温增订的《中山世谱》所附《琉球舆图》中也清楚标明，钓鱼列岛位于中国与琉球的西南边界中国一侧。朝鲜人申叔舟著《海东诸国纪》所收《琉球国之图》，是迄今所知的最早琉球古图，同样印证了这一点。

从地图上寻找的根据越来越多。法国地理学家拉比1809年所绘《东中国海沿岸各国图》，将琉球群岛绘成绿色，钓鱼岛、赤尾屿和黄尾屿，选择了和台湾及其周围岛屿相同的红色，来标示国别。1859年美国出版的《柯顿的中国》的中国地图，也将黄尾屿和钓鱼岛划入中国版图，只是位置标示有些错误。即使在日本吞并琉球的1879年，西班牙人莫尔绘制的中日海疆图界，仍清晰标明钓鱼岛、赤尾屿和黄尾屿在中国海域辖区范围之内。

与此同时，中国明、清两朝的疆域图上都能够找寻到钓鱼岛的标识。在中国的史学家眼中，最权威的地图，要数乾隆时法国传教士蒋友仁所绘、现藏于梵蒂冈图书馆的《坤舆全图》，也就是闻名中外的《乾隆内府舆图》，1767年付印的地图将钓鱼岛等岛屿皆用闽南方言注名——赤尾屿注“车未须”、黄尾屿注“欢未须”、钓鱼岛注“好鱼须”。

从地图考据中，我们考证：钓鱼岛列岛从未属于琉球国，所以，它也不能因为日本吞并琉球国而一并占有主权。

中国自古对钓鱼岛拥有主权是不可争辩的事实。

足迹考

1372年，中国人杨载首先驻足钓鱼岛，随后钓鱼岛列岛便正式划入中国版图，并成为中国舟师巡逻的海上防区。1893年，慈禧将钓鱼岛列岛赏赐给清廷内务官盛宣怀，供其采药之用。

“大量的文献资料证明，钓鱼岛是中国最早发现和命名的。”接受访问的专家、学者的开篇词惊人相似。著名史学家闻华良说，最早记录钓鱼岛命名的书籍是明朝永乐元年印刷的《顺风相送》，这是迄今为止世界上所存在最早记录中国官船在钓鱼岛海域活动的文献。山东省社会科学院历史所的研究员戚其章指出，明朝起，钓鱼岛就是中国的管辖区域，也是中国舟师的守御之地，这从明朝的海防图中可以得到明证。

1562年刊印的《筹海图编》卷一《沿海山沙图》便将钓鱼岛、赤尾屿、黄尾屿等列入海防区域。此书是在抗倭最高军事长官胡宗宪主持、抗倭明将戚继光的直接参与下，由海岸地理学家郑若曾绘图并撰写的。书中《凡例》有如下文字："不按图籍不可以扼塞，不审形势不可以施经略。边海自粤抵辽，袤延一万五千余里，皆倭奴入犯之处。"这至少说明，凡绘入本图的岛屿都属中国的边海，是中国的领土。类似这样的记载还有茅元仪绘成的《武备秘书》中的《福建沿海山沙图》，施永图绘制的同名地图。郑若曾的《海防一览图》中加的标识使疆域划分体现更清楚——钓鱼岛、赤尾屿、黄尾屿使用长圆形框，琉球群岛加长方形框。

明清的朝代更迭，钓鱼岛的隶属也从福建省转为台湾道，但期间中国人在钓鱼岛采珠集药、捕鱼开发从未间断过，这在陈侃所著的《使琉球录》中也有清楚记载。自琉球国成为明朝的藩邦属国起，钓鱼岛更担负起特殊的作用——中国册封使前往琉球国的必经地——日本吞并琉球前的508年间，中国册封使24次路经钓鱼岛。

1873年日本出兵侵占琉球国，并入日本改为"冲绳县"。尽管此时面对琉球王派到北京哭诉求援的使臣，清王朝已无能为力，仍在外交途径多次向日本提出"强烈抗议"。琉球被日本吞并后，钓鱼岛始终归清属台湾管辖。尽管日本内务省地理局于1879年12月编纂出版《大日本府县管辖图》中，首次将钓鱼岛划入琉球群岛的领域范围内，但因遭晚清政府"抗议"而"暂缓"发行。正是基于主权的拥有，1893年，慈禧把钓鱼岛列岛赏赐给清廷内务官盛宣怀，供其采药之用。

日本妄图窃取钓鱼岛的过程中，一个名叫古贺辰四郎的日本商人扮演了重要的角色。

古贺辰四郎原籍福冈县，日本吞并琉球后移居那霸，从事近海海产品和运输业务。1885年，他航行到钓鱼岛，发现有大量信天翁栖息，便想采集信天翁羽毛销往欧洲，于当年6月通过冲绳县厅转呈内务省《租借官地申请书》，请求准许租用和开发该岛，但当时日本顾及清政府对钓鱼岛的"主权主张"，未批准。这一年9月6日，上海《申报》以《台岛警信》为题揭露日本染指钓鱼岛的企图，结果日本内务卿急欲登岛"建立国标"时，外务卿井上馨也断然阻止了"公然骤施"的行为，5年后重提旧案，有海外扩张论急先锋之名的内阁总理大臣山县有朋仍未置一词。野心已有，只是从1885年至1894年，日本内务省和冲绳县耗10年之功，始终未能找到能染指钓鱼岛的证据。

尽管日本国内右翼势力从未停止过叫嚣，但日本国内有操守和良知的学者并没有停止他们的声音，日本京都大学名誉教授井上靖就是其中的一位。在他的著作中有很多类似的片语："此时的天皇已怀有征服朝鲜、台湾及琉球的野心。天皇政府对这三个地区的政策相互密切关联，浑然一体，天皇制的军国主义已初露端倪。不久，军国主义就把矛头指向了钓鱼群岛。"

从足迹考据中，我们考证：1372 年中国人杨载登上钓鱼岛后不久，钓鱼岛便划入中国版图，在《马关条约》签订前，中国政府不仅拥有钓鱼岛主权，而且钓鱼岛处在中国政府的实际管辖中。

条约考

从赔款割地的《马关条约》到收回失地的《开罗宣言》、《波茨坦公告》，从一直未获得中国人民承认的非法的《旧金山和约》再到中日建交的联合声明，我们都能找到这样的文字：中国人视钓鱼岛的主权为自己的生命。

不可否认，中日甲午战争改变了两国的历史进程。

尽管中日马关议和时，李鸿章被迫同意割让台湾，但他当即提出要"先立简明章程"，即对该省所辖区域先要有一个明确的分界。这项原本再正常不过的提议遭到了日本谈判代表伊藤博文的坚决反对，于是在《马关条约》的第二款，割让给日本土地的规定中便出现了奇特的文字："台湾全岛及所有附属各岛屿。澎湖列岛，即英格林尼次东经百九十度起至百二十度止，及北纬二十三度起至二十四度之间诸岛屿。"对澎湖列岛的精确划分与台湾的模糊表述对比鲜明。这也为 1972 年日本外务省公布《关于尖阁诸岛（钓鱼列岛）的领有权问题》埋下了伏笔："自古以来，该列岛在历史上始终是构成我国领土西南诸岛的一部分，而不是包括在基于明治二十八年五月生效的《马关条约》第二条，得自于清国割让的台湾及澎湖群岛者。"实际上，国际地理界对钓鱼岛列岛属于"台湾附属各岛屿"中的部分的理解一直未有不同声音。

甚至在日本殖民的司法实践中，也多次打了日本政府自己的耳光——1940 年，同属于日本"辖属"的台湾和琉球争夺钓鱼岛的归属权，日本东京法庭作出判决：钓鱼岛仍旧归属台湾管辖。

随着1945年日本战败，中日两国之间签订的一切不平等条约旋即废除，《马关条约》也在其中。在此之前的中、美、英三国发表的《开罗宣言》中明确规定："日本所窃取于中国的领土，像满洲、台湾及澎湖列岛，必须归还。"同时规定："日本亦将被逐出于其暴力或贪欲所攫取之所有土地。"戚其章研究员认为，"这条文字的规定不仅适用于钓鱼列岛，也适用于琉球群岛"。

1945年中、美、英三国发布的《波茨坦公告》中第八条更是强调："《开罗宣言》之条件必须实施，而日本的主权必将仅限于本州、北海道、九州、四国及吾等所决定之诸小岛之内。"戚其章研究员认为，"从法理而言，将钓鱼岛作为台湾所属岛屿归还中国，或者将钓鱼岛作为'暴力或贪欲所攫取之土地归还中国'，必居其一"。

随后，台湾和澎湖列岛归还中国，但钓鱼岛却在美军的实际占领下。

1951年9月8日，美、日双方在没有中国参与的情况下，炮制了所谓的《旧金山和约》。这个由美国包办的单独对日《和约》第二条虽然载明日本放弃其对台湾及澎湖列岛的一切权力、名义与要求，但第三条错误地把日本所窃取的钓鱼岛等岛屿归在美国"独家托管"的琉球管辖区内，"行使一切及任何行政、立法和司法权力"。在此之前的8月15日，中国总理周恩来即发表严正声明：美国排斥中华人民共和国包办和约是违法的，中国人民绝不承认。9月18日，中国政府再度重申：《旧金山和约》是非法和无效的，中国政府坚决不承认。

事实上，即使按照这个《和约》，其第三条列出的美军托管的琉球区域，也不包括钓鱼岛列岛在内。中国政府在1958年发表的关于领海的声明中宣布，日本归还所窃取的中国领土的规定"适用于中华人民共和国一切领土，包括台湾及其周围岛屿"。直到1967年，联合国宣布钓鱼岛附近可能蕴藏着大量的石油和天然气后，日方才加紧单方面采取行动，由多家石油公司前往勘探，随后擅自毁掉标明这些岛屿属于中国的标记，更换属于日本冲绳县的界碑，并给钓鱼岛列岛的8个岛屿规定了日文名称。

1971年，美日两国在签订归还冲绳协定时，把钓鱼岛等岛屿划入归还区域，中国政府立即发表声明，坚决反对"日美勾结"将中国领土钓鱼岛列入"归还区域"，指出这是完全非法的，随后在全球华人范围内爆发了大规模的"保卫钓鱼岛"热潮。美国政府声明：交还日本的并不是主权。1972年，中日两国恢复邦交，谈判中双方同意搁置争议，留待以后条件成熟时解决。中日两国政府随后发表联合声明，其中第三条规定："……日本国政府充分理解和尊重中国政府的这一立场，并坚持遵循波茨坦公告第八条的立场。"

从相关条约的考据中，我们得出结论：中国人从未放弃对钓鱼岛的主权主张。

地质考

钓鱼岛列岛与中国台湾、澎湖、舟山群岛同在一个大陆架的自然延伸面上，与日本辖下的琉球群岛相隔 2 000 米深的海沟。《大陆架公约》规定："同在一个大陆架上之岛屿归该国所有。"

一条深达 2 000 米的海沟，将台湾海底盆地和琉球群岛自然分开，这个名为"东海海槽"的水下屏障是历史上中国与琉球国的天然分界线。

钓鱼岛列岛位于我国基隆东北约 102 海里处，西距大陆福建、浙江海岸约 174 海里。地处我国东海大陆架南侧的钓鱼岛，在地质构造上，与彭佳屿、棉花屿、花瓶屿一脉相承，由台湾省北部海底陆架向东北延伸而成，而台湾海底大陆架又是由福建、广东两省相接陆地向东延伸形成的。

仅从地质构造的角度上，我们不难得出结论：钓鱼岛等岛屿与中国台湾省属于同一地质构造，钓鱼岛与中国台湾、澎湖、舟山群岛同在一个大陆架的自然延伸面上，而与日本辖下的琉球群岛相隔 2 000 米深的海沟。

1964 年生效的《大陆架公约》得到国际公认，其中有"同在一个大陆架上之岛屿归该国所有"的原则，我国对东海大陆架享有主权，自然也对大陆架上的钓鱼岛等岛屿享有领土主权。

中国理应对钓鱼岛拥有主权。

国际法视角下的钓鱼岛问题

近年来，日本国内的右翼势力觊觎中国领土钓鱼岛的行径变本加厉，屡屡在钓鱼岛制造事端。继数年前在钓鱼岛兴建灯塔，引起轩然大波之后，现在又建“神社”，还要“前往定居”，甚至出动巡逻艇和军舰骚扰中国渔民，不许靠近该岛。

在英国约克大学法学院访问的中国学者沈宏罡认为，钓鱼岛的实际价值并非只在岛屿本身。1992 年联合国公布了《国际海洋法公约》，重要的条款就有“主权国家以 200 海里内的海域为其经济专属区”的条款，而钓鱼岛的实际价值便在于以此钓鱼岛为中心，直径为 400 海里的辽阔海域以及此海域内的海洋资源——海底石油、矿产、海洋渔业、权利——领海、领空的交通、运输权以及未来潜在的资源等等。对于战略能源捉襟见肘的日本，今日对于钓鱼岛的实际侵占更是在此。沈宏罡认为，如果日本侵占钓鱼岛的阴谋得逞，就意味着中国东海海域丢失的海洋国土，将是中国与南沙群岛周边国家领土领海争执面积的总和。

事实上，钓鱼岛列岛海域蕴藏着巨大的资源——1967 年联合国调查发现，钓鱼岛海域蕴藏着数量巨大的海底石油和油气，据我国科学家 1982 年估计，钓鱼岛周围海域石油储量约在 737 亿至 1 574 亿桶之间。也正是这一年开始，日方开始迫不及待地单方面采取行动，多家石油公司前往勘探，随后擅自毁掉标明这些岛屿属于中国的标记，更换属于日本冲绳县的界碑，并给钓鱼岛列岛的 8 个岛屿规定了日文名称。我们对钓鱼岛的主张，不仅仅是保护本来属于我们的领土，也是为后代子孙留下赖以生存的庞大海洋资源和空间。

此外，钓鱼岛所处的地理位置极具战略价值，它尽管距日本本土达 1 000 余海里，但距台湾基隆仅百余海里。日本一旦占有了钓鱼岛，就可以跨过数千尺深的海沟而登上东海大陆架，再加上 200 海里经济海域，这样不仅造成与我国经济海域的重叠，而且还能坐享我国正在积极从事的东海大陆架油气勘探等海洋资源开发的成果。

美国波士顿大学法学院的中国学者常玉杰认为，日方多次登岛并且阻碍我渔民作业主要出于对钓鱼岛"时效取得"的考虑。所谓"时效取得"，是指一国在足够长的一段时间内对于一块土地连续地和不受干扰地行使主权，而最终取得该土地，即使这块土地最初是以不正当或非法的方式占有的，只要经过相当长的一段时间，不被他国所反对或由于外来因素而中断时效，那么这个国家就取得了对该土地的主权。他介绍，在别国的岛屿领土争端中，海牙国际法庭曾经作出的判决值得注意——1933 年海牙国际法庭裁决丹麦和挪威关于"格陵兰东部领土"的主权争执案，虽然挪威人在格陵兰东部居住，但"挪威人的活跃程度不及丹麦人"，因此法庭判定丹麦人拥有整个格陵兰主权。尽管有学者认为，非法行为自始就是无效的，且时效取得制度也是与现行国际法的非殖民原则相悖的。但是直至今日，"时效取得"仍具有不小的影响力。以马尔维纳斯群岛为例，阿根廷所以要与英国刀兵相见，主要就是为了中断英国的占领时效。英国在马岛战争后，虽然重新控制了该岛，但它对该岛的占领已经在战争中中断过了，时效就要重新开始计算。因此，在短期内英国不能依据"时效取得"来主张对马岛的主权。

近年来，日本海上保安厅一直对钓鱼岛一带海域进行着实际警戒。

根据国际法一般原理，"继续长期"的时效认定一般为 50 年或 100 年，从 1972 年美国将钓鱼岛"归还"给日本开始，迄今已逾 30 年。综合各种情况，对我们最不利的情况也能保证我们享有对钓鱼岛的先占权。常玉杰认为，在此期间应当从中断时效计算的角度，干扰日本对该岛继续长期的实际控制，以确保日本不能窃取钓鱼岛的主权。

附：钓鱼岛史纪

1372年，中国人杨载首先驻足钓鱼岛。随后，钓鱼岛列岛正式划入中国版图，并成为中国舟师巡逻的海上防区。

1873年日本出兵侵占清政府属国琉球，并入日本改为“冲绳县”，琉球王派使臣抵北京城哭诉求援，清政府向日本提出“强烈抗议”。

1879年12月，日本内务省地理局编纂出版《大日本府县管辖图》，首次将钓鱼岛划入琉球群岛的领域范围。此前，日本始终承认钓鱼岛列岛是中国固有领土。

1884年，日本商人古贺辰四郎移居那霸，首次登上钓鱼岛，采集羽毛和捕捞周围海产物，他随后提出开拓钓鱼岛的请愿，被冲绳县知事拒绝。

1885年，冲绳县知事多次上书日本政府，要求将钓鱼岛、黄尾屿、赤尾屿划归其管辖，日本官方因顾及清政府对岛屿的主权主张未作答复。

1893年，慈禧将钓鱼岛列岛赏赐给清廷内务官盛宣怀，供其采药之用。

1895年中日甲午战争后，清王朝与日本签订《马关条约》，此条约明文规定割台湾和澎湖列岛。

1940年，同属于日本“辖属”的台湾和琉球争夺钓鱼岛的归属权，日本东京法庭作出判决：钓鱼岛仍旧归属台湾管辖。

1943年，中、美、英三国发表的《开罗宣言》中明确规定：“日本所窃取于中国的领土，像满洲、台湾及澎湖列岛，必须归还。”同时规定：“日本亦将被逐出于其暴力或贪欲所攫取之所有土地。”

1945年中、美、英三国发布的《波茨坦公告》中第八条更是强调：“《开罗宣言》之条件必须实施，而日本的主权必将仅限于本州、北海道、九州、四国及吾等所决定之诸小岛之内。”

1945年，日本战败，中日两国之间签订的一切不平等条约旋即废除。

1947年4月2日，联合国委任美国托管“主权未定”的冲绳群岛，台湾所属的钓鱼岛群岛被美军作为投弹靶场。

1951年，在没有中国参与的情况下，美、日非法签订《旧金山和约》。《和约》第三条将日本窃取的钓鱼岛等岛屿划归由美国托管的琉球管辖区内。中国总理周恩来发表严正声明：中国政府坚决不承认《旧金山和约》。

1958年，中国政府在关于领海的声明中宣布，日本归还所窃取的中国领土的规定“适用于中华人民共和国一切领土，包括台湾及其周围岛屿”。

1967年，联合国宣布钓鱼岛附近可能蕴藏着大量的石油和天然气后，日方单方面采取行动，由多家石油公司前往勘探，随后擅自毁掉标明这些岛屿属于中国的标记，更换属于日本冲绳县的界碑，并给钓鱼岛列岛的8个岛屿规定了日文名称。

1971年，美日两国在签订归还冲绳协定时，把钓鱼岛等岛屿划入归还区域，中国政府立即发表声明，坚决反对“日美勾结”将中国领土钓鱼岛列入“归还区域”，指出这是完全非法的。

1971年元月起，在美华人留学生2 500多人，在联合国总部前举行保钓示威，迅速波及全球各地华人和台湾、香港、大陆，形成了波澜壮阔的全球华人“保钓运动”。美政府声明移交给日方的并非钓鱼岛主权，只是“行政管理权”。

1972年，中日两国恢复邦交，谈判中双方同意搁置争议，留待以后条件成熟时解决。中日两国政府随后发表联合声明，其中第三条规定：“……日本国政府充分理解和尊重中国政府的这一立场，并坚持遵循波茨坦公告第八条的立场。”

1978年，缔结中日和平友好条约。

同年，日本军国主义阴魂转世的“日本青年社”登上钓鱼岛设置导航灯塔，日本政府出动巡逻艇和军用飞机对在钓鱼岛列岛海域作业的我国渔民进行监视，遭全球华人抗议。

1979年5月8日，日本政府用巡视船将人员和器材运到钓鱼岛，在岛上修建了临时直升机机场，并派出调查团和测量船在该岛进行活动，遭全球华人抗议。

1989年，日本出动炮艇驱逐台湾渔民，遭全球华人抗议。台湾地区“参谋总部”制定绝密军事行动计划：派特种兵空降抢占钓鱼岛，向全世界宣示中国对钓鱼岛的主权。在行动即将开始的最后一刻，李登辉下令中止行动，包括“海疆演习”在内的整个军事行动宣告流产。

1990年日本“海上保安厅”宣布承认“日本青年社”设置的灯塔为“正式航标”，引发全球华人“保钓”高潮，中国政府正式向日本提出抗议，灯塔申请案再次遭搁置。随后，日方出动12艘船只和两架直升机阻扰台湾渔船接近钓鱼岛列岛。后日本右翼分子在钓鱼岛列岛的北小岛设置了一座灯塔，在钓鱼岛上竖起绘有“太阳旗”和纪念死者字样的木牌。

1996年9月，针对日本右翼分子在我钓鱼岛上修建灯塔等非法行为，香港各界群众在日驻港总领馆集会抗议。9月26日，香港青年陈毓祥率一艘租来的“保钓号”轮船前往钓鱼岛宣示中国的主权。“保钓号”在钓鱼岛海域遭到日方阻挠，陈毓祥率众跳入海中抗议，其他人被救起，陈毓祥不幸遇难。

2002年9月，已被国民党开除党籍的台湾地区前领导人李登辉在接受日本媒体访问时称“钓鱼台(岛)列岛乃日本固有的领土，所有权应属于日本冲绳县”。其卖国言论既出，便引发岛内外华人社会的同声挞伐。

2002年10月15日，包括世界知名华裔科学家杨振宁、丘成桐、何炳棣、黄秉干在内的200多人召开记者招待会谴责李登辉出卖钓鱼岛主权的荒谬言论。

2002年10月20日，李登辉在台“群策会”举办的“国政”研讨会圆桌会议上再次表示，台湾对于钓鱼台(岛)列岛“只有渔业权，并没有领土权”。立即有台湾民众赴“高检署”控告李登辉涉嫌“叛国”罪，并指李氏是“台湾之耻”。

2002年11月12日，台湾地区领导人陈水扁表态：钓鱼岛是中国领土。

2002年底，日本读卖新闻公布其调查结果：日本政府已与声称拥有钓鱼岛所有权的国民签订了正式租借合同，以年租金2 256万日元的价格租下了钓鱼岛及附近的南小岛、北小岛三个岛屿，租期从去年4月1日开始至今年3月31日止，而且，这种租借合同今后将长期维持下去。这是在有争议的领土问题上，日本政府第一次采用租借方式进行实际控制。

2003年1月2日，中国外交部发言人指出，钓鱼岛及其附属岛屿自古以来就是中国的固有领土。日方对这些岛屿采取的任何单方面行动都是无效的。同日，台湾地区武装力量负责人陈肇敏在“立法院”表示，如果非战不可，将一定会维护领土完整。

2004年3月24日，7名从浙江出发的志愿者登上钓鱼岛。

（截至2004年3月）

失途

己篇

正如我们人生中挥之不去的「雷锋情结」有着「符号」般的简单，李嘉廷、赖昌星、杨斌各自繁复的人生故事也因打上了「印记」而愈发单薄，甚至刻板。但仅就人生过程的参照系而言，他们「贡献」给我们每个人的还有很多，他们以及他们的人生变幻会让处在「惑与不惑」间的我们不断检视、修正，进而选择从容、坦然。所以，对于后来人而言，记住远比遗忘更重要。

笔记：安能不惑

30年前的一个傍晚，在北京一所中学的教室里，40多个学生目不转睛地盯着讲台：一个看起来又黑又瘦营养不良的少年正在背诵着整部的《雷锋之歌》。在那个疯狂无序、极度荒芜的时代，这个貌不惊人的男孩使他的同学们震惊了。这震惊来自喋喋不休的本领和那份执拗，更来自故事中年轻战士的青春、人生和理想。一系列美好的跳动的精灵作用于灵魂便产生了远离当时恶浊现实的虚幻，它使得这些处于动荡之中的少年有了生活的榜样和目标。这个当年瘦弱的男孩如今已步入不惑，他名叫童非，是一家美国上市公司的首席执行官，他的办公室桌上摆了一尊雷锋半身像。

再把时间推向40年多前的一个料峭的早春，毛泽东在中南海丰泽园内的菊香书屋为一个身高只有一米五四的湖南老乡写下了七个字——"向雷锋同志学习"，从此，一个年轻的解放军战士便以高大的形象在亿万中国人的心中扎下了根。40多年，变革飞速，英雄辈出，有的长久，有的一现，只有雷锋依旧带着他春天般的微笑与我们相约，栉风沐雨，音容不改。对一个国家而言，不能不算作一个奇迹。40多年，"雷锋叔叔"的称谓从未改变，尽管这样称呼的人今天已经分别跨入了"知天命"、"不惑"、"而立"的不同年龄行列，他们的下一代嘴中说出的还是叔叔，这对于讲究辈分区别的中国人，不能不算作一个例外。40多年，有一个人每天都生活在雷锋的目光下，尽管从"小乔"变成了"老乔"，尽管他也有太多的困惑和疲惫，但从未间断过与雷锋的跨时空对话和身体力行，40多年"一根筋"不变对一个人来说，不能不算作一个奇迹。这个人便是雷锋的战友乔安山。乔安山的不慎使他的班长成了中国的雷锋，而他对于这个名字，混杂着太多的情感：思念、自责、愧疚、赎罪、激励、传承责任。

走进乔安山的坎坷40年，是为了纪念一代人的精神世界，也是为了纪念一个时代。

与挥之不去的“雷锋情结”被“符号化”一样，李嘉廷、赖昌星、杨斌的人生故事也因为被打上“印记”而深切地留存在我们的成长记忆中。尽管这印记单薄，甚至刻板。但仅就人生过程的参照系而言，他们“贡献”给我们每个人的还有很多：

从大山里走出的李嘉廷，在完成惊人蜕变前有过漫长的发愤苦读、埋头苦干的记忆，也曾给身边工作人员留下过“勤政”的深刻印象，以至于他以云南省省长身份参加“强国论坛”与网友对话后，一位工作人员写下了这样的后记：“我感觉到他是一位谦虚、尊重民意、敢于接受人民群众广泛的监督、工作务实的干部，这很好，中国需要这样的大官，尤其是贫困的地方。”这一定不都是真相，也未必全部是假象。

渐行渐远中的杨斌有过一句名言：“人生最重要的是追求。”在他的忽然富豪，忽然囚徒的一路中，追求的风向标也缥缈模糊起来。作为曾经的商业领袖，杨斌转瞬间的成与败，背后是躁动时代下的躁动人群。那个五岁失去父母，靠奶奶摆茶水摊和亲戚接济才得以成人的孤儿，那个孤身徘徊欧洲敏锐抓住了商机的有梦青年，那个被豪迈所激越而忘掉了太多的商人，终于因为身陷虚报注册资本罪、非法占用农用地罪、合同诈骗罪、对单位行贿罪、单位行贿罪、伪造金融票证罪的六宗罪，而开始了另一重的漫长征途。

而曾在厦门岛翻云覆雨的赖昌星肯定没想过，多少年后，他竟然引发了加拿大历史上拖延时间最长的一起难民申请诉讼案件。其实，无论是在加拿大反复上诉，还是在厦门制造走私，赖昌星为了达成意愿都会动用各种方法。想起了他的另一个名字“阿肥星”，这是晋江老家村子里老人的叫法，至今老人们对他印象还很深刻，因为每年“阿肥星”都会给他们发红包，还出资给村子里修过路、办过校、建过房。2009年5月3日，赖昌星的前妻曾明娜离开加拿大回到厦门与父母团聚，而赖昌星的归期依然迷离。

在大时代的弯弓上，李嘉廷、赖昌星、杨斌以及他们各自的人生体验，应该会让处在“惑与不惑”间的我们不断检视、修正，进而从容、坦然？此时，美丽的厦门岛已擦拭远华集团猖狂走私留下的痕迹，沈阳荷兰村也迁走了那只投注过杨斌心血的风水球，而在昆明正义路上的那个正义牌楼高耸依旧。

去的已经去了，来的正在来着。对于后来人而言，记住远比遗忘更重要。

乔安山：离开雷锋的日子

1961年12月30日

我班乔安山同志的母亲病了，今天来信叫他请假回家看望。首长批准了他三天假。可是他着急回家缺钱，想买点东西给母亲吃，钱又不够。正当他为难的时候，我一考虑心里过不去，我想，他的母亲就像我的母亲一样，他有困难，也等于是我的困难。我和他是阶级兄弟，应当互相帮助。想到这里，我立刻拿出了自己的10元津贴费，还买了一斤饼干，一齐交给他，叫他带回家给母亲。乔安山同志接到我的钱和饼干后，激动地说："班长，我太感谢你了……"

——摘自《雷锋日记》

40年前的一声木杆断裂的闷响留在了这位身材敦实、脸膛黝黑的老人记忆中，从未淡忘，这记忆的清澈就如同他每天精心擦拭的那张照片一样，一尘不染。在照片上那位微笑的解放军战士的目光注视下，老人倾诉着自己的困惑和喜悦。40年，老人生活在一个人的影子里，尝尽五味人生。

这位老人名叫乔安山，照片上的人是他的战友雷锋。

"说句良心话，我这辈子最高兴的事儿就是有幸遇到雷锋，能跟雷锋在一块，最难过的事儿就是由于我的缘故，雷锋过早地离开了我们。"在北京参加雷锋研究会全国代表大会的乔安山向我这样总结着一生荣辱。

对于乔安山40年的坎坷经历，与他相濡以沫30多年的老伴张淑芹有着更直观的感触："你叔的不慎使他的班长成了我们的雷锋，相对一般人对雷锋的感情，他复杂得多：怀念、自责、愧疚、报恩、赎罪、传承责任……"

愧疚

尽管军区保卫部门做出了“以身殉职、意外事故”的调查结论，更多人也只记下了“因公牺牲”，但“撞死雷锋的人”的可畏人言让乔安山痛苦万分，这份愧疚并没有因为岁月流转而减轻，几年前，乔安山在长春市签名售书时，新华书店的销售科长大喊：“撞死雷锋的人来给我们签名了！”乔安山当即昏厥过去。

尽管上了年纪，记忆力也不如从前，但乔安山总是能不经意地想起 40 多年前的那一天发生的全部事情，这一天是 1962 年 8 月 15 日，是乔安山生命中最漫长的日子。他驾驶的编号为 J7 - 24 - 13 的嘎斯 51 型卡车“闯了大祸”。

那天上午，乔安山和雷锋执行任务回到驻地已经接近中午，在雷锋的提议下，他们准备自己动手给卡车做养护，意外就发生在前往位于九连炊事班室外的洗车地点的路上。乔安山驾车，雷锋在下面指挥，在连部附近，乔安山停下车，他遇到了一个直角的死弯——保险杠的右侧距离连部的房子只有 20 厘米，左后轮距离一棵杨树只有 15 厘米，而杨树和炊事班前的钢筋上拴着 70 多米长的八号铁丝，铁丝连接着一排一米半高的柞木方。

雷锋站在车头的左侧，紧贴脚踏板处指挥，“进——退——打轮——”，车的前轮和车厢越过木杆后，乔安山看到班长给他一个通过的手势，便顺利地将车开了过去。他隐约听到了“吭哧”一声闷响，悲剧就在这时发生了——在他急转弯的时候，左后轮将离杨树最近的柞木方从根部挤断，铁丝同时被挣断，折断的柞木方弹向汽车的左侧，正好砸在雷锋的太阳穴处，雷锋的眼、鼻、耳、嘴瞬时喷出了血。

乔安山呆了……

战友急乱的跑步声，试图唤醒雷锋的叫喊声，不含丝毫杂念的恸哭声，运送班长的汽车发动声，医院里器械移动的金属声，都恍惚在乔安山的世界外。在所有的努力后，医生做出了诊断结论：雷锋因头部右侧太阳穴受木杆重击，造成颅骨骨折，脑内大量出血而致死。放声大哭的乔安山被关进了连队的禁闭室。“我把班长撞死了！”乔安山想到了死。

72岁的史宝光时任沈阳军区工程兵政治部保卫处中尉助理员，在他的回忆中，对雷锋牺牲的现场勘察是他军旅生涯中“最不同寻常的一次事故鉴定”，而雷锋“以身殉职、意外事故”的结论意见就是他亲自做的。史宝光在现场勘察时发现，那根木杆是从根部折断的，木杆上粘有黑色橡胶末，而车轮后胎上也有明显擦痕。除此，车厢板和木杆的上部均未发现刮碰的痕迹。据此，他认为：通道进口狭窄，加之地面不平，左高右低，木杆根部形成土包，致使汽车驶入时，车身倾斜，从表面上看是刮碰不到木杆的，而唯有车后轮胎的左外侧挤压到木杆根部，才使木杆从根部折断，加之晾衣铁丝的牵拉反弹力量，使木方迅速击向雷锋而造成悲剧。他提出的“以身殉职、意外事故”的事故初步性意见很快得到了各级组织的认定和同意。即使如此，在乔安山打破沉默之前的那段政治挂帅的时间里，雷锋之死的具体原因仍没有人能够全盘托出。

在乔安山做好了全部准备，等待最后审判的日子里，他接到了事故鉴定结论和首长的数次勉励。1963年1月，国防部批准授予3317部队运输连四班“雷锋班”称号的命名大会在沈阳军区隆重举行，站在台上，乔安山没有勇气接受来自台下的目光，他甚至好像听到了下面的窃窃私语，“就是他，撞死了雷锋”。他把头低了下去，军区司令员陈锡联拍着他的肩膀说：“小伙子，抬起头来，不要背包袱，像你的班长那样，好好开车，好好做人。”

乔安山开始走出笼罩在心头的巨大阴影，但“撞死雷锋的人”的可畏人言还是不定期地传进他的耳朵里，让他痛苦万分。1964年，乔安山离开了老部队，新组建的部队为支援五机部在本溪市的一个保密工程建设，集体转业到地方。原部队的领导想把乔安山调回来，因为心中挥之不去的阴影，他回绝了。1970年，压抑的乔安山借着单位的人事变动与历史做了一次彻底了断，他不回鞍山钢铁厂，不回辽阳老家，而是选择了没有熟人的辽宁最北部城市铁岭安家，在铁岭运输公司做一名司机。他当时的想法很简单，要默默地为班长赎罪。

40年过去了，乔安山再度走进公众的视野，但“撞死雷锋的人”仍然是他生命中不能承受之重。几年前，乔安山在长春市签名售书时，当地新华书店的销售科长在现场大喊：“撞死雷锋的人来给我们签名了！”他还是当即昏厥过去。他说，那无异于在我的脸上打了几个耳光。

困惑

乔安山做事的唯一标准是,“班长在的时候会怎样做?”尽管周围的人都承认乔师傅这个人既好又老实,但“二百五”的帽子他还是戴了几十年。有人觉得他的倔强和时代总差那么一点,所以费力不讨好的事情一直没断过。在一次因为救人而被诬陷为肇事者后,乔安山坐在雷锋墓前喃喃:“班长,这社会咋的了……”

乔安山的胸前挂了一枚雷锋像章,在他的家中,雷锋的半身像和他与雷锋的合影一直摆放在最醒目的位置。在他的世界里,似乎只有雷锋。

1978 年,37 岁的乔安山在铁岭运输公司开长途大客车。上班不久,他就把领导得罪了。一天早上,乔安山要跑蔡平到铁岭的长途线路,他拎着暖瓶上车时,发现车上已经坐了六七名乘客,售票员告诉他,这些人没买票,是站长的亲戚。乔安山知道自己脾气不好,为这也没少吃亏,但他还是没忍住。他从车门跳下来,冲着站长说:“这可是公共客车,别以为我乔安山会溜须拍马,给领导的亲戚走后门。”“你开你的车,别的你不用管。”站长说。乔安山跳上车指着站长的亲戚:“你们几个都下去排队。”在下面的站长大怒:“乔安山,你反了!这点面子都不给我,今天我不给你出调车单!”车门“咣当”一声关上了,乔安山将大客车开出了车站,一个人也没拉,空车开到了下一站小沟站。

后来,站长以“乔安山拒载”为由向上级主管部门汇报,经过调查后,站长得了处分,乔安山也被同事认为不通人情。一位老朋友说:“老乔,你咋这么不开通,部队和地方不一样,你这样做没好果子。”乔安山眼睛一瞪:“我行得正,我不怕。”

但有一次,乔安山还是怕了。

1989 年岁尾的一个傍晚,乔安山开着他那辆蓝色解放牌卡车从沈阳出发,到大连送货。刚开出城,就发现路上有个黑影,黑影是在此之前一个小时被一辆桑塔纳撞伤的梁老汉,途经的车子和那辆肇事的车子一样,都避之不及地绕开了。乔安山把老人送进医院,出车的 800 元钱成了老汉手术的押金。当他向领导汇报此事时,车队的领导已经预想到他会“沾包”——接连不断的麻烦才刚刚开始。但乔安山并不相信，他的理解是“自己好心相救，不可能有人这样浑”。

预测不幸言中，乔安山从救人者变成肇事嫌疑人。

老人的女儿夺走了乔安山的驾驶本，让乔安山或乔安山单位负责治疗到底。尽管没有记下肇事车辆的车牌，梁老汉还是知道，撞倒自己的车子是辆黑色的小车，但在一双儿女的轰炸和高昂医疗费的压力下，老人开始默不作声。3天后，乔安山从大连配上满满一车货，买了水果和罐头来看望老人的时候，老人儿女无异晴天霹雳的盘问让他惊呆了。他趴在梁老汉的床边激动地叫：“老哥，人不能没良心，你再好好看看，是我撞的你吗？老哥，我叫乔安山，是雷锋的战友，也许你有你的难处，但我不信这个世界上总能把黑的说成白的！”

风言风语不断折磨着乔安山敏感的神经。

“敢撞死雷锋的人，什么人不敢撞？”乔安山一个月工资50元，因“肇事”每个月被扣10元。在家里，也笼罩着一种沉重的气氛。已经很久不抽烟的乔安山面对着微笑着的雷锋像不停地续着烟卷，痛苦万分：“我救人有啥错？”两个儿子埋怨他多管闲事，他不可抑制地爆发了：“你爸我就是傻帽，看到人在雪地上满脸是血，我不救就不是雷锋班出来的！”

乔安山失踪了，老伴张淑芹慌了。她知道，雷锋的死让他受了刺激，“雷锋的战友”与其说是光荣，不如说是推卸不掉的责任。他老是觉得对不起班长，这个沉重的石头压在心头，让他透不过气来。她怕乔安山过不了这个坎，再犯病——有一次，她和乔安山去看电影，是一个枪战片，老乔看着看着，拔腿就跑，把鞋都跑丢了。她追出去的时候，乔安山正站在那里，喘着粗气，把他拽回家，不吃不喝，瞪着眼，不说话，认不得人，吓死人了。

这次乔安山没有犯病，他来到了雷锋墓前，和班长说话：

> 班长，你说是咋的了，我都糊涂了，这件事到底是我做错了，还是这个社会有病了？在你活着的时候，这不是最简单的助人为乐吗？现在帮了别人就成了冤大头，别人不但不感谢你，还觉得人是你害的，周围的人不但不主持公道，反而幸灾乐祸。谁让你多管闲事？活该！人心都变坏了，只要有钱，良心都可以卖了。
>
> 班长，我真想听听你的意见，如果你碰到这事会咋办？我知道，你那时

候也不是一帆风顺，也有人风言风语，但还没人诬陷你啊，现在人家一口咬定人是我撞的。现场就我们两人，你说我可咋办啊？

班长，和你说句良心话，有时候，我真羡慕你，早早就走了，平平安安躺在这里，没有烦心事，你走那时候社会风气多好啊，现在可没法比了，差远了。

大不了一死吧，我这么一死，人家就知道我是被冤枉的了，梁家这些儿女，眼见逼死一条人命，他们脸皮再厚，再没良心，心里就不愧疚？我是带着药来的，班长，我不想活了。

乔安山没有死成，一名目击者出来作证。在交警部门的努力下，真正的肇事者被找了出来。最后梁老汉坐着轮椅来到乔安山面前："老乔兄弟，我对不起你啊，你救了我的命，我还埋汰你，我不是人啊！"

倔强

因为运输公司承包给个人，乔安山下岗了，日子过得极其艰难。在儿子的介绍下，乔安山开始给私人老板开车，但因为他一次次学雷锋，每个老板都无法忍受。后来乔安山自己给自己当老板，卖茶叶，发现了假茶后，他跑去劝别的铺子把茶烧了，但没人听他的。有人摇头：老乔啊，脑子"缺根弦"。

1993 年，乔安山在单位里办理了退休手续，这比待岗要好一些，每个月还有 300 多元的退休金。在这之前，乔安山给人看过摊、打过更，收入不过是一两百块钱。不久，儿子乔兵给父亲介绍了一个开车的工作，为一个老板跑长途运输，老板看中了雷锋的节约精神。

一次从大连运货回来的路上，乔安山遇到了一辆牛车，车上坐了一个生病的女孩，正在往医院送，他把两个装卸工和副驾驶扔在了冰天雪地的半路，将女孩送到了医院。第二天，乔安山被炒了鱿鱼，因为他多管闲事。

后来，乔安山给一小煤窑业主开车。时间不长，他便发现了其中的猫腻，先给货主装上好煤，再在半路上将挂车卸下，挂上劣质煤的车斗，分量不足再灌上水。乔安山指着老板的鼻子说："你这样做太缺德了！"他再次下岗。

儿子劝他:“你别动不动就做好事,管闲事儿那一套在个体户那里不好使。”乔安山狠狠心,不再给人打工了。1994年,他开始自己做老板,在铁岭龙山市场,租了一个不大的铺面做茶叶生意。春节,他进了一批包装精美的礼品茶。回家打开一看,全是柳树叶子,老伴劝他退货,乔安山不干,“退掉了,还会照样坑别人”。借债买来的茶叶全部填进火炕。乔安山还到进货相同的铺子劝告,“这是假货,不能坑人,烧了它”,没有人听他的,人们嘴上敷衍着这个“二百五”,手上却将假货与真货掺在一起卖掉了。有人摇头:老乔啊,脑子“缺根弦”。

做茶叶生意的时间里,一次经历让乔安山感触颇深。一位顾客买半斤茶叶后,用自带的秤称分量,说少了三钱。乔安山说:“这三钱茶叶不能给,给了,说明我的秤有假,我的秤是良心秤。”老伴总是很为乔安山担心,因为连场面上的事情乔安山也不愿意轻易放过。一次,税收人员不慎踢倒了他铺子里的水瓶,抬腿就走,乔安山揪住他:“还要我教你说对不起吗?我看你是吃惯了,拿惯了……”邻近铺子的人劝他别太较真,乔安山直言不讳:“他们敢这样,就是你这样的人惯的。他占你的便宜,你就会占顾客的便宜,占来占去,国家吃亏。”

这两年,乔安山老两口把生意交给大儿子去做,自己担任雷锋精神的职业宣讲员,他们对现在的生活很满意——搬进了部队的干休所,结识了很多的朋友,到过全国的很多城市。乔安山目前耿耿于怀的是:“我1957年进厂的时候,你婶还穿开裆裤呢,现在退休金比我还多一块钱。”

李嘉廷脸谱

在尚未有结局的一生中,李嘉廷三次成为“典范”:19岁时从偏僻的云南南部高原山区石屏县迈入清华大学的殿堂,实现了一个农村娃走出大山的梦想;38岁时,他从国营军工厂上调至政府部门,仅用4年时间便完成了由副处级到正厅级的晋升;57岁,在不少人对他的未来有诸多美好设想时,李嘉廷从省长的任上滑落成“人民公敌”。在狱中,李嘉廷曾对他的辩护律师韩嘉毅说:“我这一切都是为了儿子,无论坦白交代问题,还是检举揭发别人,都是为了李勃,包括上诉也是为了他。”韩嘉毅说:“李嘉廷的堕落,因为他首先是一个父亲,然后才是一个省长。”

7月的红河州温润而亮丽,一如流经此地的红河。河水劈开哀牢山脉形成的红河大峡谷将红河州切割成南北两部,此时,两岸的彝族老少都在为将至的传统节日火把节欢欣着。这个位于滇南山区的哈尼族彝族自治州,更确切一点,是石屏县龙朋镇一个叫鲁土格的村子,是李嘉廷的故乡。

石屏县县长张俊年初当选为红河州人大副主任,他的印象中,李嘉廷曾回过家里几次,但未对当地的发展有过“关照”,石屏至今还未摘掉“贫困县”的帽子。尽管贫困,石屏历史上就有重教兴文的传统,曾有“山川东迤无双境,文学南滇第一州”誉称。李嘉廷的语文老师、云南省著名作家李乔过世前,在哈尔滨市参加“全国农村题材创作会”上曾提及少年李嘉廷,“他很能吃苦,学习也很刻苦”。而石屏一中的一位教师说,李嘉廷曾是他们的骄傲,也曾是所有红河人的骄傲——1963年,19岁的李嘉廷从这里走出大山,走进北京,他是这所学校走出的第一位清华大学的“学生娃”。

距红河州 240 多公里的昆明市牌坊林立，立在五华山入口的那座大牌坊的额上是硕大的“正义”二字，牌坊的后面，是坐落在五华山间的云南省人民政府。

仕途李嘉廷

1968 年，李嘉廷从清华大学电机工程系电机与电器制造专业毕业，这个 24 岁的年轻人响应“到祖国最需要的地方去”的号召，来到了东北重工业基地哈尔滨。建成机械厂是中苏“蜜月”时期的产物，在相当长的时间里，这个保密性质很强的单位使用数字代号，已退休的老职工刘成这样描述当年的技术员李嘉廷：个子不高，精神头很足，眉骨很明显。

在建成机械厂，李嘉廷待了整整 13 年，1981 年，他被调至黑龙江省经委，这被普遍认为是这匹“黑马”全新生活的开端。也就在那时，李嘉廷受到了时任副省长、省经委主任宫本言的注意，“他的调研报告让我记住了他的名字，文字功底不错，思路很清晰”。到省经委的第二年，李嘉廷便由调研处转任办公室主任。其时，39 岁的正处级干部在黑龙江省直机关内数量仍然不多。到 1984 年，李嘉廷已是省经委副主任，官至副厅级。

1985 年 3 月，李根深出任哈尔滨市委书记，开始干部的调整工作。接受采访时，他介绍了当时的背景：“我和宫本言同志搭班子，我做市委书记他担任市长，我们当时下决心从大厂、高校和研究所调来一些人才改变干部结构，宫本言有意把李嘉廷调到市里。”就是在这次干部调整后，李嘉廷调任哈尔滨市计委主任，不久便以副市长的身份为官一方。

原哈尔滨市委办公厅常委秘书室秘书商成霖与李嘉廷有过多次工作上的接触，在接受采访时，他用了“勤政”来评价当时的李嘉廷：“没听他叫过苦，也没见他摆过谱，他的调研比较扎实，使用数字都是脱口而出。”给商成霖留下很深印象的还有“讲话没见过他用稿子”。曾长期随从李嘉廷采访的当地一位记者对李嘉廷快速升迁的理解是，“他担任常务副市长期间，工作管辖范围很大，既要对市委、市府和委、办、局负责，也要出面协调省委与省政府的工作，要求很高，他的人际关系和组织协调能力都有明显的优势”。李根深对李嘉廷的印象是，“他的协调能力还是不错的，脑瓜比较聪明，记忆力很好，处理问题的能力比较强”。

1990年，已担任常务副市长多年的李嘉廷的仕途出现了波折，在宫本言市长卸任后，李嘉廷并没有如人们预期的那样顺利“扶正”。李根深说：“宫本言比我年纪大点，他先到了退下去的年龄，我坚持让老宫再继续做两年，老宫退下去以后，张德邻同志调来做市长，李嘉廷继续做常务副市长。”一年后，李嘉廷再出现在《哈尔滨日报》上时，市长称谓前已经去掉了“常务”和“副”。李根深转任省人大副主任，因一直忙于动力集团上市的筹备，他与李嘉廷的接触更少了。已调任哈尔滨市文联担任秘书长的商成霖因为工作又找过李嘉廷几次。“有一次我去找李嘉廷，他当时正在51号会议室开会，等他讲完话，我把他从主席台拉到下面和他讲了文联的实际情况，希望能够帮助解决问题，他当时贴着墙把要签的字全都签了。”

李嘉廷在市政府任职期间，正是哈尔滨有计划大规模城市改造和建设的开始。李根深回忆说，“当时的城建工作主要是宫本言同志亲自在抓，诸如北环路改造、粮食系统的建仓，都不是李嘉廷确定的”。李根深任职期间，他“没有收到一封反映李嘉廷问题的信件，连纪委转来的举报信也没有”。

1992年11月，在阔别故里近30年后，李嘉廷被选为中共云南省委常委。谈到这次调动，大多数人和李根深说法相近，“这是一次正常的调动，在之前，李嘉廷也不清楚”。此前，李嘉廷已经担任省长助理。此时的云南，仅靠红塔、玉溪两大烟厂上缴的利税，便足以在各省上缴国家财税的名单中位居前茅，但基础设施建设滞后和地区发展不平衡也相当突出。1993年5月，在云南省八届人代会时，李嘉廷被选为副省长，两年后当选为省委副书记。

1998年1月，在云南省九届人代会上，李嘉廷被选举为云南省省长。一年后，昆明世博会的举办给李嘉廷提供了一个展现的大舞台，他的能力再次获得普遍认同。作为世博会组委会副主任，李嘉廷借机使昆明市的城市建设跃进了一大步。但令昆明市出租车司机不满的是：由于规划不足，路上拥堵情况总是相当严重。

中纪委公布的李嘉廷主要违纪事实前后跨越6年，起始时间是1994年，这是他任职云南的第二年。

与儿子李勃参与的超过千万元的受贿相比，李嘉廷单独收受的黑金显得零散：

1995年元月，昆明建华企业集团董事长舒建在李嘉廷家送出1万美元，一个月后，舒建在随同李嘉廷到泰国参加投资洽谈会时又送出5 000美元。这一年，舒建三次找李嘉廷为建华集团帮助解决贷款。最终，总额4 500万元的贷款分别从交通银行昆明分行和昆明城市信用联社贷出，作为回报，舒建又分两次送给李嘉廷2万美元。

1996年初，李嘉廷出面为云南人和实业集团公司协调变更药品经营企业合格证，总裁和丽伟送给李嘉廷6万元人民币。

1998年，耗资数亿元的昆明第一高楼、五星级的佳华广场酒店建成，但没多久，酒店副楼被"红塔集团"买下，改造成红塔大厦。当地人说，这次有些莫名其妙的收购就有李嘉廷的身影。在佳华广场被列入世博会配套工程前，李嘉廷曾就佳华广场B座的收购亲自协调昆明佳达实业公司与红塔集团的关系，并促成佳华与美国沃尔玛中国公司、云南共和集团合作成立昆明沃尔玛管理服务公司。为表示感谢，佳达实业公司邹丽佳先后两次送给李嘉廷10万元人民币、5 000美元、3万元港币。

……

2001年9月24日，中共十五届六中全会做出决定：撤销李嘉廷中央委员会候补委员职务，给予其开除党籍处分，同时被撤销和开除的还有原福建省委副书记、原厦门市委书记石兆彬。后者涉嫌"远华走私案"。"李嘉廷在担任云南省委常委、省委副书记、云南省政府副省长、省长期间，伙同李勃或单独收受贿赂款人民币1 038万元，港币649万元、9.1万美元、20万日元，折合人民币共计18 105 323.75元。"检察机关就此对李嘉廷提起公诉。对于受贿数额特别巨大、犯罪情节特别严重，而未立即执行死刑，北京市第二中级法院的判决中这样解释：李嘉廷论罪应当判处死刑，但李嘉廷有揭发他人犯罪的立功表现，并提供线索，对相关案件的侦破起了重要作用，认罪悔罪，赃款已全部追缴。

父亲李嘉廷

李嘉廷的小儿子李勃的两个比较集中的朋友圈分别在哈尔滨和昆明，在他22岁去香港前一直生活在哈尔滨，从香港返回后转赴云南发展。两个圈子对他的评价差别巨大，知情人说："去昆明，是李勃的重大转折。"这样的转折在他父亲的身上也清晰可见。

李嘉廷对待两个儿子李群和李勃的态度截然不同，这在哈尔滨并不是秘密。"李嘉廷对李勃的偏爱，是因为他比较争气。"多名知情者说。1991年，李勃高中毕业，当时的情况是：他已有"国家二级运动员"证书，李嘉廷已担任哈尔滨市市长，这样的情况下，争取免试保送并非是件难事。但李勃参加了1991年的高考并进入自费分数段，最终进入哈尔滨工业大学管理学院。

在同学中，李勃的学业并不出众。他的两位大学同学都记住了相同的一件事："开学报到时，李勃是自己骑着自行车驮着行李来的，知道他的背景后，我们都很惊讶。"李勃的班主任对他的印象更深一点，"他学习成绩不好，但考试时他从不打小抄，宁可不及格也不作弊"。"这个孩子很朴实，"他说，"有一次开运动会，我许诺，要是拿了冠军我请全班吃饭，他们果然拿了冠军，在饭店，李勃招呼同学'每个人先吃一个烧饼'，那是为了给我省钱。"

1994年，即将面临毕业的李勃有了出国的打算，并与同学有过探讨。

这一年也是李嘉廷走向深渊的开始。检察机关查实：1994年底，李嘉廷为了李勃能顺利留学，征得李勃同意后，委托香港焕德有限公司董事长杨荣为李勃办理了前往香港的通行证。杨荣想出的办法是捐给公安部门50万元。1995年5月，李勃拿到毕业证书前一个月，将杨荣拿出的50万元交给广东某市公安局，以"李博"的假名办理了前往港澳通行证。8月24日、25日，杨荣以"李博"的名义存入香港中国银行和香港渣打银行80万港币供李勃花销；1997年1月21日，李勃再次收下杨荣500万港币支票；1999年9月、2000年1月，李勃收下杨荣最后两笔钱总计60万港币支票。李勃交代，在几次收钱后，父亲都叮嘱过他，"钱是给我们家的，不是给你个人的，不要乱花"。

其实，杨荣是看中云南烟草业发达和李嘉廷"能量"的淘金者，在攀上高官李嘉廷后，他除去给李勃金钱上的"照顾"外，还多次亲自送钱给李嘉廷。作为回报，李嘉廷为其出口香烟及与云南省石油公司合作等方面亲自提供了帮助。

1995年初，李嘉廷亲自打电话给云南省烟草专卖局负责人，要求对杨荣与他人合作出口的1.3万大箱香烟品种搭配上予以照顾，杨荣获利1 300多万元。1996年，李嘉廷亲自出面落实杨荣出口1万大箱香烟的指标，杨荣获利1 000多万元。1997年初，杨荣准备“杀入”云南石油制品行业，李嘉廷出面协调，促使云南省石油总公司与杨荣合资成立了华丰公司，杨荣出任法人代表，公司停业后杨荣分到100多万元利润。

在李嘉廷堕落的过程中，李勃的作用不可替代。在建成机械厂工作的一位同事说：“李嘉廷在建成厂工作的时候正是中国人物质生活匮乏的时期，李勃小时候也跟着吃过不少苦，这使他不得不考虑经济上的追求，最终偏离了正道。”而真正明确利用父亲的位子赚钱的“思路”，是在李勃到云南后，李嘉廷当时的意见是“你自己不要出面”。

1997年5月，由李勃牵线，李嘉廷为云南俊发房地产股份有限公司董事长李俊父子承揽了昆明市螺蛳湾市场改造工程，为此，李勃收下500万元。

1998年10月，同样由李嘉廷出面，李俊获得昆明世博园林小区项目700亩土地的开发权，同时在降低该项目道路建设补助费上获得“照顾”，李勃以“抵消债务”的方式获利450万元。

1998年，为了控制李勃的支出，李嘉廷让妻子王骁和李勃在香港汇丰银行开设了联名账户，将收取的黑金存入，直到2000年被提醒这样的方式很容易暴露。而那时，27岁的李勃已经有了一份“事业”——他出任董事长的公司获得奥迪汽车云南总代理资格。

2001年李嘉廷被“双规”后不久，李勃因涉嫌受贿罪被云南省检察院反贪局立案侦查，云南省委书记令狐安在谈及李嘉廷问题的教训时，首次使用“妻儿失教”。

2003年6月26日，昆明市检察院就李勃涉嫌受贿一案，向昆明市中院提起公诉，起诉书中有如下阐述：“被告人李勃利用其父职务和地位形成的便利条件，为杨荣和李俊谋利，并在李嘉廷和行贿人中间传递信息，沟通关系，共同收受杨、李两人的巨额贿赂，情节严重。”

丈夫李嘉廷

除了儿子李勃，夫人王骁也很快堕入深渊。和外界“贪得无厌”的过于简单的传闻相比，王骁在她相识的范围内口碑颇好，与她有过几面之缘的安菲说，“接触下来,她表现得很谦逊”。

李嘉廷迁任云南后,王骁随后调往云南,1996 年调任交通银行昆明分行任工会主席。在这里,她给同事留下的印象并不深,原因是“她并不张扬”,但很快,她的不同之处使一些同事“敬而远之”。“尽管排名靠后,王骁也是五套班子里的领导,再加上她特殊的身份,应该有一定的发言权,但没听说过谁的位子是她帮助安排的。”

同样,王骁在不同的圈子里也扮演了不同的角色。

在李嘉廷的堕落过程中,她必不可少——1996 年临近春节,昆明伟事达公司总经理王伟来到李嘉廷家,将 5 万元交给王骁。随后,伟事达公司投资参与的金碧路拓宽改造拆迁安置房工程中,由李嘉廷出面为伟事达公司清理了工程拖欠款 650 万元。在李嘉廷不在场的情况下,王骁多次代李收下他人钱物,数目惊人。“但她绝不会单独收初次相识的人的钱。”一名知情者说。

与这种警惕性相比,王骁在处理与丈夫的情妇徐福英的关系上埋下了祸根——李嘉廷结识徐福英时,王骁也在场。那是 1995 年国庆期间,副省长李嘉廷与王骁在宜良县游玩时,一同参观“海王号”游船,徐福英就是宜良县海王号娱乐有限公司经理。在其后相当长的时间里,王骁与徐福英姐妹相称。外界的说法是,王骁并不清楚,与李嘉廷在清华园中结成的姻缘已不纯粹。

2003 年 5 月 20 日,徐福英因涉嫌行贿罪被云南省检察院提起公诉,7 月 2 日,此案在昆明市中级人民法院公开审理,但当庭未做宣判。除了行贿,徐福英的作为也出现在中纪委公布的李嘉廷的主要违纪事实中:与有夫之妇徐福英通奸,并利用职权为徐谋取不正当利益,涉及金额 3 000 余万元。入狱后,徐福英第一次对别人说起了对李嘉廷的印象:“我对他的第一印象不太好,因为他的长相实在不怎么样。”

关于徐福英的说法,流传的版本更多。现年 41 岁的她祖籍江西,生长于昆明,小学四年级文化。“她的文化水平不高,但是深谙社会往来的规矩。”使徐福英“成名”的有两件事:与李嘉廷建立情人关系;同时行走于两个黑社会帮派中并最终使两大帮派因她交恶。

1995 年,已是昆明市丽人园餐厅总经理、宜良县海王号娱乐有限公司经理的徐福英在建造“海王号”游船时资金吃紧,向黑社会人物侯连喜借了高利贷 300

万元。由于经营不善在还款时遇到困难，徐福英找到原宜良县县长柴春智，柴表示县里没钱借给她，如果能从省里借到钱，县里可以帮助办理手续。于是徐福英找到李嘉廷并促使其于 1996 年 1 月 26 日作出批示：由云南省财政厅从省际横向联合基金中贷款 300 万元给宜良县财政局。很快柴春智安排有关人员编造虚假报告，于 1996 年 2 月指示县财政局将这笔钱借给徐福英，这笔流出资金未办理抵押担保手续。一个月后，徐福英再次找到柴春智，要求帮助办理从某公司借款的手续，柴春智指示宜良县烟草公司以"扩大烤烟面积，提高烤烟质量"的名义拟写了虚假借款报告。300 万元贷款汇入宜良县烟草公司后，柴春智将此笔款项转到县政府财务，从中分两次借给徐福英的海王号娱乐有限公司 250 万元，这笔钱也未办理抵押担保手续。

在成为李嘉廷情妇后，徐福英多次与王骁见面，并相互赠送贵重礼品。最后的一次是在 1997 年春节前后，为感谢李嘉廷出面为其协调一项工程，徐福英将 5 万元人民币送给王骁。"可能就是这一点，迷惑了王骁，没有看出徐福英的真实位置。"实际上，因为懂规矩、会办事，王骁很喜欢这个小妹妹。

2001 年 9 月 16 日，王骁在家里卫生间内自杀。事后发现：她已经为此做好准备，自杀的前一天，王骁将自己的存单和密码交给了一位同事。10 天后，中纪委公布了李嘉廷的主要违纪事实。

"民生"李嘉廷

曾是云南省第一大企业的昆明钢铁公司的工人范志刚对李嘉廷在任时的一些作为表示认同："他救了我们全家。"范志刚全家三口都在昆钢工作——世博会场馆建设所需的钢材都在昆钢购买，此前的昆钢已濒临破产。由于李嘉廷做出的规定，数万工人跨过了下岗的艰难时期。随后，在国家确定"西部大开发"的政策后，李嘉廷再一次提出要求：云南省"十大开发工程"必须使用昆钢的钢材。

1999 年春天，李嘉廷到那里开"现场办公会"，亲自解决贫困问题，并定下了"要钱给钱，要物给物"的政策。李嘉廷被"双规"后，有媒体将李嘉廷的此次行为定为"做秀"。

1998年6月10日，昆禄公路建成通车，仅仅18天后因路基沉陷、路面悬空并出现纵向开裂，交通不得不中断。这条起于昆明市西山区，经过富民县抵达禄劝县城的云南北部交通干道全长72公里，5.19亿元的建设资金由云南省和昆明市筹集，当地政府希望借此带动昆明北部地区的经济开发。

李嘉廷得知后，措词极为严厉地批评了相关部门，并要求对责任人一查到底。

云南省监察厅、交通厅等部门组成的调查组很快查实：在建设中，昆禄公路指挥部让一些无资质或资质等级不够的单位参与勘察、设计、施工和监理，一部门施工单位并不具备技术力量和机械设备，一部分中标单位在投标时弄虚作假，没有能力按承诺条件施工，再擅自分包转包工程，从中牟利，工程使用的石料偏小，水泥标号不够。

此事的最终结果是：云南省、昆明市再次投资1亿元对公路重新整修。“云南的基础建设发展，李嘉廷功劳不小，山区这么多，高等级公路也多，不是件容易的事情。”一位交通系统退休的干部说。事实上，李嘉廷迁任云南后，云南完成了建成“旅游大省”的关键性工作，随着旅游资源的开发，民用机场的数量也很快跃居全国第一。“不是所有的事情都是李嘉廷做的，但很多工作和他相关。”省政府的一位处长说，事发前，他对李嘉廷的感觉来自两点，“偶尔在楼里碰到向他打招呼时，他也礼貌地回应”；“因为工作拖沓，不止一位干部被李嘉廷当面训斥过”。

中纪委在对李嘉廷案的调查中发现，他担任副省长期间，为别人办事牟利，很少动用其分管范围的职权。这也使不少人对李嘉廷的“落马”感到惊诧，“他示人的一面有虚假性，也有欺骗性，但人并非只有好坏之分，要辩证地看待”。黑龙江省委科学顾问委员会专家杨文超认为：对于权力的监督和制约，不能过多依赖教育和人性的自我完善，而要更多考虑制度的功能设计。

2001年3月8日，作为第一位现任省级官员，李嘉廷参加了人民网“强国论坛”与网友对话的活动，以下为部分实录——

网　友：工作之余，平时还有什么爱好？

李嘉廷：运动，运动的主要方式是打网球。

网　友：在工作中，最让你动感情的是什么？

李嘉廷：对我的下属一些形式主义、官僚主义的做法，说了不算，定了不干。

网　友：你最大的心愿是什么？

李嘉廷：在未来5年内解决尚未解决温饱的160万人的贫困问题。

网　友：您是否欢迎对政府的批评？

李嘉廷：我们政府是人民的政府，全心全意为人民服务是我们的宗旨。我们非常欢迎各界，特别是新闻界的朋友，监督我们的工作。

为了给社会监督提供条件，我们今年采取了一系列的措施：第一，我们发行政府公报，免费赠送，把我们政府的重大决策都直接交给老百姓，比如说，我们云南的"十五"规划纲要在人代会审议之前就通过公报交给老百姓，在报纸上公开讨论；第二，我们建立了厅局长的接待日制度，每月25日公开接待群众上访；第三，今年内我们在全省县级以上的市设立便民服务中心，把所有涉及老百姓的事逐步放到这个中心来办理，机构改革以后，政府将近有20%的公务员要在这里办公；第四，我们要在城市里推广昆明市的市长热线电话的做法，电话号码是12345，意思是"有事找政府"，群众反映非常好。

网　友：您会不会压制媒体？

李嘉廷：我们对新闻单位的批评要鼓励，要保护，为此我们制定了专门的规定。

……

李嘉廷的此次"经典"问答，被一位论坛的工作人员写进了后记中，他最后写道：通过访问，我感觉到他（李嘉廷）是一位谦虚、尊重民意、敢于接受人民群众广泛的监督、工作务实的干部，这很好，中国需要这样的大官，尤其是贫困的地方。

可惜，即使是假象，也很快破灭了，仅仅两个多月后的6月1日，国内主要媒体报道了同一消息：李嘉廷辞去云南省省长职务。尽管没有说原因，"李省长出事了"的消息很快在昆明的街头传开。

恰好距此一年前的2000年6月，时任中纪委书记的尉健行在云南检查工作时，曾特别警示云南省各级领导干部要带头廉洁自律，李嘉廷当时也在场。《云南日报》对尉健行的讲话作了报道："尉健行说，少数高中级领导干部对其配偶、子女利用自己职权和职务上的影响经商办企业，非法敛财、违法乱纪，或不闻不问，或暗中支持，袒护包庇，有的甚至直接参与其中，严重败坏了党的风气，影响极为恶劣。”

云南省国际旅行社的卢康力记住了李嘉廷在世纪之交畅想云南旅游业未来的“豪情”：“到2005年，全省接待海外旅游者年均增长8%以上，达到150万人次左右；接待国内旅游者年均增长5%以上，达到4 500万人次左右；旅游业总收入年均增长8%左右，2005年达到近300亿元。”

但这些“豪情”已距他远去。

2003年6月20日，北京市高级人民法院做出终审裁定：裁定驳回李嘉廷上诉，维持北京市第二中级人民法院对李嘉廷判处死刑、缓期两年执行的一审判决。

对于李嘉廷而言，6月不是个好季节。

对于大多数地区的民众而言，这只是让人流汗的夏天。

杨斌:“荷兰村”检讨

从波峰到波谷,其实只有一步之遥。

对于曾名噪一时的“中国二号富豪” 杨斌而言,这一步在 6 月 11 日的仓促迈出显然有些尴尬,沈阳毕竟是他的“福地”——这天上午,沈阳市中级人民法院将对杨斌案开庭审理,即使“杨斌悬念”还不能此时全面示人,但对杨斌的司法“追偿”已经全面展开。

620 路公交车如往常一样穿梭在于洪区“荷兰村”通往市区的路上,这条当年沈阳市政府专门为“荷兰村”特批设立的公交线路的车身上仍载着“荷兰村”的售楼广告,而一路闪过的广告牌上也以“EURO—ASIA”居多,这曾是杨斌不小的骄傲,但现在是他“涉嫌非法占用农用地”的直接印证。

曾经吸引眼球的,还有杨斌投注心血的一只风水球,它正安坐在“荷兰村”国际博览中心的一块石基上,上边刻着“三十年河东,四十年河西”。据说这是杨斌亲自设计的,他的解释是:“风水自西向东转,我三十岁在荷兰,四十岁回到中国。”何谓“河东”,哪是“河西”,此时的物是人非,使再看到它的人可能领悟到了更本质的含义。

与“荷兰村”所在的小韩村比邻的大韩村的一位村民说,国际博览中心是杨斌花了 2 亿多元照着“阿姆斯特丹火车站”的模样,按 1∶1 的比例“移植”在“荷兰村”的,你看它现在这个样子不咋的,去年时还很风光呐。这样的风光在沈阳的政府网站中依然能看到,“‘荷兰村’是沈阳目前最大的农业中外合作项目”,“‘荷兰村’在辽宁省四十项起飞工程中居首位”。

……

无论杨斌过去的“河东”生活包含了多少虚假和难以示人的内幕,他已经开始了“河西”生活。

庭审现场：仅 40 人获准旁听

6 月 11 日 7 时 30 分，沈阳市中级人民法院院长丁仁恕已经坐在他的办公室里，此时距离他当选法院院长刚好 5 个月。

位于市府大路 268 号的法院大楼是沈阳市的标志性建筑之一，楼前的电子显示屏上已打出了：本院定于 2003 年 6 月 11 日在第 11 法庭公开审理被告单位沈阳欧亚实业有限公司、沈阳欧亚农业发展有限公司、被告人杨斌虚假出资、非法占用农用地、单位行贿、对单位行贿、伪造金融票据一案……

为了庭审顺利，法院方先前曾进行了一次作为“预演”的模拟开庭，市中院一副院长出任审判长，市检察院一副检察长出任公诉人，“仿真法庭”按照规程“走”了一遍法律程序，甚至囊括了法庭调查、法庭辩论、辨认证据等诉讼活动，当然，杨斌及其辩护律师都是由“仿真人”代替的。

6 月 10 日的一场降雨使沈城的街道更显干净，6 月 11 日的清晨也在多云的清爽中到来。

7 时，法院门前开始聚集起等待的人群，他们大部分是来自境内外的媒体记者，因为严格限制了旁听者的数量，他们中的绝大多数人都在法院门前相互交流着信息，此外还有不少是买了“荷兰村”住宅的本地市民。

7 时 45 分，法院工作人员陆续进入办公大楼。

7 时 55 分，大批警察聚集在法院东门。

8 时，工作人员对照手中的名单，核对进入法院的车辆。

8 时 20 分，由四辆警车组成的车队急驰而至。前后各有一辆警用轿车护卫，中间的两辆专用警车的车窗全被黑色防晒膜遮挡，其中的一辆载有杨斌。车队直接从法院东门驶入，停靠在法院后院的停车场，杨斌被带入法庭。

9 时，庭审准时开始。

当天获准现场旁听的共 40 人，杨斌方面为 6 人，这个名单在很早便已确定下来。来自现场的消息证实：先前的杨斌家属名单中确定了 4 人，分别为杨斌的四姑姑（欧亚集团代表)、边守捷(欧亚实业公司代表),杨斌的叔叔和岳父,杨斌的太太仍在荷兰,未返国出席庭审。而实际出现在法庭内的杨斌公司方面的人数超过了先前设定。

"杨斌案"律师团的领头人田文昌,一直回避与记者接触。这位誉为"田大状"的律师是中华全国律师协会刑事专业委员会主任,北京京都律师事务所创立人。他以代理刑事案件闻名,曾是大邱庄禹作敏案、云南李嘉廷案、华夏银行行长段晓兴受贿案的代理律师,被业内人士誉为"中国刑事律师第一人"。而律师团由 6 人组成,分别来自京都律师事务所和国正律师事务所。

据探访过杨斌羁押地的记者介绍,从被批准逮捕到出庭,羁押地数次更换,杨斌在 6 月 9 日转来沈阳前,先后现身沈阳、秦皇岛、本溪的看守所。据称,在本溪的"小白楼"内,杨斌的住宿和饮食条件都好于其他在押人员。

据法院方介绍,审理杨斌案的 11 号审判庭是沈阳法院一个规模较小的刑事法庭。此外的相关消息是:有关部门已加强对法院内外的安全监控,大楼的主要部位均已安装监控装置。此次庭审的结果将由有关部门统一发布,由于案件复杂、证据繁多,预计将审理三天。

记者获悉,案件审理期间,将有 24 名证人被传召出庭作证,其中有辽宁省委常委、沈阳市委书记徐文才,"荷兰村"所在地的于洪区有关领导,还有现在押的原沈阳市土地规划局局长李德森。

起诉材料共涉及杨斌涉嫌的六项罪名:一、涉嫌虚假出资;二、涉嫌非法占用农业用地;三、涉嫌合同诈骗;四、涉嫌伪造金融票据;五、涉嫌对单位行贿;六、涉嫌单位行贿。有关资深律师的分析认为,其中涉嫌合同诈骗、伪造金融票据两项罪名,按照中国法律就可以判无期徒刑。

6 月 11 日杨斌亲属的午餐是面条和饺子,"上车饺子下车面"是北方的风俗,一旦凑在一起就有顺利的寓意。

杨斌其人:不惑四十的困惑

年龄:38

出生地:江苏南京

教育背景：大学(荷兰，政治专业)

主要公司：欧亚集团

总部所在地：辽宁沈阳

首次证券市场融资：香港主板(2001 年 7 月)

主要行业：沈阳房地产，旅游，花卉

财富：75 亿

这是“福布斯中国富豪排行榜”2001 年涉及杨斌的内容。当年，杨斌不仅登榜，而且显赫地名列第二位，而其创立的欧亚集团也是“全球 200 家最佳小公司”。两年后，杨斌以他未能料想的方式跌撞进入了不惑的四十。

正在四川出差的“福布斯”调查员丁键也很关注正在进行的杨斌案的调查，他向记者证实了关于杨斌的一些传闻。他相信，致使杨斌“东窗事发”的首先是他征地的用途问题。

按照杨斌自己的说法，他的形象很容易让人产生兴趣：5 岁成了孤儿，靠年迈的奶奶摆茶水摊和亲戚的接济得以长大成人，18 岁以前什么苦都吃过。1981 年，他考进海军第二炮兵学院，毕业后因学业优异留校任教。1987 年，25 岁的他去荷兰留学，1993 年获得荷兰国籍。20 世纪 80 年代末至 90 年代初，由于敏锐地把握到东欧解体、市场解冻蕴涵的商机，开始于中国和波兰等国之间进行棉制品、纺织品、成衣的进出口贸易。两年内做大生意，资产达到 2 000 万美元，1990 年在荷兰创立欧亚国际贸易有限公司，1992 年底第二次创业，投资农业。

事发后的调查很快证实，杨斌的简历中很大部分都是自编的：既不是炮兵学院的老师，也未在荷兰莱顿大学获得过学位，他的贸易立身也有太多难以揭开的谜团。甚至综合各种资料，他赴荷兰的时间也被推翻，有人认为，“杨斌应该是在 1989 年前往荷兰并在此后的几年内加入荷兰籍”。

无论怎样，虚假的简历增加了外界对他的信任。

1997 年，杨斌在北京推销温室设备的同时已经开始推广他的荷兰高科技农业经典模式。在一次与沈阳有关部门的接洽中，杨斌的模式打动了有关人士。“日本每年蔬菜的需求量是 1 万亿人民币，其他副食品是 1.5 万亿人民币，如果拿下日本市场的三分之一，每年也有 7 500 亿人民币以上。”“日本菜篮子”的概念和前景说服了沈阳市农业部门的官员。最终，沈阳方面提出，如果在沈阳建基地和分公司，只要投资达到一定规模，土地和税收方面可以给予优惠。那些“优惠政策”包括：所得税、农业税等方面的减免，还包括免费划拨土地等。

1997 年 12 月 18 日，欧亚集团在沈阳设立总部。

在一位曾追随杨斌的记者眼里，杨斌是一位只有一套西服、一双皮鞋的富商。“他的豪华车足以组建一个礼宾车队，但自己总是开一辆三菱越野，便于到工地视察。”事发前，杨斌还买了一架雷神公务机，价值 1 500 万美元。

圈地谜团：3 300 亩地的真实用途

1998 年 9 月，在辽宁省一位高层官员的亲自主持下，“荷兰村”项目在沈阳破土动工，小韩村也正式更名为“荷兰村”。尽管“荷兰村”的定位是现代化设施农业、生物农业、旅游农业、观光农业相结合，与人们期盼不同的是，杨斌很快在实践中抛弃了荷兰经典农业模式。

曾经造访“荷兰村”的嫩江县委副书记李忠辉说，“荷兰村”已经很难算作一个单纯的农业项目了。和占地面积巨大的各式商业建筑相比，农业温室在“荷兰村”里偏居一隅，似乎只是一种点缀，而不是主体。小韩村的原居民也介绍，开始他们也以为这块 3 300 亩的土地将被用来搞农业开发，没想到全变成了楼。

截至 2003 年，在 3 300 亩“荷兰村”内，已经建成真正与农业有关的只有 1999 年完工的 4 公顷的玻璃温室。另建有高层住宅楼 33 幢，一般住宅楼 33 幢，别墅 180 多幢，总面积 57 万平方米，如果按照规划全部建成，住宅用地将占据“荷兰村”面积的三分之二。立项时是“高科技农业生产基地”，建成时却成了地产主题公园——这在公诉人的起诉书中被指控为“涉嫌非法占用农业用地”。

杨斌以高科技农业基地的项目获得土地划拨待遇，共分三次得到小韩村及附近的八家子村共 3 300 亩土地。按照《土地法》的规定，这样的划拨使他首先省去了向政府交纳的土地出让金，然后又省掉了一笔数以亿计的要交纳给农民的土地费。杨斌和小韩村谈的是股份合作制，即村民拿土地做股份合作，第一批 2 200亩被化作合资后公司注册资本金的 25%。小韩村的负责人证实，杨斌与小韩村的靓马集团达成一个协议，按每亩土地 4.5 万元的补偿金支付，合计支付 1.5亿元给靓马集团，但至今分文未付。

杨斌曾对媒体解释，这些土地是经省政府批准的综合用地，可以用作房地产开发。甚至在 2002 年 7 月 14 日，欧亚农业还发布澄清公告称，公司并没有涉嫌违法使用土地。但沈阳市规划和国土资源局先后证实：当时欧亚农业取得这片土地，并没有经过国土部门的批准。

2001 年，沈阳市市长慕绥新因腐败问题下台，随后陈政高赴任。杨斌在沈阳的政治背景发生变化，从 2001 年 3 月开始，沈阳市政府着手大规模清查土地税款问题，欧亚"荷兰村"被要求补签合同，补交税款。据悉，杨斌拖欠或逃漏的税款有三笔，共计 7 160 万元。

资金链条：7 亿港币，成为赴港上市的赢家

杨斌曾很有兴致地谈及他与史玉柱的不同："他在巨人大厦的失败，是因为他不懂融资，他不算现代企业家。"

事实上，作为"现代企业家"的他，真正的财富积累是在资本市场上。

早在 1997 年，杨斌就曾绕道四川开始了他的"A 股之旅"。他先入股上海证交所上市的"广华化纤"，成为其第一大股东。随后，他通过资产重组、高比例送配，将股价送到了 3 倍的高点，此时，"广华化纤"已更名为"欧亚农业"。1999 年，"欧亚农业"又更名为"英豪科教"，年底杨斌辞去了董事职务，退出的股份价值 2 亿元。

"贷款也是他的主要手段之一。"吉林大学经济学院孟繁龙这样总结。杨斌在先前接受记者采访时也曾表示："辽宁省和沈阳市各大银行，对于我们是非常关注的，所以我们的融资也很容易。"他所说的银行贷款主要有两笔，来自工商银行系统贷款 4 亿左右和来自农业银行系统 3 000 万元。

2000 年，杨斌选定了当时渐渐对内地民营企业感兴趣的香港资本市场。他采取了一系列重组动作——在百慕大注册了欧亚农业控股有限公司，把"荷兰村"的农业项目及国内六大农业基地"装"了进去，这样欧亚农业就成为不折不扣的农业概念股。时至 2001 年，剥离后的农业项目经过重组，开始在香港主板上

市，交易代码为HK0932。因为属于国内现代化花卉产业首次走向国际资本市场，加上公司的外资背景，欧亚农业在香港投资界备受青睐，结果4亿新股以招股价的78倍被认购一空，加上增发的部分，杨斌共募得港币7亿元，成为当年赴港上市的大赢家。

此后相当长的一段日子，欧亚农业继续担当资本市场的宠儿，截至2001年年底，欧亚农业股价的涨幅超过了20%。

2002年伊始，杨斌坐上了“滑梯”。1月2日，因为被境外媒体质疑“第一桶金”来历，在香港上市的欧亚农业股价下跌24%。就在这一年，还有三位颇具传奇色彩的人物落马：中国光大集团董事长朱小华被以受贿罪判处有期徒刑15年，并处没收个人全部财产；中国建设银行行长王雪冰被中共中央批准撤销第十五届中央委员会候补委员职务、开除党籍，并移送司法机关依法查处；还是这一年，“600字断送蓝田”出演，让人们记住了瞿兆玉的名言：他同各大银行的一些负责人“只有一根电话线的距离”。

被抓住“尾巴”：从2 000万美元到75亿元的神话

杨斌的神话在2001年年末遭到了质疑，质疑者是瑞银华宝中国研究部主管张化桥。“面积大、投资大”的“两大”让张化桥开始怀疑杨斌的实力，因为房地产项目的资金链多数来自银行贷款。

曾在中国人民银行工作过的张化桥说：“大陆一些地区的银行运作手法很不规范，这种贷款的方式，在现金回笼快时，不会暴露，但一旦某一环节出现问题，所有问题就都出来了。”

在随后的报告中，张化桥主要对杨斌质疑两点，一是自90年代初开始的短短10年间，杨斌个人财富由1亿元迅速膨胀到75亿元，速度之快令人咋舌；二是欧亚农业与欧亚实业之间的关联交易并不能给欧亚农业带来实际贡献。

2002年1月3日，欧亚农业股价开盘1.8元，当天跌去18%。但杨斌随后在香港的公关活动发挥了作用。1月中旬后，欧亚农业的股价又开始回升。4月9日，一个令杨斌振奋的消息出现：美资投行摩根斯坦利在欧亚农业公布去年业绩的前一天发表了看好其前景报告，“入世后出口前景看好，负债率低，利润复式增长率达到12%，因而目标价在3港元”。欧亚农业股价再次被追至2.8元的高位。

但是经张化桥“发难”后，媒体加入了对“荷兰村”的质疑。

接着，杨斌的资金链明显表现出了裂痕。春节后，杨斌开始拖欠工程款。9月19日，香港证监会则以“未能披露容易影响股价的一些信息”为由，暂停欧亚农业交易。尽管一周后欧亚农业恢复交易，但随即，欧亚农业再次被停牌。在此期间，杨斌大量疯狂出售他持有的股票，一种说法是套现近5亿港元。也在此期间，杨斌再次让人们大跌眼镜——成为朝鲜第一个特区新义州的特首。杨斌本人也雄心勃勃地表示，新义州特区大有可能超过香港，成为东北亚经济中心。但从9月23日杨斌正式被宣布为朝鲜新义州经济特区最高负责人，到他成为被监视居住、立案侦查的嫌犯，只有两周时间。

从1994年回国杨斌自称拥有2 000万美元到2001年列入财富榜统计的75亿元，杨斌的财富积聚，在很多人眼里都是一个谜。

同样成谜的，还有杨斌曾经的声音：

> 我们企业格言就是诚信。诚信则是最基本的社会道德准则，是平等的，普遍的，儒商精神的内核之一就是诚信。
>
> 欧亚集团要在5到10年内，跨入世界500强企业行列，这个目标并非遥不可及。但关键在于我们要脚踏实地。
>
> 希望大家正确面对民营企业，全国的民营企业都不容易。中国的民营企业走过的路，也只是20年的时间，20年的民营企业像孩子一样，让她像孩子一样成长起来。

同样，在我们想起杨斌所指责的媒体暴力时，我们也记下了一位追随杨斌的媒体人的那句经典语言，“选择沉默，是杨斌的宽容。就像“荷兰村”村口的那头铜狮子，如果被激怒，将会发出低沉而令人震撼的吼声”。而这次被激怒的，显然不是杨斌。

清算赖昌星

暝色入海峡，也落在厦门岛几何中心的一幢联体建筑上。7月18日，这幢原厦门远华集团规划中的标志性建筑——远华国际大厦将在厦门市公开拍卖，这是国内首次对原远华集团大宗涉案资产进行公开拍卖。此前，远华酒店、远东金融中心、会景阁、嘉云台、伊丽莎白大厦等“远华”在港资产已被银行悉数收回，在赖氏发迹的厦门即将开始的这次拍卖，被认为是国内对赖氏苦心经营的“黑金帝国”清算大幕的开启。

烂尾楼与抢手的“地王”

江头区是厦门市的中心区，福厦路与屿埔路交叉处是厦门岛的几何中心，此处地产在鹭岛有“地王”之称，而在厦门人心目中这里风水最好，远华国际大厦就坐落在福厦路与屿埔路交叉路口的东南一侧。

该项目的主拍者、厦门国际商品拍卖中心主任乐智强介绍，大厦地上部分由裙楼和A、B两幢塔楼组成，地下两层，总占地面积为10 773.34平方米，总建筑面积75 831.02平方米。A楼为28层酒店，B楼为21层公寓式酒店及写字楼，两楼相连的裙楼部分为酒店附属设施。远华国际大厦的附近还有国泰大厦、莲花广场等高层建筑，其东侧是规划中的江头商贸区，西侧为松柏居住区，南面是莲花新村和莲坂小区，周边居民约20万，正逐渐形成商业聚集带。

事实上，远华国际大厦只是栋烂尾楼，工程完成的只是主体部分。记者沿着街区走了一周，发现A楼的金黄色玻璃幕墙也只装了几层，内部装修还没有开始，与邻近工地频繁进出装载有建筑材料的重型卡车相比，此处更显冷清。来自四川雅安的建筑工人庞缅说："大厦已经很久没来什么人了，但大楼建得不错，用的材料都是最好的。"

而在工地一角的沙山旁，安然栖息着一片菜田，据说菜田的主人来自晋江。

尽管还没有竞拍者前来办理登记，乐智强对拍卖的前景还是很乐观。他认为流拍的可能性很小，原因是大厦地处厦门中心位置，交通便利，各类市政设施齐全。他同时预测，由于拍卖标的较高，起拍参考价高达1.68亿元，买家很可能不会出自厦门本地。在此之前，他们与辅拍者、厦门特拍拍卖有限公司、中正拍卖行有限公司分别在北京、上海、深圳等地的媒体上做了大版面的拍卖公告。

与远华国际大厦隔街相邻的是一个占地2万平方米的土坑，这是厦门市民心中的痛——6年前厦门人开始期待着88层的"远华国际中心"的落成，6年后厦门市待建的这幢标志性建筑依然只是满目疮痍的巨坑。早在1996年，赖昌星在近2 000名嘉宾的簇拥下豪气宣布：要用30亿元人民币打造这座城市的标志性建筑。站在大坑边，景象不禁让人欷歔：没有机器的轰鸣，没有忙碌的工人，有的只是丛生的杂草和行人的喟叹与漠然。"远华国际中心与远华国际大厦构成的'远华国际城'内，高楼鳞次栉比，道路四通八达，百行商贾云集，一片生机盎然，一座厦门21世纪最繁华的商贸中心将在这里昂然崛起。"这是赖昌星6年前在奠基仪式上的宣言。而此时，远华国际中心的大坑里已经扔进了1.6亿元，远华拿出5 850万元，其余1亿元属于厦门天地建设发展公司的投入。"天地公司"副总经理吴工告诉记者，他们也盼着资产清算组尽早将这块地拍卖出去，变现资产来解决企业的实际困难。由于远华国际中心计划的搁浅，"天地公司"面临的资金压力很大。除了远华国际大厦和远华国际中心大坑是公司转给"远华"开发的，"天地公司"还负责江头一带面积2.5平方公里区域的开发建设。

由于身处"地王"中心，大坑吸引了不少海内外投资者的关注。早在"远华"资产冻结的3年前，一位在深圳注册"江豪珠宝公司"的缅甸籍商人江先生，便联合远在美国的"德吾证券投资公司"悄然进驻厦门。为最终获得该地块，这位神秘人物注册成立了"厦门江豪实业有限公司"，并将公司驻地设在了距大坑仅200米的长安大厦里。在长安大厦20层的会议室内，远华国际中心工地和建造了一半的国际大酒店一览无遗。江先生告诉记者，他们已经筹措了6亿美元的资金，设计方案也先后做了三次调整，而对于拍卖方式他更是信心十足，“这块地我们志在必得”。摆在办公室入口处的一组模型已经蒙尘，不远处的墙上是他们委托中国电子工程设计院绘制的中国统一大厦的效果图，据说这是“江豪”拿出的最新改造方案。

一份与“远华”有关的清单

“远华”给厦门留下了多少“遗产”？仅“远华”涉案土地就达200多万平方米，其中商品房开发用地110万平方米，工业及码头用地16万平方米，其他用地100余万平方米。

除了两幢标志性建筑外，“远华”的地产密布了厦门的黄金地段：“远华影视城”位于厦门远郊同安区东北角的五显镇，它拥有比实景略小的仿天安门和故宫、明清街等景致，占地1 000亩，第一期开发300亩，投资1.3亿元，但“远华”并没有拿到产权。“东卉花园”总投资9 000多万元，公寓90多套，并配有商场、车位多处。“海韵山庄”总建筑面积5万多平方米，投资额1.78亿元。“天泉山庄”位于曾厝旅游风景区内，紧邻著名的旅游环岛路和海滨天然泳场，总占地面积7.5万平方米，建筑面积5万平方米。“远华”曾计划投资3亿元人民币，将这一项目变成纯旅游项目，以游艇娱乐、展示、竞赛和服务为主。这是厦门岛少有的背山面海的大片土地，被视为厦门地产最后的“肥肉”。

事实上，赖昌星投资厦门的地产项目多有不错的前景。原远华集团总工程帅杨均民介绍，“远华集团与人合作开发昌明新城时那里还是一块生地，现在升值很快”。昌明新城位于厦门国际会展中心以北的前埔海滨开发区内，这一地带属厦门市规划中的21世纪次中心区，计划中将建成集国际会展信息交流、金融贸易、文化娱乐、体育休闲、度假旅游和高级住宅于一体的现代化都市城区。“‘远华’曾将此地作为其地产方面最大的增长点。”杨均民说。随着厦门国际会展中心的建成并投入使用，这里的商品房价格已由过去的每平方米1 500元猛增到每平方米3 000元。

赖氏家族还在国内拥有市值2.3亿多元的房地产。仅在厦门市，赖昌星名下便拥有华景、名仕御园、富豪花园等高级别墅6栋,每栋价格都在1 000万元以上。赖昌星的大哥赖水强还曾在晋江老家投资2 500多万元建起了一座占地约7亩的大庄园。

来自厦门海关掌握的资料显示:“远华”在国内未计入财务核算的房地产市值约有4亿元,这其中包括北京远华公司、上海汇丰集装箱有限公司等。而远华集团登记在册的各种豪华车共计85辆,包括赖昌星从香港以1 200万元拍得的国家领导人乘坐过的防弹轿车,以及送给福建省公安厅原副厅长庄如顺、厦门海关原关长杨前线等的进口轿车。不仅如此,在20世纪90年代末厦门到处可见“远华”的名字,从“远华牌”香烟,到“远华牌”白酒,为了给厦门“挣面子”,“远华”还从全国各足球俱乐部购进名将,成立了一支身价2 000万元、实力雄厚的“远华足球队”。

不过也有人指出,远华集团的资产数量虽然巨大,但其资本构成和债务、债权关系十分复杂,各种债务也相当惊人。如果严格按照国家有关法律规定执行,“远华”必须补偿走私偷逃的300亿元人民币的海关关税以及罚款,还要偿还银行等债权人的债务。

来自香港并在厦门注册成立的君合投资管理有限公司对“远华”资产也流露出“野心”,并为此制订了“一揽子计划”——联手上海、北京等地多家上市公司,盘整远华数百亿“遗产”,再经过整合、包装,通过资本市场变现。在有关部门明确采取拍卖的方式处置“远华”资产前,“君合投资”甚至拟好了将几十个涉案项目进行重组与转让的可行性报告,但目前这个“整体出售”的预想打了水漂。

走私的痕迹与远离赖昌星的厦门海关

7月1日的厦门岛热浪灼人,游客如织。湖里区华光路2号院的大门紧锁,铁门内的武警战士面孔冷峻,铁门外不时有游客拍照留念,照片中出现的背景就是远华集团总部的“标志性建筑”——红楼,从楼顶伸出的同为红色的雨搭已破旧不堪。

如果没有“远华特大走私案”,这栋被淹没在高楼间的相貌平平的7层建筑丝毫不会引起人的注意,当年赖昌星以20万元年租租下湖里区公安分局的用地后，花费巨资精心“打造”了远华的心脏，使这里不仅成为“糖衣炮弹”轰击高官的纳垢之地，还曾作为赖昌星走私活动的控制中枢。

20世纪90年代初，赖昌星以一张单程证举家移民香港并在港注册“远华公司”，再回到厦门开展房地产和电子业务。经证实，此时他已大肆从事走私活动。仅从1996年至1999年上半年，赖昌星走私犯罪集团在厦门关区走私进口成品油453万吨、植物油45万多吨、香烟300多万箱、汽车3 588辆以及大量西药原料、化工原料、纺织原料、电子机械等货物。彼时的厦门，俨然成了赖昌星不断膨胀的贪欲的胃囊，不断吞进数额惊人的“体系外”货物，并吐出数额巨大的不义之财。

据“4·20远华特大走私案调查组”成员介绍，“远华”涉嫌走私的案值高达人民币530亿元，涉及偷逃税款人民币300亿元。而300亿元相当于厦门海关1999年度关税收入的7倍，是厦门市纳税大户厦门卷烟厂2000年上缴税额的30多倍，是厦门市政府2001年度财政收入的3倍多……巨额的走私收入被赖昌星投入到房地产开发、娱乐、餐饮等行业中“清洗”，也被不断投入走私活动的庞大体系中再滚动。赖昌星深知，走私是一项名副其实的系统工程，要保证筹集资金、购私、通关、核销、售私等各个环节顺利，就要确保每一环节的经办人“绝对可靠”。除拉来了几乎所有的家族成员并委以要务外，赖昌星的“精明”还充分体现在了他有办法打通海关、商检、边防、海事、港务等各个关口。

在厦门著名的风景区鼓浪屿，可以隔海看到一排巨大的储油罐，海域的那边宁静平和，但作为走私成品油的中转站，博坦油库曾储存过赖昌星的疯狂。在成品油走私的高峰时，平均每三天就有一艘万吨巨轮闯关卸油。厦门当地一家国有石油公司林姓总裁向记者介绍了过去厦门地区“做油”生意圈内的不成文的“行规”：走私成品油须先到赖昌星那里“申请指标”，并缴纳每吨200元的费用，否则赖昌星会从自己控制的港监、船务、商检那里得到信息，海关调查局的“圈内”人士随即闻风而动拿获走私油轮。赖昌星走私成品油的另一块招牌是厦门新大地公司，它为赖昌星走私成品油的账单上添了110万吨的数字，像新大地一样与赖昌星合作走私的企业还有10余家，由赖氏家族负责操作走私过程，并分得利润的七成，合作单位负责订货、国内销售，得三成利润。

除了拉拢利诱国企参与走私，赖昌星还通过个别国企将他走私进口的相当部分赃物“漂白”销售。厦门开元外贸有限公司是当地外贸企业的龙头，以该公司名义进口的货物抵达厦门时，赖昌星的走私通道助其顺利入港，而开元公司也承担着走私货物销售的另一个重要角色——为客户开具增值税发票。案发后查实，开元公司开具的增值税发票皆来自广东省潮汕地区的地下渠道，这也成为其后震惊全国的"潮汕地区虚开增值税发票案"的导火线之一。

外墙被涂成红色的海鑫堆场，是"远华"租用其他公司的用地建设的集装箱堆场。据厦门海关工作人员介绍，该堆场建于1996年4月，是赖昌星走私链条中最重要的货场：在1996年之后的3年时间里，从这里转移出的走私货物价值超过了人民币100亿元，在香烟走私最疯狂时每天从这里转发的集装箱就有20多个。海鑫堆场的一侧靠山，一条崎岖的山路通向湖里区的塘边车库，赖昌星通过这条秘密通道将堆场内的走私汽车开到塘边仓库处理，在那里拿到办好的上牌手续，将牌照装上就可以从集美大桥开出厦门。

大量走私物品在赖昌星的操纵下入境，再从厦门流向各地，对国内相关企业的巨大冲击也随之流向八方。以成品油走私为例，赖昌星走私成品油最猖獗的1998年，作为成品油供应主渠道的中国石油化工集团公司及其所属企业的原油加工量、成品油经营量均大幅降低，在走私油的冲击下，全国石油化工行业直接经济损失200亿元，全国共有3 000多口油井被迫关闭，国有石化企业有30多万名职工下岗。据海关情报部门估测，当年全国走私油品的三分之一是由福建流出的。

这座城市在努力擦拭着赖昌星走私活动的痕迹。3年前的6月28日，应届大学本科毕业生金平来到厦门海关报到。他是当年厦门海关为充实业务一线而录用的120名应届大学毕业生中的一员。几乎同时，20多名处级以上干部以"干部交流"的形式从全国各地关区调入厦门海关——在"远华特大走私案"中厦门海关遭受重创，共有160名干部"落马"，其中有30多名处级以上干部，在已审结的案件中，厦门海关有76名涉案人员被判刑。2002年6月28日，厦门市12个职务犯罪预防重点行业单位举行了"第一次预防职务犯罪联席会议"，厦门市希望借此修筑一道坚固的"防腐墙"。厦门海关毛新堂关长介绍，打击走私是厦门海关的重头工作，据统计，2000年至2002年7月，海关侦查部门共查获走私案件19起，查获走私船11艘，查获走私成品油504吨，香烟3 930箱，涉案价值2 100万元人民币，这其中就有厦门海洋公司走私轻柴油案、漳州"丰祥一号"化妆品走私案。

庚篇

困局

有一天，东北人发现东北落伍了：工业经济效益下滑、工业生产步履维艰，东北三省工业总产值在全国所占份额一路下跌，此后十年，作为「粮食市场稳压器」的东北农业也遭遇了相同尴尬：传统优势农产品大量积压、农民增收缓慢、农业经济效益提高不大等问题变得尖锐。东北人开始承受改革的阵痛，部分产业工人失去了岗位，黑土地上生产的粮食出现了大量积压，传统观念抑制了他们的奋进精神。

笔记：东北突围

1932年春天，末代皇帝爱新觉罗·溥仪在久居天津6年后抵达长春。在宣布登基满洲国皇帝的前夜，他踌躇满志地说："满洲是全亚洲最富饶的地方。"再向前推进300多年，北方民族金戈铁马，横扫中原，气吞万里，身定京畿。清朝的崛起使得作为"龙兴地"的东北在随后漫长的时间里几乎成了犯人流放地的代称。作为戍边和纳贡的禁地，东北蕴藏的丰富资源在此间得以"休养生息"。

19世纪末，来自鲁冀的破产农民开始跨过山海关，涌向广袤的黑土淘金，他们深入漠河金矿、小兴安岭林区、抚顺煤矿，他们耕作在三江平原肥沃的土地上，他们连接起中东铁路，打造出大连良港。东北的迅速崛起也吸引着邻邦没落的贵族、溃败的哥萨克骑兵、流离的犹太人。鼎盛时，数十个国家先后在东北的哈尔滨、沈阳建立领事馆。日军占领时期，作为重要的战略物资，整车皮的大豆、木材、煤炭、钢材被巨轮转运日本。日本军部对东北的垂涎在今天依然可以从文字上窥见：宁可放弃本土，也绝不放弃满洲。

东北拥有全国最先获得全境解放的大城市——哈尔滨，东北拥有全国密度最高的铁路网——中长铁路连接起的支干线，东北拥有先进的水电站——小丰满……新中国成立前的东北在某种程度上已经领先于这个世纪。

新中国成立，东北迎来了激情燃烧的新岁月：

作为抗美援朝的大后方，作为共和国的重工业基地，作为国家建设所需资源的重要供给地，东北的发动机从未停歇。当10万转业官兵开进北大荒时，"棒打狍子瓢舀鱼，野鸡飞到饭锅里"不胫而走；当踏着腐殖质层厚达1米的黑土地进入大小兴安岭，"高高的兴安岭，一片大森林，森林里住着勇敢的鄂伦春"在耳边回荡;156个援建项目的终止没能阻止中国人跃进的步伐,鞍山钢铁、第一汽车、沈阳飞机、三大动力、东北重型、吉林石化坚实地走进了东北人的生活。

1959年大庆的第一口基准井喷油,贫油的帽子被摘掉。40多年间,大庆累计上交税金4 061亿元,承担原油价差4 190亿元,出口创汇495亿美元,它生产的17亿多吨原油,接近全国陆上原油总产的一半。

作为全国商品粮基地,东北每年600亿公斤的粮食产量使其成为"天下粮仓"。

作为"工业摇篮",东北基本建成了涵盖全面的工业体系,钢铁、化工、重型机械、汽车、造船、飞机、军工等重大工业项目的布局,奠定了中国工业化的初步基础。

作为林业基地,30万林业工人肩扛手挑,在寒风刺骨的北中国的原始森林中喊出了响震寰宇的劳动号子。

东北人曾经骄傲和自豪过:他们创造了东北工业的繁荣,也成就了东北农业的辉煌。

……

直到有一天,东北人忽然发现,东北落伍了——仅1978年以来的20年间,东北三省工业总产值在全国所占份额一路下跌,由原来的16.5%下降到9.3%,降幅超过40%。东北三省工业在全国的排名不断后退:辽宁省从全国第2位下降到第5位,黑龙江省从第7位下降到第14位,吉林省则从第15位下降到第18位。这发生在计划经济向市场经济转轨的一幕,被称作"东北现象"。在东北三省出现工业经济效益下滑、工业生产步履维艰的状况后10年,中国加入世贸组织,作为"粮食市场稳压器"的东北农业再次遭遇了相同的尴尬:传统优势农产品大量积压、农民增收缓慢、农业经济效益提高不大等问题尖锐,"新东北现象"随之诞生。

东北人开始承受改革的阵痛,部分产业工人失去了岗位,黑土地上生产的粮食出现了大量积压,传统观念抑制了他们的奋进精神……但,东北人没有一味地发泄怨气,更没有沉沦下去,他们在为了谋划明天寻找原因。世纪之交的东北,从政府机构到民间组织,从党政官员到普通百姓,开始了一场来自内部的静悄悄但具有深远意义的反思,引发了东北人的新一轮思想解放,并直接体现为老工业基地加快经济转型,农业结构调整不断提速。主政当地的官员说,东北成为继珠江三角洲、长江三角洲、京津地带之后的第四个经济三角洲,成为中国经济第四个增长极是合乎逻辑的。

大庆：油城的减速

作为资源型城市，大庆并不具备代表意义，它所直面的压力远远在拥有超大规模露天煤矿的抚顺之后。但大庆所面临的问题又极具代表性：依资源而兴的城市在资源进入高衰期后该如何发展？明天的大庆是否行将荒废？

"铁人"王进喜生前所在的1205钻井队的历史，比大庆第一口井的历史还要早7年——来自西北、华北的数万石油工人在40多年前开进松辽盆地腹地为石油会战时，这里唯一的小村落叫做刘屯。曾担任大庆石化总厂副厂长、党委副书记的李景荣在回忆1960年的会战生活时感触颇深："因为还没来得及造房子，我们睡过老乡家的地板、草堆和牛棚"。

年轻一代石油人的记忆已经改变了。

"现在钻工不再像王进喜那样站在钻台上手握刹把，而是坐在冬暖夏凉的操作间里，用气控手柄进行施工。"大庆石油管理局钻井二公司党委书记梅祥华说。8月12日中午，1205钻井队第18任队长李新民的手机那端声音嘈杂，他还在井台上忙活，"我们建队50年来打井1 550多口、进尺195万多米"。尽管李新民的了不起被温家宝总理形象地比作"200多座珠穆朗玛峰的高度"，但是，谁都知道，对于拥有高度的石油城大庆而言，关键问题是谋划怎样的明天。

疑问："黑色黄金"还能采多久？

"今年大庆原油的预定产量为4 850万吨，是保持稳产5 000万吨27年后的首次下调。"南一油库最年轻的高工马明利说。面对"大庆还能稳产多少年"的疑问，他给出的回答是："从可持续的角度看，稳产3 000万吨还能20年，过度开采的产量虽然高，破坏力度也大。”

毕业于西南石油学院的马明利13年前来到大庆，在他目睹的油田诸多变革中，石油管理局的分离是和他关系最密切的。“分家的做法是为了深化改革，也是公司上市的需要，在筹备上市时国外提出，油田的主副业不分不利于成本核算管理，那时，国际上通行的油田公司的管理模式已经相当完备。”改革的结果是，名列全国500强第一位的大庆石油管理局被分成两大块，以服务业为主体的部分沿用了管理局的旧称，主业则整合为油田责任公司。

位列油田五大油库第一位的南一油库，隶属于油田公司的储运销售分公司，在谈到油库重要性时职工刘海峰很有些自豪：“采油厂数万职工的成果，最终要用我手中的尺子计量。”他的尺子丈量出的1 400万吨是去年油库储存量，盛装这些“黑色黄金”的是5个直径80米、高度21.97米的超大型油罐。和退休职工周师傅的相关记忆比较，这是新的变化，“我1965年到大庆时，油库有8个地下油罐，每个5 000立方米，后来换成了4个20 000立方米的地上油罐”。

两代石油职工的不同记忆，记录了大庆原油产量经历的变化——1975年以前，年产原油从97.1万吨快速增长到4 626万吨；从1976年到1997年，为持续稳产阶段，年产原油从5 030.3万吨稳定上升到5 600.9万吨；从1998年起，产量开始递减，油田进入高含水后期开采阶段。

其实，庞大的油罐和密布的“磕头机”是大庆人最熟悉的，也是他们的骄傲：40多年间，大庆累计生产原油17亿多吨，接近全国陆上原油总产的一半，创造了连续27年稳产5 000万吨以上的纪录，这在世界同类油田开发史上算是奇迹。在大庆油田勘探开发成果与“两弹一星”一同载入中国科技发展的史册时，大庆还向国家上缴了4 061亿元税金，这是国家对大庆总投资的87倍。承担原油价差4 190亿元，出口创汇495亿美元……在说着这些足够震撼共和国每一位公民的成就时，大庆人更清楚：由于连续多年开采，大庆油田已进入高含水后期开采阶段，生产成本增加，产量递减加快。

老周师傅记忆中的自喷井也已几乎绝迹。采油厂一线职工周雷说：“现在把钻打下去，上来的都是聚合物，要注入聚丙烯酰胺，使用这种催化剂有利于形成油聚集的大颗粒。”在油田2001年的一次综合测评中发现：油田的综合含水率已经高达87%，一些主力油田的综合含水率已达90%。也就是说，从地下打出100吨液体中有 90 吨是水，只有 10 吨是油。“在一些区块，已经出现成本高于油价的倒挂现象。”周雷说。来自大庆石油管理局的一份数据显示，1960 年投入开发建设以来，大庆油田已累计探明石油地质储量为 56.83 亿吨，动用储存达到了 48.25 亿吨。

在首次将计划产量下调至 4 850 万吨后，大庆的底线在哪里？也许这个问题还不是最迫切的，一个月前的一则消息吸引了更大的关注：“大庆油田运用新技术，油田勘探取得重大突破，近 3 年来，大庆油田新增石油探明储量近 1.85 亿吨，新增天然气探明储量 83.81 亿立方米。”随后，中国石油股份公司总裁陈耕说，大庆油田还可开发 100 年，但他同时补充，要精耕细作、合理开发。

大庆石油勘探设计院的一位工程师介绍了普调的结果：经过三轮资源评价发现，松辽盆地北部 90.26 亿吨的石油资源量开发潜力仍然巨大，松辽盆地深层预测出的 1.17 万亿立方米的天然气资源开发率几乎为零，海拉尔盆地 16 个凹陷总计拥有石油资源量 6.50 亿吨，天然气资源量 2 783 亿立方米。除此之外，大庆探区所辖外围盆地中，面积 10 000 平方公里以上的盆地有 6 个，这些盆地都属于新盆地，勘探程度低，勘探潜力大。目前在依舒、延吉两个盆地已有 7 口井获工业油气流；在鸡西、大杨树盆地已发现油气显示；在漠河盆地、孙吴-嘉荫盆地、三江盆地绥滨断陷发现了较好的烃源岩，都具有很好的勘探前景。

几乎在消息出台的同时，油田各方的关注都化作了不同的声音。“这些油田大部分都是在大庆的地理范围外，相当部分位于内蒙古和吉林，尽管存在可利用前景，但对于大庆而言，还是要花更多的精力考虑转型和加快石化生产的能力。”刘海峰说。“过去我们的认识是松辽盆地不可能产生气层，随着勘探水平的提高我们有了新的发现，但同时要意识到，这些新油田的复杂程度也在提高。对于油田，应对采收率不高的问题更实际，以目前普遍的 20%采油率而言，提高一个百分点，就等于延长了油田受命若干年。”马明利说。

变化：“二次创业”中的非典型范例

8 月 10 日一早，76 岁的李景荣便已端坐在办公室里，作为与“铁人”王进喜同时代的全国劳模，老人退休后一直没闲着——8 年前，李景荣创办了 3 家企业，运输队、废旧物资回收公司、粉煤灰厂。这个庞大的企业联合体只有30多名职工,年纪都是和他相仿。8年时间,3家厂共上缴利润2 300万元,“是纯利润,不算上交的税款”,李景荣解释。

企业联合体的产品和服务是围绕石化行业开展的,“粉煤灰厂是利用热电厂的终极废料煤灰,加工成保温材料;废旧物资回收公司是将石化总厂换代的设备重新加工利用”。对于大庆的明天,李景荣信心充足,但他也不得不承认,“客观地讲,油只会越来越少,不会越来越多,现在需要解决的是替代产业,实行良性循环”。

听着李景荣的名字长大的唐志强是蒙妮坦职业高中的教师,在更早之前他有过到南方闯闯的计划,但最终选择了留下来,因为“大庆的机会很多”。那之前,他在大庆市五十八中学管理计算机室,与大学里学习的工艺美术设计的差距令他很有些苦闷,后来的一个机会,使他到了新的学校,不仅可以从事专业的教学,也可以开始他的专业实践。这所已经列入全国重点的职业学校,几年前还是采油四场子弟中学。和教育的改制相比,大庆蕴藏的更多巨变体现在枝梢末节上。“我们现在的成本意识和服务意识都有很大的提高。”南一油库职工刘海峰说:“我们油库有43万平方米耕地,一部分用来种蔬菜,一部分开辟成果园。过去我们雇人来种菜,每个职工每年都能分到很多新鲜的蔬菜和水果,后来我们计算成本发现很不划算,既要负担人员费用还要承担土地的基本投入,最终就把一部分果园、大棚、菜地承包出去,生产观赏花卉的那部分给我们带来的效益很可观。”

南一油库管理的中区50个加油站已经全部面向市场。“如果你来加油,根本不用下车,职工全部是站立式服务,把卡和钥匙交给他们就可以。”刘海峰的自豪很有些道理,尽管这已经是中国南部服务行业的基本要求,但对大庆来讲确是变革。令马明利印象最深的还是大庆到哈尔滨的输油管线的成本管理。“为了控制成本,我们投资哈炼厂却没有增加一名新员工,每年能收回5 000万元。”与集约化管理的成果相比,大庆探索的三产之路并不通畅,在更早些时候,效益不好的阀门厂、塑钢门窗厂都已倒闭。

在黑龙江省,110万大庆人的生活水平很令人羡慕。

32岁的刘海峰在1995年买下了他现在住所的60%产权,到拥有全部产权他只付掉了3万多元。他所在企业的工资改革也已作为试点在去年全部展开，方案是请北京一家咨询公司做的。“我每个月都要交阅读计划书，根据敬业精神、满意度、信任度等指标月末会有个考核，最终和收益挂钩。”刘海峰的工资单上每年有27 000元入账，此外，还可以在每个季度拿到预兑现奖金1 000元，此外还有2 000元到3 000元的半年奖和全年奖，加上各种补助，他一年的收入接近4万元。但令他感受最直接的变化还是大庆的水质，“过去大庆的水含碱太高，但现在不一样了，市里投资2 000万建设净化水厂，比纯净水还甜”。

“大庆存在两大问题：第一，超过八成的企业依赖石油行业，由于日照期短等问题开发新产业有难度，诸如开发区建设初期还引来了不少企业，免税期一过就跑掉了不少；二是石油上游产品吃不饱，炼厂的投资很大，但是利用并不充分。”石油大学的马建新认为。最新的消息是：大庆正在打造大学城，石油学院和八一农垦大学已经迁往大庆，哈工大工业技术研究院很快就在这里建成，天津大学研究生院分部的设立也在探讨中。大庆期望在与高校的互动中，探索产、学、研的新模式。为了吸引高校扎根，大庆给出了“出让土地免费，配套设施市政府建设”的优惠。

探索：资源型城市的未来之路

大庆市委书记刘海生是位“老大庆”，谋划大庆的明天是他的心事。

“大庆将用10到20年的时间完成整个产业结构的调整，实现从资源型城市到高科技与现代化城市的转型。”在接受采访时，刘海生信心十足。和他的信心对照的是更多人的忧虑：大庆市目前对石油和石化产业的依赖度仍然高达84%，大庆油田的原油开采量已经开始以每年约150万吨的速度下降。

过去的矿区型城市，未来的综合完备城市，中间的地带是最艰难的。大庆谋划中的城市之道分为两步——到2010年，形成石油、石化、地方经济“三足鼎立”的经济结构，市区基本实现现代化；到2020年，完成资源型城市向综合型城市、自我服务型城市向区域中心型城市、矿区型城市向生态型城市转变，全面建设高科技现代化城市，在全省率先基本实现现代化。事实上，前任市委书记王志斌的规划更凝练,“三个告别、四个建设”——告别油城意识、矿区意识、中小城市意识;建设成特大型城市、黑龙江省西部中心城市、生态园林城市、高科技现代化城市。

哈尔滨工业大学管理学院教授姜明辉在接受采访时说:“大庆的化工板块具有不小的发展潜力,轻柴油、合成树脂、塑料、化肥、腈纶丝、甲醇等产品具备很强的市场竞争力。每年 48 万吨乙烯改扩建工程、140 万吨重油催化装置的建设,也有利于提升石化企业的核心竞争力。”除了发展电子信息产业的良好基础外,农业也是刘海生手中的王牌,“大庆市拥有优质耕地 700 万亩,草地 1 000 万亩,水面 400 万亩,非常适合生产无污染的特色食品,因此针对发达地区市场对健康食品的需要,进行农产品的深度开发和加工也很有潜力”。

尽管如此,刘海生也承认,大庆市的二次创业也面临不少困难,“比如人才问题。目前大庆市虽然拥有 14 万的专业人口,但综合经济发展所急需的人才却非常短缺。虽然政府观念已经开始大幅转变,以便创造更好的软环境来吸引人才和投资,但许多转变毕竟难以一蹴而就”。

另一个机遇已经摆在大庆的面前:俄政府对向亚太地区出口石油的三种管道方案采取了折中的方案,即建设安加尔斯克-纳霍德卡主管,再从外贝加尔湖铺设至大庆的分管道。这意味着俄每年将有 2 000 万吨原油从大庆穿城而过。尽管不少专家认为,争取在大庆加工 500 万吨俄油、配套建设 70 万吨乙烯的可能性最大,大庆市的专家更倾向于在大庆集中加工 2 000 万吨俄油,因为这最符合黑龙江省和大庆的战略利益。对于进入高衰期的大庆,俄油不啻于兴奋剂,因为到 2010 年,大庆石油工业增加值将比现在减少 300 多亿元,大庆石油加工量不到石油产量的四分之一,石化工业增加值不到石油采掘业增加值的十二分之一。

沈阳：铁西国企厂长的“变脸”

在经历了阵痛、醒悟、探索的诸多阶段后，原辽宁省省长薄熙来说，东北有望成为继珠江三角洲、长江三角洲、京津地带之后的第四个经济三角洲，成为中国经济的第四个增长极。作为东北人，他的“好客之道”是绝不避短——“辽宁国有企业的退休职工接近290万人，是中国退休职工最多的省份，辽宁的下岗失业人数在全国各省中也是最多的……”

48岁的顾恩勇每天早上要到位于铁西区的沈阳市第七毛纺厂旧址“上班”，说是上班，其实就是处理一些琐碎的事情，诸如安排谁来看守闲置的厂房，诸如听听职工艰难生活的哭诉。每个职工面临的困境都很具体，需要解决的问题也都迫切，但他没办法应下任何人的请求，因为他没有钱。

尽管被称作“顾厂长”时他很有些愧疚，但顾恩勇的确是沈阳市第七毛纺厂的厂长，只是他这个厂长有些特别——1993年，工厂便已全面停产。整整10多年，500多名职工没拿到过一分钱工资，以至于有工人想开个小店根本拿不出本钱，只能当保姆、清洁工、粉刷工，或者去开一种被称作“蹦蹦”的拉客三轮车。

这个夏天的酷暑中，顾恩勇很有些“精气神儿”，因为注入民营资本的新合资厂上马了，他在考虑，有多少老职工可以进入新工厂工作。“新工厂需要300多名职工，老工人可以做服装包装、检验之类的简单的工作，年纪轻、眼神好的可以在一线工作。只要她们愿意，我绝对欢迎。对于那些还抱着死观念不放，在家死守的人，我真替他们感到可惜。”顾恩勇说。

兼并之路

拥有500多名职工的沈阳第七毛纺厂在国企集中的铁西区并不出名。1992

年，毛纺七厂首次出现“身体不适”——来自江浙的个体业主“刹那间”抢占了工厂主导产品的市场。很快，产品大量积压，资金周转困难，银行贷款也很快被停掉。由于整个资金链迅速断裂，工厂走进了恶性循环的死胡同。

毛纺七厂的此次变化并没有引起特别的关注——就在那段时间，由于不适应计划经济向市场经济的转轨，东北三省国有工业企业相继步入“寒冬”，对资源的长期开发导致东北老工业基地采掘和原材料工业的优势逐渐消失，制造业面对国内异常激烈的市场竞争开始举步维艰。就在这一年下半年，毛纺七厂开始实施“宏观调控”，部分车间停工以保证其他车间的正常生产运行。也仅仅维持了 6 个月，部分运行的模式也不得不宣告失效，毛纺七厂走到无以为继的边缘地带。此时，毛纺七厂只剩下了唯一能做的选择——全线停产。

漫长的等待中，职工都没有寻找退路，他们还在盼望着工厂复活。机会被等来了，1995 年，沈阳开始国有资产重组的工作，毛纺七厂被纺织局下属的一家公司兼并。然而，这次被称作“治标不治本”的兼并并没有使毛纺厂有多少起色，500 多人的工厂，光退休职工就有 300 人，生产所得甚至连发放退休职工的退休金都捉襟见肘，更别提给职工发工资了。上班也拿不到工资，怨声充斥了顾恩勇的耳朵。“那几年，铁西区的主要干道没几个是通的，天天都有退休职工上街堵马路，在职工人敢怒而不敢言，生怕一不小心触怒了领导，连这份不挣钱的饭碗也保不住。退休工人哪里管那么多啊，人家觉得工作了一辈子，怎么到头来连退休金也没了？”顾恩勇对此记忆犹新。“我也没办法啊，体制不顺，厂里的包袱太重，想跑也跑不起来。”勉强生产了半年之后，毛纺厂又恢复到停产状态，而且，这一停就停到了 2003 年。

顾恩勇的夫人先前也在毛纺七厂工作，下岗后开个小杂货铺维持家庭生活。“日子一直过得紧巴巴的。”她说。今年，他们的儿子考上了大学，一年的学费和生活费就需要 15 000 元。“上面有老人要赡养，下面有孩子要奔前程，个个都需要我们照顾，到处需要花钱，难呐！”说这话时，顾恩勇的面前还是晃动着他的 500 名工人的面孔，他们一个月只能挣到两三百块钱，这是维持生计的最底线。

在总面积 65 平方公里、总人口 85 万人的铁西区随处可见曾经的辉煌。作为沈阳老工业基地的心脏地区，这里既有沈阳机床厂、东北输变电集团、沈阳化工集团、东北制药集团、沈阳变压器厂等声名显赫的大型国企，也有毛纺七厂等大量中小型国企。在这里，同样清晰可见的，是国企改革探索中的艰难，在号称“国企一条街”的北二路集中了上百家大中型国企，这条街也因此被悄悄改做了“亏损一条街”。

一个存在的事实无法被忽视：虽然目前沈阳国有企业户数仅占全市工业企业总数的0.97%，但其拥有的资产总额却占到了76%，吸纳职工人数占72%。“国企过去是，现在仍然是沈阳经济的脊梁。”沈阳市政府的一位官员说，实际上，这句话还有另一个注解，只有解决了国企脱困与发展的问题，才能解决沈阳迈进的问题。

合资之路

2003年，毛纺七厂又开始了艰难的合资路，出资的另一方是一家民营企业。顾恩勇介绍：“土地和厂房进入市政府的土地储备中心后，出售所得为1 050万元，设备不能用的拆卸下来当废铁卖了，还能使用的折合50万元入股新企业。那家民营企业出资400多万元，所以我们这次只占10%多一点的股份。”

新厂房选址在沈阳市经济开发区，5 000平方米的厂房用来生产外销针织衫。

顾恩勇也承认，新资金的注入并不是毛纺七厂获得新生的主要原因，在改革中他们和几乎所有国企面临的最大问题都一样：人员负担过重。毛纺七厂鼎盛时共有630多名职工，到完全停产时在职职工也有510多人，在这个并不庞大的数字中，退养职工占到了惊人的300人。在合资过程中，毛纺七厂出售土地和厂房换取的1 050万元也大部分用在了“陈年旧账”的“清理”中，其中300万元用来解决退休职工的后顾之忧，一次性补齐了停产这些年拖欠退休工人的养老金，将他们一并纳入社会保障体系中。

“我们还拿出了600万元来解决在职职工的问题。”按照沈阳市政府的规定，特困企业职工买断工龄的标准是每年320元，有一定生产能力的企业的标准不超过每年600元。按照最低的标准计算，工作30年的老职工在与工厂解除劳动关系时能拿到9 600元，再算上沈阳市政府承诺给没有找到工作的工人发放两年月标准为223元的失业保险，毛纺七厂的老职工大多可以拿到1万多元。“对于10年没拿到一分工资的老职工，这是个大数目，所以大家的积极性都很高。”“买断工龄”并没有让顾恩勇感到太多的阻力，最终结果是：除了个别残疾人、军烈属，10多个还差一年就退休的职工没有提出买断工龄，毛纺七厂的其他人全都办理了手续。

长期关注国有企业改革的吉林大学经济学院孟繁龙在接受采访时说：“国企长期形成的‘大而全’、‘小而全’的现状，再加之相当长的时间里低工资、高就业的劳动就业观念发挥作用，东北三省国企的人员负担沉重，在市场竞争与结构调整的双重压力下，隐性失业的矛盾尤其明显，下岗、失业人数大量增加，而这些，是任何形式的改革都不应该也是无法回避的问题。”

毛纺七厂已经走进了历史的后台，但毛纺七厂的工人却将一直站在生活的前台。对于未来，顾恩勇很有些豪情：“现在进入开发区的企业还有很多优惠条件，在税收上采取‘免二减三’，购买设备也可以部分退税。再加上经济区自身的一些‘土政策’，我们的生产一旦上规模，企业的前途还是光明的。我也想通了，现在是资本市场，人家占大股份，做董事长、总经理是应该的。我嘛，做个副董事长、副总经理也就可以啦。给民营企业家打工也没什么不好的。我也是快奔50的人了，能在退休之前再搏一搏真的是很不容易啊。再过几年，厂里的效益好了，家里的经济也该宽裕些了，我也就熬出头了。”

沈城之道

铁西区不仅是沈阳国企改革的缩影，更是国企脱困、发展的关键。

如今，经历着改革阵痛的铁西区正在进行着有史以来最彻底的一次“革命”，其核心内容只有一个：搬迁国有企业。未来铁西区的定位将由工业区过渡为现代商贸生活服务区，目前区内的部分企业正逐步向沈阳经济开发区搬迁。

从通用金杯拉进“宝马”、东北药联姻“巴斯夫”，很多人嗅出了沈阳国有企业改造“两个样本”的基本思路：大型国有企业寻求与世界500强企业合作；中小企业与内地民营企业合资合作。沈阳市经贸委对外合作处处长张江徽说：“销售额在5亿元以下的中小国有企业以前主要由沈阳市管理，现在转到各个区，中小企业的改革则主要是与内地民营企业合资合作。”

除了沈阳市第七毛纺厂与民营资本合资合作的样本外，沈阳市政府还在尝试其他方式，如产权交易、股权转让、出售中小企业。沈阳市经贸委改革办副主任肖明赫说：“沈阳国企改革不是最好，而是最难，各种路子都要试。”不管有多少沈阳人还很怀念“辽老大”的日子，不少人已经走出了家乡“闯世界”。有关部门对全国81个城市的劳动力市场的调查显示：全国范围内对技术工人需求大于供给的态势还在继续，具有中、高级职称的技术工人尤其供不应求。每一个月，都有数百名沈阳的技术人才被江浙“挖走”。这是人才的幸事，也是沈城的另一种痛。

吉林大学东北亚研究院院长李玉潭教授在接受采访时说：“东北三省具备完备的工业体系，也有具有竞争优势的劳动力资源，可以向着制造中心发展。东北的周边有俄罗斯、蒙古、朝鲜、日本和韩国，发展国际贸易也有很大潜力。”此时再回顾两个历史断面：1980年辽宁省的工业总产值为440亿元，占全国的8.8%，同期广东省的工业总产值仅为224亿元，占全国的4.5%；1996年广东的国内生产总值达到6 097亿元，占全国的9.0%，同年东北三省的国内生产总值为6 897.5亿元，几乎与广东一省持平。

吉林：粮食稳压器的变频曲

600亿公斤粮食：广袤的黑土地上的产出使东北坐定"天下粮仓"；4 000万亩：东北发展成的水稻面积，使这里成为世界水田发展面积最大的区域……

但是，作为商品粮基地的东北遭遇了最严峻的市场挑战，无论是粮食商品率最高的吉林"黄金塔"还是产量最高的黑龙江省"商品经"。

在山海关火车站工作多年的货运主任于永每天都和运粮食的车皮打交道，他手中的一份粮食调运单记录了东北粮食外运的变化：

1993年：540.5万吨；

1995年：660.8万吨；

1998年：452.7万吨；

2000年：454.1万吨。

2001、2002年，这个数字还在下降。

作为全国最大列车编组站之一，这里是东北粮食外运的重要枢纽。于永说："前些年，外运的东北粮食占货运周转总量的两成到三成，从1996年开始，粮食调运量就逐渐减少了，有时一连几天也见不到一个车皮。由于东北粮食价格没有竞争力，外销非常困难。"

悖论：丰产难丰收

依兰镇台岩村是吉林省最普通的农业村，张成生正为堆满粮仓的黄澄澄的玉米发愁。"又丰收了，可我一点也高兴不起来。"张成生努力想从沟壑纵横的脸上挤出一丝笑容，可勉强的笑意还是很尴尬地凝固住了。

“东北这地儿，是靠天吃饭，水灾、旱灾、雪灾不断，能赶上一个好收成真的不容易。可种的这几十亩玉米谁要啊?”张成生算了一笔账：承包 30 亩地，年成好的时候亩产 800 到 900 斤，1 亩地算上肥料、农药、利税什么的，直接成本大致在 250 元到 260 元。而一斤水玉米的收购价是 0.2 元，一年种下来每亩地还要倒贴几十块钱。“油料、化肥、农药的价格不见降，玉米价格倒是一跌再跌。现在种粮食，基本上没什么出路。”

张成生的忧虑处处可见，这几年，吉林大量引进南方高产玉米品种，在玉米产量不断增加的同时，含水量也逐年上涨。20 世纪 80 年代，吉林玉米的平均含水量只有 15%左右，到 90 年代随着跨区种植的大量出现，含水量猛增到 25%以上。为了安全保粮，几乎每个粮库都要建烘干塔，一座座屹立在粮库内的烘干塔如今已经成为“黄金玉米带”一道独特的景致。据了解，一个日烘干 200 吨的中型塔需资金 100 万元，使用周期却不过六七年。一位粮库技术工人说，仅烘干用的煤费、电费、人工费加在一起，一吨玉米储存成本就增加了 45 元。

让人更尴尬的是，费财费力烘干后的玉米在市场上并不受欢迎。一位玉米淀粉加工企业的经理说:“淀粉加工企业都不愿采用烘干玉米。”他说，抛开烘干玉米的高价位不谈，150 摄氏度以上的热风瞬时烘干，在除去了大量水分的同时也破坏了玉米的部分内在品质，与低水分自然晾晒的玉米相比，烘干玉米的出粉率和淀粉质量都明显降低。

玉米烘干了，市场却“关门”了。2002 年，吉林省 225 亿公斤正常仓容已积压了 350 亿公斤粮食，其中九成左右为普通烘干玉米。许多人感慨：这年头光埋头种地不行了，应多花些工夫在田地之外。为了不让烘干塔烘去“黄金玉米带”上玉米的光泽、声誉与竞争力，东北三省已开始严格限制越区粮食品种的引进，吉林省还制定了逐年减少越区、高水玉米面积，增加高油、高蛋白、专用玉米面积的计划。丰产难丰收的现实似乎就要走到尽头了，可张成生还是觉得有些郁闷。一年里头，种地不过用两三个月的时间，其他时间只好和老婆一起待在家里无所事事。“在家还不就是聚在一起喝喝酒、打打牌什么的。都在家待着，无事便生非。谁家养鱼，保证有人往鱼塘里扔毒药，把你的鱼毒死;谁家养牲畜，也指不定哪一天会被放倒在地上。”

张成生很想改变，可他不知道该往哪里走，又该去做些什么。“除了能种几亩地，其他的我都不会。村子里的人也常常会说到某地的农民多富裕，某地的农民多会计较蝇头小利。那是他们狡猾。我们东北人忠厚，做不了那种事儿。”

无奈：粮油一条街的变局

多年以来，东北一直充当着粮食稳压器的角色。南方缺粮省份每年都会上门求购；有着国家补贴作后盾，出口也不用操心。加入世贸以后，东北农产品的“舒心”日子一夜之间突然结束了。国家取消了出口补贴，南方市场也“眼睛向外”，着手从国际市场进行采购。出不了大连港，又出不了山海关的现实，让东北农业再也稳不住了。

2000 年 12 月，黑龙江粮食部门带着各种粮油产品到杭州举办了一场黑龙江粮油精品展销会，3 天内 10 多万杭州市民将展销产品抢购一空。受到这一利好消息的鼓舞，黑龙江在浙江省专门成立了粮油产品销售公司，开设了黑龙江粮油产品一条街和专卖店。

然而，实际的困难却超出了他们当初的想象。首先是运费太高。每公斤收购价格 1.12 元的黑龙江三级水稻，运到浙江省变成大米每公斤要 2.10 元，而江苏的同等产品每公斤只需要 1.72 元。价格上吃亏在所难免。其次是运力供给不稳定。由于粮食均分散储存在东北各地，每到粮食销售旺季，往往找不到车皮。2001 年 10 月，黑龙江设在杭州的粮油精品一条街不得不经营价格便宜、随叫随到的江苏大米，让黑龙江人扼腕叹息。但是，令人欣喜的是，黑龙江并没有就此偃旗息鼓，而是在力所能及的范围内做出了更大胆的尝试，与浙江省签订协议，建设“储、加、销”一体化产销对接新路。按照协议，黑龙江省在浙江省杭州、宁波和温州建设日产 100 吨的大米生产线和集批发、加工、销售一体化的粮食营销中心。按照这种运作模式，今后黑龙江的粮食收购后，直接装车运到浙江储备，并加工销售，开创了我国粮食变产地储备为销区储备的先河。到销区“储、加、销”，一方面粮食在产地减少一道进库出库的手续，显著降低了成本；另一方面，可以挑选淡季运输，减少运输环节的制约。更重要的是，黑龙江的尝试，体现了东北农业崭新的市场观念，这正是东北农业的希望所在。

步伐还不仅于此。国家“断奶”,南方市场成为国际市场一部分的事实,让东北大宗农产品不得不走出“华山一条路”——提高产品自身的竞争力。

品质和价格是产品竞争力最重要的两个构成元素,而目前的东北粮食恰恰在这两个方面存在严重的缺陷。一是粮食的生产成本过高,每斤吉林玉米近几年的生产成本在0.32－0.36元之间,而美国却只有0.18元,这就决定了东北粮食在价格上与国际粮食产品难以比拼。二是市场从短缺走向饱和后,对粮食的需求已经到了分不同颜色、不同水分、不同淀粉含量和不同价格的“细分时代”,而片面追求产量的东北粮食仍然“混种混收”、“混收混储”、“混储混销”。浙江省粮食局负责人说:“大量人口滞留农村的问题不解决,农业的经营规模和劳动生产率上不去,农产品的竞争力就无法提高。从长远看,‘新东北现象’的根本出路,在于农业之外的农村工业化和农村城镇化。”

尴尬:“东北造”淡出超市

随意走进东三省的任何一家大型农副食品超市,你会有一个奇怪的发现:除了山特产品和一些知名品牌的乳制品是东北企业生产之外,更多粮食深加工产品与东北企业无缘。这种怪现象难免使东北粮油生产基地的身份有些“跌价”。

东北地区是我国粮油生产基地,农副产品十分丰富,但却因技术设备陈旧、加工水平过低等原因,很难制造出具有市场竞争力的高附加值产品。于是就出现了这样的怪现象:东北地区出售的粮油食品多由南方企业生产,人们很难找出一个本地产的好产品。而说到当地产品的差距,还是集中在包装差、新产品少、技术含量低、成本高等几个方面。以酱油为例,长春产的酱油质量没问题,但塑料袋包装上的各种规定,包括标明的含量和生产日期打印的位置等,不是很明显,总让消费者感觉好像差点什么。而外地品牌的酱油,生产日期用喷墨打印,感觉很正规;包装也分玻璃瓶、塑料瓶、塑料提桶好几种,容量也有多种规格,适应了不同消费者的不同需要。品牌名字也起得很人性化。反观本地厂家生产的产品,阵地不断失守:由大商场挪到一般商场,又被挤到农贸市场,产品没变,市场却已两样。

长春市恒客隆超市的杨先生告诉记者，在超市经营的3万多种饼干、糕点、膨化类食品中，由东北企业生产的产品比例不足3成，整个食品市场基本都被南方企业占领了。杨先生感慨地说："东三省是我国商品粮主产区，不仅农副产品生产量大，品质也不比南方差。但我们的加工程度太低，尤其缺少拥有高科技、能够精深加工的企业，这种状况导致我们只能出售原粮，购进成品。目前，广东省的一些企业就是用黑龙江省的面粉做成饼干后再返销过来，因此，常能听到人们说我们是在'喝南方水，吃广东粮'。"

为了改变这一局面，东北农区现已开始着手培养自己的优势产品。黑龙江省凭借自身的资源优势，近年大搞绿色食品开发，至今有效使用绿色食品标识的产品已达281种，数量居全国首位。据市场调查显示，由于符合人们追求健康的消费心理，绿色食品销售正日趋火爆，仅哈尔滨市壹佰超市绿色食品的日销售额就有近万元。虽然黑龙江省在绿色食品和畜产品开发上拥有优势，但从总体上看，全省农副产品深加工水平仍然较低，大大落后于南方省区及国外发达国家。"农字号"产品要想在市场上站稳脚跟，还有很长一段路要走。

马春华：林业人的困顿与希望

在梦里，马春华又听到父亲马永顺喊起了造林号子：行动起来哟，植树造林哟，绿化祖国哟，造福子孙哟……但是，生活的困顿使她不得不要花更多的时间为谋生奔波。有时就是这样，理想是理想，生活是生活，对于林区人，更是如此。

林业英雄马永顺的长女马春华有一个“双百”计划——作一百场报告，植一百亩森林。这个计划她已经完成了一半，作了 43 场报告，种了 50 亩红松、落叶松。而她在一年前和我讲起的另一个计划已经很少再提及，那时她说：“我想建立一个植树基金，发动全社会的力量，关注绿化，关注林区人的生活状态”。

这一年间，和她的理想不期而遇的，是生活的困窘。

8 月 9 日上午，为伊春光明集团打工的马春华走进哈尔滨图书馆，去接洽图书馆改造的一个设施配套工程，她尽量不让急切写在脸上。“我去年 9 月份到公司，到现在还没做成一项业务。”尤其令她心急的是，自己享受的是“特殊待遇”——“我可以做全国的业务，这在全公司的业务员中，也没有第二个，那是为了方便我做宣传。”

作为伊春林区最大的企业，光明集团生产家具的木材来源已经悄然改变，除了林区的协议木材，来自俄罗斯的进口木材的比重不断上升。

一个家庭

谈到父亲马永顺，马春华有说不完的话：“50 年代开始，父亲作为全国劳动模范 14 次进京见到了毛主席，4 次与毛主席和周总理握手；作为一名伐木工，父亲曾创造了全国林区手工伐木产量最高纪录——在当伐木工人的 34 年里共砍伐林木3.6万棵；父亲发明了‘安全伐木法’和‘四季锉锯法’，为全国伐木工人所通用……”

3.6万棵树，立着就葱郁了一座山，放倒后留下满目疮痍。

但毕竟，所有的辉煌都已成为过去，青山瘦了，林子少了，工人穷了……而今面对生存的巨大压力，留在林业人心中的，只有说不出的痛。

这样的痛，马永顺的6个子女都有深切感受：

马春山，54岁，铁力林业局退管办职工，月收入200多元。

马春青，51岁，原马永顺林场副场长，现马永顺纪念馆副馆长，月收入200多元。

马春华，48岁，原铁力林业局职工，后下岗，现在光明集团打工。

马春波，46岁，原铁力林业局机关门卫，后下岗，现在家，无固定收入。

马春燕，40岁，原铁力林业局职工，现经营一家小饭店和一个苗圃。

马春生，35岁，原铁力林业局机关食堂炊事员，后下岗，现在林业公安局帮忙，未入警，月收入200多元。

列出此表很让人有些难受，因为在伊春林区的林业职工中，大部分家庭的生活水平还不如马家，铁力林业局局长王忠林的工资单上的数字也没有超过400元。建于1946年的铁力林业局总人口7.4万人，林地面积17.3万公顷，在20年前，可采伐的蓄积便由建局初期的2 054万平方米减少到80万平方米。资源危机直接导致了经济严重危困，职工生活陷入困境，人均月工资仅为216元。

马春华的丈夫张祥说，“没办法，这样的工资还只是很少一部分人能拿到”。他算了一笔账目：“林区人的最大开支就是买米买面，蔬菜自己种一些，蘑菇到山上采一些，很多人的日子就是这样过来的。”在困顿面前，不少人走出了大山，走向城市，但由于没有文凭也缺少技能，从事体力劳动的人占据了出外谋生的大部分。“上次铁力市做人口普查，人数已经由43万降到37万，能走的都走了。”张祥很感慨。曾任铁力林业局团委书记的贾焕说，“能走的都是好手，油锯手有的去城里修摩托车干个体户了，而拖拉机手大多搞个体运输去了”。留下来的，“造血”的本领普遍不高。

比铁力林业局更艰难的还有绥棱林业局，在全局1.4万名职工中，人均月收入在50元以下的有1 346户，林区职工的工资月平均在160元左右，而且，这一点微薄的工资也不是每个月都能按时拿到。桦南林业局则更惨，最长时累计欠发工资38个月。不得已，老工人在局长办公室嚷嚷："我们都70多岁了，当年给国家做了那么多贡献，现在老了，连工资也不发了。我们吃什么？喝什么？"

2002年深入林区调查的哈尔滨工业大学绿色志愿者协会的李杰就是在这次走访后，做出了"终生从事绿色事业"的决定。他说："在林区，国家对贫困户给予的倾斜政策也很难落实，甚至连最基本的最低生活线补贴也无法兑现。不是不想兑现而是拿不出钱来。"马春华说："你可能不相信，在生产木材的林区，有的房子还是泥巴垒的。"这样的场景我在桃山林业局曾经目睹过，那里的人有一段顺口溜："咱的房子是弯着腰，拄着棍，滴滴答答掉眼泪。"

一份自责

原松花江林管局副局长徐国义曾用自己的笔记录了自己作为砍树人"大把头"的心路历程：

> 该调整政策了，该封山育林了，然而，像一列高速急驰的列车不会戛然而止一样，政策的少许微调根本无法缓解大森林的重负。木材生产仍然处在有组织的过量采伐之中，此刻的大山已不再沉默，它以频繁的水患警示和教训着人们。然而国家要木材，企业要生存，职工要吃饭，国有林区所剩不多的资源已经成了救命稻草。从1986年到1996年，这又长又短的10年，该怎样地熬煎人啊！明知道不该砍还得砍，明知道应少砍还多砍，真是应了法律上的明知故犯之说。从1978年至1985年，在中国第二次木材需求高潮中，我在最基层的生产单位组织伐木头；从1986年至1996年，在"两危"日渐加剧的国有林区中，我以"大把头"的身份继续伐木头。20年，在我的手下抹去了多少绿色？真是好悔！三百六十行，干嘛非要误入这个歧途？

以致终身都要背上情感的重负……

此后不久，徐国义断绝了与木材采伐相关联的一切活动。

中国林业大学校长朱金兆教授在接受采访时曾这样定义原始森林不可比拟的生态作用："原始林具有三个层次：遗传多样性、物种多样性和生态系统多样性。原始林包含了该区域中生物种类的组合、生物与环境间相互作用过程以及经受干扰后的演变过程的最为完整的记录。这些生态过程是人为干预下生长时间较短的人工植被所无法获得的。"

马春华的记忆中还保留了原始森林的神秘，她甚至能说出在我国已知的560种兽类和1 200多种鸟类中的大部分，常年或一年中于某一季节在森林中度过。也有人对于马春华的植树计划有不同观点，一位曾深入小兴安岭林区采访的记者在他的文章中写道："保护天然林最好的办法就是封山育林，在天然林采伐迹地上人工造林是一种徒劳无益的举动——只要原生树木的根系没有被毁垦成农田，只要封山育林的措施科学、得当，给它们充分的喘息时间，一般10余年之后，年轻的天然林就可以恢复创伤，郁闭成林，达到森林群落的完好状态。"

无论怎样，林区资源的危困已经使林业人不得不在深加工上花工夫。"大的削，小的旋，疙瘩节子烧木炭。"从不把木头当回事的林业人开始精细地对待木头。但一位叫做刘长海的老林业工人告诉记者："看到家家户户把小孩儿树当柴烧，和剜我的心一样。"按照他的计算，一个四口之家一年要烧掉3－4立方米木材，铁力林业局一年要烧掉的木材就超过了5万立方米。

一组数字

建国至今，伊春林业局共为国家生产2.3亿立方米木材。如果装上火车，节节排列，可以从中国最北端的漠河排到海南岛最南端的三亚，如果这些木材用在一个建筑工程上，可以架一座从地球通往火星的桥。

1960年，在接受周恩来总理接见时，马永顺开始了植树的计划。随着天然林保护工程的实施，百万伐木工人也全面转产。此时，一组组数字不能被遗忘：在国民经济恢复的3年时间里，伊春林区为国家生产了454万立方米木材；在国民经济3年调整时期，伊春林区为国家生产木材915万立方米；就是在那场使国民经济遭受空前劫难、基本处于瘫痪的“文化大革命”期间，伊春林区仍然为国家生产了3 096万立方米木材。

林业支撑起了共和国建设初期的钢骨——交通部门需要枕木，林区工人夜以继日；恢复交通需要电柱，从林区调运；恢复煤炭生产采矿需要坑木，林区供应；还有军工用材，公路交通，工业民用建筑……20世纪60年代，为支援航空建设，伊春林区对航空用材进行了精选，材种大都是优质桦木材。1972年12月，承德避暑山庄修缮，伊春林区调拨红松原木530立方米；1974年维修五台山大佛殿，特选材长13米、径围40厘米以上红松原木192立方米。1976年7月，唐山发生强烈地震，中央向伊春下达了紧急救灾木材供应任务，约10万立方米的木材迅速运往灾区……

据供货资料记载，1973年至1985年，伊春林区的原木和锯材供货总量为6 857万立方米。中央主管部门用量最大的为轻工业部（主要是造纸材），占供货总量的9.9%，年均达56万立方米；其次是煤炭工业部（主要是坑木），占供货总量的8.1%，年均达46万立方米；再次是铁道部（主要是枕木和车辆材）和化工部，分别占供货总量的2.4%和1.7%；交通部和纺织工业部，年需材量平均分别达8万和6万立方米。地方用材，除台湾外，伊春的木材供应范围遍及全国，用材单位达8 000余个。

但危机早已被注意：早在1961年7月，一直牵挂着林区的国家主席刘少奇视察小兴安岭。在丰林伐区，刘少奇站在一棵高大的松树旁，用手抚摸着树枝，语重心长地说：“百年之后还能不能有这样的红松林呢！我们这一代采光了怎么办？要后继有人，也要后继有林啊。”1962年11月，国务院决定成立东北林业总局。周恩来总理不无担心地指出：林业的经营一定要越采越多，越采越好，青山常在，永续利用。可惜，老一辈领导人的担心成了我们今天遭遇的现实。

对于正在实施的天然林保护工程，一位林业局长不无担心：“天保工程的结果很可能是钱也花了，林子也采光了。”他掰着手指说：“国家要的是林子，所以拿出一笔钱给企业，叫企业别采了。省里要的是利润，林子采不采另说，但上缴指标得完成。地方政府要的是税收,企业采的木材越多,地方政府越高兴。企业职工呢?要工资,得吃饭啊。”而张祥的担心是:种下的树苗能存活多少?“父亲说,树苗就像小孩,管护不好,就得一年青,两年黄,三年见阎王。”在他和身边的很多人看来,管护需要有充裕的资金支撑,“至少管护 32 垧地,一年到头不能只给 32 块钱”。这样的事情,就发生在黑龙江的林区。

辛篇 灰带

经历了真正的不寒而栗后，还要感谢这些故事中的主人公，他们的存在带来了改变，带来了我们享有的变化。当食品安全、银行监管、死刑复核、收容制度、法官弹劾中的一桩一件，陆续将严密体系中的那道缝隙清晰地展现在人们面前时，有人质疑：还有什么可以信赖？尽管我想说，不必失望，因为完善从来都是一个相对的过程。但作为监管方应该知道：任何情况下，渐进都不能成为不进的理由。

笔记：系也有隙

又一个孩子为我们的认知付出了惨痛代价。这个叫王瑶的漂亮女孩年仅6岁，在我们信赖的公共卫生体系中接连遭遇到莫名中毒、无法确诊、无药可救的尴尬和恐慌。她全家三代11口全部感染了罕见的肉毒杆菌，因为找不到对症的药，4人在苦痛中离去。庆幸的是，最终王瑶保全了性命，但目光却永远失去了灵动。

经历着人生悲喜激变的，还有一位叫董伟的年轻人。第一次走上刑场被执行死刑，在行刑前4分钟，一个来自北京的“反常规”电话把他“救”下。但在最高人民法院下达“暂缓执行命令”的129天后，年轻人再度走上刑场，这一次，曾被中止的枪声响了。枪下留人和最终正法，体现的是法律的公正和对生命的尊重。杀人犯董伟走了，但由此引发的死刑制度反思、死刑复核制度思考才刚刚开始。

曾经“送别”过孙志刚的原广州市收容遣送中转站里，已经寻找不到那些被精心擦拭掉的痕迹，在那里我结识了3个小兄弟，他们在远离家乡的这座城市里耕耘着对你我而言根本算不上希望的希望，尽管有时他们也会有些坏想法，但在更多时间里，他们兢兢业业地在餐馆里做服务员、在小公司里做业务员。他们不得不小心翼翼，只因为他们是外地人。

在中行某支行惊曝出的巨额存款转移事件中，隐蔽、周密的操作特征贯穿始终，对于公众而言，探究谁是主角、配角并不重要，事实上，屡次得手、长期隐匿、顺利出逃的每一个环节都在银行监管的体系之中，但一切还是在“眼皮底下”发生了，包括高息揽存、“跳票”和地下钱庄在内的手段都被一并精心编织在迷局之中。

经历了真正的不寒而栗后，还要感谢这些故事中的主人公，他们的存在带来了改变，带来了我们享有的变化。只是有些代价的付出是不是太残忍了呢？

一个偶然的因素，让磐石市人民法院王学彬成为我国第一个因百姓不信任而遭弹劾免职的法官。客观地说，吃了当事人一顿饭就被免去了行政职务，而且还可能按照程序向人大建议免去法官职务，这样的遭遇放在谁身上都有点“背运”。但因为他是法官，不能代表司法权威和司法裁判的公正、公开、独立和严肃，就理应承担后果。而举报他的当事人以“壮士断腕”的勇气，不停地走进人大、纪委、政法委直到市委书记的家门前，最终将法官王学彬拉下马。回头看看，这条曲折的路走了多久？

很多年前，我曾以基层法院人民陪审员的身份，参与一些案件的庭审和讨论，让我印象很深的是一个6岁孩子因触及水塘高压线不幸身亡的民事索赔，以及在这个案件中结识的两个人。原告代理人是一位知名大律师，却在使用法条时出现了极低级的错误，讪笑后他解释，“这段时间接的案子太多了，弄混了”。真不愿在人命关天的事上听到这样的表白。另一位是审判长，常主动给我电话，向我解释对适用法律条款的理解。事实上，今天我还会想起这位审判长，也会想起这位大律师，因为在报纸上我能看到他的紧张行程……

当食品安全、银行监管、死刑复核、收容制度、法官弹劾中的一桩一件，陆续将严密体系中的那道缝隙清晰地展现在人们面前时，有人质疑：还有什么可以信赖？还有什么不被怀疑？尽管我想说，不必失望，因为完善从来都是一个相对的过程，小概率事件也都会必然发生，但作为监管方应该知道：任何情况下，渐进都不能成为不进的理由。

坚如磐石

中国首例弹劾法官案调查

2003年3月28日，吉林省磐石市人民法院弹劾委员会就该院民事一庭副庭长王学彬是否存在接受宴请事实进行票决，并以15票对0票通过了对王学彬的不信任表决。40天后，法院做出免去王学彬副庭长职务、待岗学习的决定。有媒体称，王学彬是我国第一个因百姓不信任而遭弹劾免职的法官，"磐石弹劾法官事件"也被称作中国弹劾法官第一案。

2003年6月1日，地处北纬43度线的磐石市被传言击中，这个行政上隶属吉林市的县级小城在夏季到来时提早陷入了"多事之秋"。传言中的主人公是原磐石市人民法院民事一庭副庭长王学彬，因"接受主管案件被告及其代理人宴请"，他已被暂时调离审判岗位，待岗学习。对于此事，磐石市流行的说法是：王学彬被处理并非是因为接受了当事人吃请受到检举，而是因为与市建设局局长动手惊动了市领导直接相关。另一个流行更广的说法是：王学彬的结局要看事情的最终传播广度，他可能在3个月后重新上岗，也可能被牺牲，两种可能的巨大差距与事件本身无关。

与此同时，检举王学彬的当事人张俭情绪难平，粗口不断。在他签名的采访记录上五次出现相同的文字：王学彬，我想干死他。

在磐石市，56万当地人的目光并不仅仅被沸沸扬扬的传言所牵动。

因附近的磨盘山得名的磐石市，石头的知名度远远落后于当地出产的优质水稻，由于春季以来吉林全省旱情严重，多次实施的人工降雨也丝毫未能减轻46万农业人口的焦虑。而在中心城区的政府机关，各级公务员也感受到了压力——吉林省将"保持共产党员先进性教育活动"的试点地区选在了这里。

6月2日，有60多辆出租车参加的一次活动使得环城路增添了一道风景：空驶的车辆鱼贯而过市区的主要街道，要求政府减少对出租车的相关收费。

疑问一：被"弹劾"法官是否接受当事人一方宴请？

家住磐石市福安街的居民张俭指着屋内墙壁的缝隙和支在窗架的木棍对记者说："你看看吧，我这个日子是怎么过的！"2002年7月，他以"邻居刘家开设的粮油加工厂机器噪音大，粉尘污染严重，影响自己全家正常生活"为由，向磐石市人民法院提起诉讼，要求法院判令被告停止侵害，并附带赔偿。12月23日下午，第四次开庭在法院举行，审判长为民事一庭副庭长、助理审判员王学彬。

磐石法院弹劾委员会办公室出具的评估报告证实：当日休庭后，参加庭审的被告刘有强的姐姐刘路及委托代理人王玉珍在王学彬办公室谈话，使原告张俭和弟弟张伟产生怀疑，于是两人决定在法院门口等他们出来。张伟跟踪先行离开法院朝南走的刘路与王玉珍，目睹了两人在河南大桥附近上了一辆出租车往回开，张伟随即乘坐出租车随后。张俭跟随王学彬向北步行，目睹在市体育场附近王学彬上了一辆停在他面前的出租车。随后乘车赶到的张伟证实这辆车便是刘路与王玉珍乘坐的，张俭与张伟乘坐出租车一直跟踪至郑双聚狗肉冷面馆。

张俭向记者介绍，他立即通知其妹夫李树晨从家里取来相机，三人进入酒店202房间内拍下了王学彬与刘路、王玉珍三人坐在一起的场景。"当时的场面比较混乱，我们先在包房外拍了一张照片，进入房间内拍照时三个人都扑了上来，不让我们拍照，然后我们撕扯起来。"双方争执的过程同样被拍摄下来，并成为磐石法院"弹劾"王学彬的主要证据。

张俭同时证实，在撕扯中，王学彬曾说过，"张俭，给我个面子，别叫110来"。

被告刘有强及亲属向记者证实：刘路当场被围打，并向公安分局报案。

参与此案的一位不愿意透露姓名的警官告诉记者：他们接到报案后曾对双方当事人进行了调查，但并未进行处罚。

王学彬在磐石法院的调查中解释，自己拒绝过王玉珍的电话邀请，在酒店的聚餐是为妻子过生日，王玉珍与刘路是随后赶到的，并不存在双方同去、接受宴请的事实，并出示了就餐发票。

王玉珍与刘路出具的证言与王学彬不谋而合：她们没有宴请王学彬，是在得知王学彬妻子费光宇当天过生日才赶过去的。王玉珍还表示，她与费光宇本人很熟悉，互相以姐妹相称。

费光宇的生日日期是否属实？王学彬与王玉珍、刘路是否出具了虚假证言？据当地户政部门提供的户籍证明显示：王学彬的妻子费光宇的出生日期为1963年11月2日，身份证号码为220223196311020XX。不难计算，公历的日期与12月23日相差整整50天，农历计算也相差12天。

同样，磐石法院在调查中证实了王学彬、刘路、王玉珍在“是否先后赶到酒店”这一重要细节的虚假性。在法院出具的报告中有这样的论述：三人表示，王学彬先点的菜为费光宇过生日，两人是通过电话联系后来到酒店的，进门不到两分钟举报人进来拍照，这一时间并不符合当时的情况。从张俭跟踪到酒店直到李树晨取来相机这段时间里，张俭一直在酒店，如果有人后来是可以和张俭碰到的，碰到后不可能再进入202房间与王学彬聚餐，而拍照时餐桌上已经有3盘菜，不可能在两分钟内做好上桌。

张俭提供的照片清楚显示：餐桌上共有3个茶杯和3个酒杯，均已倒满，一瓶白酒所剩无几，并没有给费光宇准备餐具和酒水。

磐石法院同时认定：即使被推翻的证言全部属实，王学彬也不应当与一个刚刚开完庭而案件尚未有结论的被告一方代理人同时就餐，在无一个亲友在场，妻子也不在场的情况下给妻子过生日的方式实属罕见。王学彬客观上有接受宴请的可能。

疑问二：被弹劾法官是否违法办案？

磐石法院认定的另一个结论是：王学彬主观上可能有违法办案的故意。

除去接受宴请的可能外，张俭反映，在12月23日开庭时，被告方追加的代理人王玉珍并不具备代理资格，无权参加此案庭审。

记者了解到，在12月23日开庭前，被告方的代理人为张月，她是被告刘有强的妻子。对于另请王玉珍做代理人，张月向记者解释为“开庭那天碰巧在路上遇到王玉珍，因为她说话比我好(指流利)，就让她和我一起去参加开庭了”。记者在磐石市平安保险公司了解到，王玉珍是该保险公司的业务员，与被告方亲属刘路是同事关系。在磐石法院一位法官的印象中，王玉珍与王学彬妻子费光宇相识很久，与王学彬也十分熟悉。

事实上，如果王玉珍作为被告另请的代理人，应当有授权委托书，案件应当重新开庭，重新核对当事人、代理人身份，而不能作为上一次开庭的继续。在张俭诉刘有强案件的卷宗内，涉及王玉珍的委托书上出现了常识性的错误，本该是“受委托人”身份的王玉珍出现在委托人的名目下。即使填写错误不存在，从法律规定的代理制度上，王玉珍仍不具备代理权。磐石法院据此认定：王学彬作为审判长让王玉珍随意参加庭审，属于严重的程序违法。王学彬的随意性、代理人的违法性，使得法院调查人员认定，王学彬对被告方具有明显的倾向性。

6 月 1 日中午，记者来到郑双聚狗肉冷面馆 202 房间，20 岁的苏萍告诉记者，她是 3 个月前应聘来到酒店做服务员的，半年前在这里工作的服务员都已经被老板解聘，服务员中没有一人能说清 12 月 23 日发生的事情。饭店杜姓老板在接受记者采访时回忆：“我当时在别的房间吃饭，听到了 202 房间的动静，但时间并不长，我也没有上去，听我爱人说，当时双方有撕扯，一位女士受伤，我爱人给送了速效救心丸。”他同时表述了自己的不解，“怎么吃顿饭法官就出事了呢?”

事实上，张俭拍照的时间与他将照片上交有关部门的时间相差了一个月，这一个月又发生了什么？张俭回忆，拍照的第三天，他的代理律师，磐石市三名律师事务所律师张元吉曾打来电话，希望张俭能够息事宁人，并表明王学彬曾找过他，希望张俭能够替他考虑，理由是“我指着法院吃饭的”。张俭拒绝了。在随后记者与张元吉的通话中，张元吉表示，自己有顾虑，不能多讲。

此后，还有一位绰号为“苏二”的人来找张俭，希望他把照片和底片还给王学彬，张俭再次拒绝。

拍照事件发生后，张俭再去找王学彬谈案子时，王学彬的态度“比过去好了很多”，两人还说了些近乎话。王学彬建议张俭去找主管院长，因为“上面有话，我也没办法”。对案子的结果，王学彬这样解释：“你的案子肯定能赢，但是坡大你得多拉会儿。”对于张俭表露的不信任，王学彬说：“我才拿几个啊，我也得听人家的，你自己活动活动吧，谁像你啊，铁公鸡一个，一毛也不拔。”至此，张俭对王学彬彻底失望。

2003年1月，张俭拿着照片和申诉材料找到民事审判一庭庭长李宏立，李宏立建议他先等等再说，并坦言，这样对他案子的判决不利。随后，他向市人大、市纪委和政法委反映“王学彬违法办案，接受吃请偏袒被告，案件久拖不决等”情况，要求法院给予明确答复，并在春节过后两次来到市委书记张克委的家门口反映情况。

在向市政法委反映情况的第二天，两名法院工作人员在张俭家为其作了谈话笔录，并对王学彬开始调查。

疑问三：法官被“弹劾”是不是法院的自觉行为？

6月2日上午，磐石法院院长许伟一直没有出现在办公室，去年10月他刚刚由吉林市昌邑区法院副院长任期内调任。同样，王学彬也一直未能出现在干部科的办公室，这是他待岗期间学习的地方。干部科一位同志解释，王学彬请了病假。主管干部工作的副院长顾吉正是磐石法院实施“弹劾”制度的主要倡导者和推动者，就目前争议颇多的“弹劾”制度他接受了采访。

记　者：是在什么样的背景下，你们出台《对干警实施不信任弹劾的暂行办法》的？

顾吉正：目前，执法执纪人员违法违纪的事情时有发生，这个群体有其特殊性：由于违法违纪事件双方或者多方有利益关系，隐蔽性很强；由于长时间从事政法工作，在违法违纪事件浮出水面时，当事人的自我保护意识强烈，反侦查经验丰富。这使得相关案件的查处困难重重，大部分案件的查处结果都是查无实据。

记　者：有实无据的调查结果是否占有很高的比例？

顾吉正：100起案件能查实10起已经很了不起，平均水平是5起。5%的比例又不可避免地造成了部分干警的“有恃无恐”，形成恶性循环。有事无据，要不要处理？在党纪国法之外是否可以保证队伍的纯洁？这是我们的考虑。我们设立这个制度的唯一标准就是解决问题。

记　者：为什么叫弹劾？

顾吉正：我们在施行《关于对干警实施不信任弹劾的暂行办法》前，也寻找了很多资料。“弹劾”一词最先出现在我国封建社会时期，它的本意是“揭露”。我们也在网上看到了不少的争议文章，对我们的工作是一件好事情，我们正在考虑将“弹劾”的名字换掉，可能会是“合理怀疑问责制”或是“合理不信任问责制”。

记　者：这样一套以不信任为前提的办法是否意味着干部工作的严肃性改变？

顾吉正：我们的怀疑是合理性怀疑，合理怀疑难以排除，是因为其行为有不合理处。只是在证据方面，我们没有确凿的东西。我一直是做干部工作的，在人事局、组织部工作过，在来法院工作前，我在市公安局主管纪检工作，去年我一共处理了42名违法违纪干警，而全局的干警数量是397名。目前我们实施这套办法的确也有些其他的背景，因为过去的流弊和积习太重了。

记　者：“弹劾”和通过纪检部门处理干部有什么本质区别？

顾吉正：在于证据。如果找不到证据，事实再清楚，纪检部门也无法处理干部。只要合理性怀疑存在，就可以开始对干警调查，并提请弹劾委员会票决。

记　者：这样通过“票决”的方式来“弹劾”法官是否存在误差？

顾吉正：理论上讲，误差是存在的，但在实践中，我们有一整套办法和严肃的规程使得“票决”的方式相当精确。首先要有群众举报，我们要做存在可能的判断，尽管是有实无据，我们的调查核实还是建立在证据的基础上的。在确定启动弹劾程序后，我们要在29人的弹劾委员会委员中随机抽取15位委员，听取弹劾办公室的报告及被弹劾人的辩解，针对有关问题提出质询，最终通过无记名投票进行不信任票决，最终还要由院党组决定。

记　者：王学彬被弹劾事件的可能结局是什么？或者说他可能有怎样的人生退路？

顾吉正：有三种可能。第一，实施执法监督期满后，弹劾委员会要再次对王学彬进行评议，如果作出不适合岗位要求评价，王学彬可能会被永远调离审判岗位，院党组决定后就可以生效；第二，如果王学彬认识非常深刻，可以考虑恢复其审判职务，并继续对他进行严格考察；第三，也是对王学彬而言的最坏可能，就是在年内2次受到不信任弹劾，限期6个月内自找出路，调离本院。

记　者：您如何评价王学彬这个人，他有什么优点？

顾吉正：我们对待干部还是很慎重的。客观地讲，王学彬的优点也很明显。首先，他是一个能够坚持自己意见的人，这对一个人而言是很难得的；其次，在业务上他善于学习。

记　者：王学彬目前的状态怎样？

顾吉正：他目前的态度很平和，我想他正在思考自己的问题，已经有了一些认识。在前不久的党员评议活动中，王学彬的自我评价是基本合格，在其所在支部这个比例很低。

6月2日，记者在磐石市法院看到了相关文件。在题为"磐石市人民法院弹劾委员会办公室第一号提案"的文件中，案件来源一栏明确注明：磐石市纪检委、政法委转来当事人张俭上访案件，反映王学彬同志接受了案件当事人的姐姐和代理人的宴请，办关系案、人情案，要求我院予以查处，并向市纪检委、市政法委通报查处结果。在磐石法院出台《关于对干警实施不信任弹劾的暂行办法》之前的2月11日，一份名为"磐石市人民法院工作人员违法违纪立案审批表"便被签署，在其案件来源一栏也标明为"政法委转来张俭信件"。两份文件的相同之处至少说明一点："王学彬弹劾案"是由市政法委、市纪检委督办的案件，按照惯例，督办案件是必须要拿出结果的。

另一个耐人寻味的细节是，在"弹劾"发生近一个月后，磐石市人民法院的态度由主动向外界介绍情况转为"不接受采访"。在记者到法院了解情况时，便多次被拒绝，理由是："我们已经接到吉林省高级人民法院的通知，不能接受记者的采访。"在当地政法部门工作的一位张姓干警说，"法院现在的压力很大"。

在"不信任弹劾"通过一个月后的4月28日，王学彬还是担任了某物业公司诉磐石市科协案件的主审法官。在磐石法院做出《免去王学彬副庭长职务、待岗学习的处理决定》3天后的5月9日，王学彬依旧担任了邹某诉讼王某解除同居关系案件的主审法官。而这个时间安排就张贴在法院办公楼前厅的公示栏中。

疑问四：王学彬究竟缘何被“弹劾”？

磐石市人民法院弹劾委员会以15票对0票通过王学彬不信任案成立是在2003年3月28日，直到5月6日，才以“磐法发[2003]16号文件”形式下发了《关于免去王学彬副庭长职务、待岗学习的处理决定》，中间相隔了整整40天。对于如此漫长的间隔时间，磐石市比较流行的说法是：王学彬被处理并非是因为接受了当事人吃请，而是因为与市建设局局长动手惊动了市领导，才被处理。

6月2日，记者走访了磐石市建设局，并通过有关人员找到当时受雇参加植树的人员。他介绍了基本情况：2003年4月8日16时，磐石市为创建省级卫生城，由市建设局组织在市内路边植树，在名牌内衣精品店（王学彬的妻子费光宇为老板）门前时，王学彬阻止植树者，不允许在此植树，并发生激烈争吵，随后动手打伤建设局局长。

此事发生后，市建设局向市委、市政府汇报，并强烈要求严惩王学彬。磐石法院工作人员也证实：此事市委领导高度重视，责成市纪检委进行了调查，并要求我院对王学彬进行纪律处分。

在法院免去王学彬职务的文件中，也清楚地将3月28日弹劾结果和4月8日王学彬打人事件并列提出，并形成文字为：“此事未及处理，王学彬又在自家门前的大街上公然阻止全市的城市绿化工作，同建设局领导要特权、动手脚，造成了极坏的影响。”

磐石法院最终做出一并处理的决定。

接下来的疑问是，如果没有发生打人事件，王学彬的最终处理会怎样？磐石市委的一名干部说，如果单独处理打人事件，免去其行政职务的结果不算重，因为王学彬的行为已经与市委、市政府的大局工作产生了极大冲突和极恶劣影响，更何况市委主要领导过问的事情是不能走过场的。如果真是这样，是否意味着来自百姓的举报并非是“弹劾事件”的决定因素，如果这一点也成立的话，“弹劾事件”在最终对王学彬的处理结果上也就意义甚微了。

6月2日，记者走访了位于商业区黄金地带的名牌内衣精品店。王学彬和妻子费光宇均不在场，一位中年妇女称，“老板不在，出去进货了，一时半会儿不会回来”。从室内装修和规模看，这个店铺在磐石市也算是“精品”。一层是营业区，二层用做仓库，粗粗计算，店铺的营业面积大概在100平方米以上，货品的种类也很丰富。临近的店铺介绍，这家商店在磐石市名气不小，很上档次。

生死激变

陕西“枪下留人”事件调查

2002年9月5日，经过陕西省高级人民法院复核，轰动一时的“枪下留人”事件有了结果，当天上午，杀人犯董伟在延安被执行死刑，此时距离最高人民法院下达“暂缓执行命令”过去了129天。129天前，董伟何以能够枪下留命？129天后，董伟为何又走上刑场？有法律专家称，枪下留人和最终正法都体现了法律的公正和对生命的尊重。重要的是，由本案引发的死刑制度反思、死刑复核制度思考等问题的讨论仍在进行中……

一望无际的黄土高原上依旧是连绵的贫瘠。

在距离延安300多公里外的一个不起眼山沟里，陕北老汉董玉雄在自家的高粱地里用一抔黄土埋了儿子董伟，这一天是2002年9月5日。其实，坟坑早在5个月前就挖好了，甚至在亡人寿数未尽的时候，做好的“墓碑”上已经写上了卒期：2002年4月29日。这一天是延安市中级人民法院对故意杀人犯董伟执行死刑的日子。尽管这个隶属于子洲县砖庙乡的村子只有8户人家，交通极不方便，鲜有外人造访，董玉雄老汉还是托人在权做墓碑的黑色瓦当上写下了“因疾寿终正寝”的字样。之所以这样，是当地人的风俗和老人顾及颜面的避讳。准备在刑场上看儿子最后一面的老人没想到，坟坑并没有如期派上用场，花300多元钱买的棺材和200多元钱买的寿衣，也没有用来装殓儿子——当天上午，延安市中级人民法院刑事审判庭审判长任天民分别接到了最高人民法院刑事审判一庭李武清副庭长和陕西省高级人民法院（以下简称陕西高院）主管副院长的电话，说“董伟的死刑延缓执行”，这个电话让董家上下从大悲到大喜。

老汉也没想到,“枪下留人”事件后来被称作“中国法律史上的奇迹”。

老汉还没想到的是——9月5日,陕西高院“根据《最高人民法院关于授权高级人民法院和解放军军事法院核准部分死刑案件的通知》的规定”,“核准以故意杀人罪判处被告人董伟死刑,剥夺政治权利终身”。当天上午,位于延安郊区的执行法场上传来枪声,董伟伏法。

在坟坑被回填的120多天后,“因疾寿终正寝”的儿子在自家的土地上入土。

枪下留人始末

4月29日,已经从库房领取的两份子弹,被执行武警原封未动退回一份,因为最高人民法院在死刑执行的最后时间下达了暂缓执行命令,原定当天执行死刑的两名死囚也因此只有一个人独自上路。留下的这个人就是26岁的故意杀人犯董伟。

延安市中级人民法院一审的结果是:2001年5月2日零时许,董伟与多人酒后到延安电影院通宵舞厅,因琐事与宋阳发生争吵并厮打,被在场人劝开后,董伟、宋阳两人又在舞厅旁继续厮打。董伟用地砖连续击打宋阳的头部,致宋阳倒地,后逃离,宋阳被送往医院抢救无效死亡。经法医鉴定,宋阳因被钝器击打头部造成闭合性颅脑损伤,导致呼吸心跳中枢衰竭死亡。根据这些事实,法院认为,董伟因琐事竟用地砖猛击宋阳头部,致其死亡,手段残忍,后果严重,遂以故意杀人罪判处董伟死刑,剥夺政治权利终身。

宣判后,董伟以该案中被害人宋阳也存在过错、一审认定故意杀人证据不足等理由上诉至陕西省高级人民法院。4月27日,董伟的二审辩护律师,西安嘉瑞律师事务所朱占平律师在得知二审裁定维持了对董伟的死刑判决后,决定立即去北京,上最高人民法院,他在当晚登上了开往北京的列车。4月28日上午,他一出北京火车站便立即赶到最高人民法院。在大门口他被值班的武警挡住了,不巧的是这天恰逢最高法院刑庭“搬家”,人很难找。最终,刑庭一位女法官出来把朱占平的申诉材料拿了进去,并表示将尽快进行审查。

一身轻松的朱占平在晚上接到了一个电话,董伟的父亲在电话那头放声大哭，他刚接到法院的通知，儿子明天上午10时30分就要被执行死刑，他们现在已经赶到延安准备收尸……朱占平听后心急如焚："此时赶过去法院也已经下班，来不及了！如果从明天早晨上班算起，距执行时间也只有两个半小时！"

4月29日一早，一夜未眠的朱占平赶到法院门口"堵"那个接受他材料的女法官，但法官们乘坐的大小车辆都是直接开进大院，并没有在门口停车。

9时35分，他试图说服传达室的武警放他进去，失败。

9时40分，给高院电话仍未打通，董伟的表哥打来电话说，囚车和执行武警已经开进了看守所。

9时45分，朱占平以要进大院买《最高人民法院公报》为借口"变通"领到一张通行证，迈进最高人民法院的大门。

9时50分，朱占平冲进了最高人民法院刑一庭李武清副庭长的办公室。李副庭长正在收拾东西，办公室里电脑、书籍等物品还堆放在地板上。

9时55分，李武清听了朱占平的介绍，马上找到负责西北片的有关法官调阅了申诉材料。看完材料后他看了看表，立即组织人员一面向院长呈文请求下达暂缓执行命令，一面与本案的一、二两审法院联系。

10时，因办公室的电话还没装好，李武清用手机联系有关人员，并询问有关人员电话。

10时15分，董伟的亲属打来电话告诉朱占平，执行任务的武警已经戴上了口罩，看样子马上就要执行。

10时18分，李武清首先接通了陕西省高级人民法院一位副院长的电话，随即辗转得到了执行法官的电话号码。

10时24分，李武清拨通了刑场执行法官的手机，"你是不是在执行一个叫董伟的案子?""是。""枪响了没有?"在得到否定的回答后，李武清立即说："我是最高人民法院刑一庭，现在通知你把这个案子推迟到下午3时执行，这期间我们会给你新的指令。"

执行法官追问道："你是谁?"李武清回答："李武清，武装的武，清白的清。开着你的手机，省高院杨副院长会给你指示的。"此时距行刑的时间只有4分钟。

最高人民法院院长的"暂缓执行命令"很快就签署下来。

死囚留命后的沉重

一只脚已踏入“鬼门关”的董伟挪回脚步时并没有死里逃生的喜悦。这给朱占平律师留下了深刻的印象。和董伟的沉重相比较，“枪下留人”后，董家上上下下却以陕北人特有的实在和淳朴表现着对前景的乐观——老两口还相扶去观看平日里少见的社戏，他们的理解是“人救下来就不杀了。”

9月10日，刚刚下过一场雨的西安市一改延续多日的高温，朱占平律师向记者回忆了他最后一次见到董伟时的场景。在董伟被推迟执行死刑指令下达一周后的5月7日，朱占平到羁押董伟的看守所探视，董伟的脸上“毫无喜色”，相反，他的表情始终很沉重。“也许死过一次的人已经把生死看淡了。”朱占平说。但已经失去自由整整一年的董伟还是表现出了生的渴望。在来看守所前，朱占平买了两只“肉夹馍”装在公文包中带给董伟，令朱占平意外的是，董伟只吃了一个，将另一个“肉夹馍”递还给了他：“我不吃了，我吃东西就没法和你说话了。”

这一次，朱占平并没有向董伟说出太多的内容，对于复核的结果，他也没什么把握。

这是朱占平最后一次见到董伟。

接受记者采访的开始，朱占平就一再表示：“裁定下来后，我没接受任何媒体的采访，因为董伟已经死了，我再说什么他也活不了了。”就在董伟伏法的当天，作为他的辩护律师，朱占平的情绪波动很大，心情也很复杂。他在陕西高院附近的一个小酒馆里要了整整一斤白酒。

谈到对判决的看法，他说“陕西高院作这样的判决肯定有它的道理，它肯定是收集到了能够对董伟执行死刑的证据”。

身边人对董伟的评价是，“他很会讨女孩喜欢”。也许，正是因此引发的偶然事件，才断送了三个本来鲜活的生灵，制造了两个家庭注定难以抹掉的痛苦。经法院证实，案发当天，和董伟一同去电影院的，是他的女朋友曹筱丽。女孩是河庄坪乡石圪塔村希望小学教师，与董伟是前一天在舞场跳舞时刚刚认识的。除了被害人宋阳、伏法的董伟，宋阳的父亲宋延平在一份证言中提到：宋阳的妹妹也跟着他哥哥去了。宋阳的姑姑宋春娥向记者透露，在哥哥被害后，在省三资学院的妹妹宋珍在学校跳楼身亡了，原因是“哥哥的死对她打击太大了”。

事实上，董家和宋家曾经有一个协议，主要内容是由董家支付4万元现金给宋家作赔偿，但约定的一周时间过去时董家没有借来钱，两周过去了董家只筹来了1万多元钱。在一审判决书中，记者看到被害人的父亲曾经提起刑事附带民事诉讼，要求被告人董伟赔偿医疗费、丧葬费、误工费和精神损失费等10余万元人民币，但一审法院以被告人董伟无赔偿能力为由，对赔偿请求未予支持。

与儿子的最后一面

作为父亲，去直面自己儿子的死，大概是天底下最大的痛苦之一，董玉雄老汉却经历了两次折磨。尽管“枪下留人”了，但那一刻董老汉的心已经如死一般经历了完整的一场噩梦，当“暂缓执行”的命令下达时，他已经没有眼泪了。儿子闹出的命案让这位负担着一家六口生计的老汉背上了新的债务，原本就穷困的家庭已经没什么值钱的东西可以换钱了。作为5个孩子中的老大，董伟在外打工多年也一直没有给过家里一分钱。

董玉雄的苦痛并没有因“枪下留人”而停止，相反，当董老汉对儿子的“前途”越发乐观起来的时候，他却不得不又一次送儿子上路了。这一次，枪响了。

在董伟执行死刑的前一天，董老汉还在西安南郊自己外甥何浩的工地上“讨生活”，傍晚，乡邮电所一位与何浩相识的工作人员辗转将消息告诉了何浩。尽管有些“发懵”，何浩还是立即叫上一辆车连夜返回西安。甚至，董家还有人觉得这是一个天大的恶作剧。第二天到达延安中院的时候，刚刚6点钟，董家一行人在法院门前等着法院上班的时间，贴在墙上的布告和街上的警车让董玉雄接连不断地打着冷颤。

7时整，对杀人犯董伟的宣判会在延安中院内举行。随后，董玉雄见到了儿子，这是最后一面。此时的董伟出奇的平静，董老汉发现，儿子变得“看得开了”，他嘱托了父亲和家里的一些事情，并向朱占平致谢，随后便上了囚车。在此之前，董伟走完了所有被执行死刑的囚犯应当走的全部程序：听执行法官宣读法律文书，被验明正身，被拍摄正面照片，被询问有无遗言、遗物。

2002年9月5日8时，董伟在延安被枪决。

董伟的表哥何浩是家族里唯一的"公家人"，他在西安某道路施工单位任中层干部，因为"见多识广"，何浩也是表弟案子的代理者。2001年5月2日，董伟在延安打工的弟弟给何浩打电话说董伟打架了，让他到延安来看一看的时候，何浩并没往心里去，他觉得男孩子打个架顶多花点儿钱给人家看一看病，不会出大事的。5月5日，当他从承包的高速公路工程工地赶回延安时，董伟已经被公安局拘留。得知被董伟砸伤的人死了，何浩意识到了事情的严重性，他让人给董伟的父母带信的同时便开始请律师调查。

对于最终结果，何浩感到不解。

核准执行死刑

陕西高院的机关和职能部门分布在相距3公里的两处办公楼里，机关办公大院门前的公告栏只贴了一份布告，就是董伟案核定的布告。有些扎眼的是，这份公告被撕去了右下角，没有了延安市中级人民法院的落款和国徽图案。

和董伟案执行前不同的是，陕西高院的有关法官都没有就判决结果发表个人意见。复核此案的合议庭审判长张宽祥是陕西高院刑一庭的庭长，他也表示，案子已经执行完了，没有有关部门的批准，不能接受任何新闻媒体的采访。在此之前，张宽祥在接受其他媒体采访时曾讲："死刑判决的程序是极其严格、细致的，一审须中级法院才能受理，先是侦查机关负责案件的侦查，得到充分的证据后报到检察机关，检察机关研究符合起诉条件才会向法院提起诉讼。法院立案庭认定符合开庭条件就提交合议庭，并且死刑案件还必须上审委会讨论。我们作为二审法院，接到上诉后，也采取合议制，审判员负责搞清事实，他们先要阅卷，还必须会见被告人。这个案子一审的事实比较清楚，他们请一审查证了吵架到死亡现场之间的距离，可能也就没有去了解其他啥情况。审判员最后要对认定的情节、适用的法律等做出书面报告，提交合议庭讨论，认为成熟，主审人根据合议庭的意见形成报告，报院审委会。我们院现在编制不全，审委会只有10个人，根据高院的授权，这类案件由省院核准，于是审委会作出最终裁定。”

在“(2002)陕刑一终字第34号”刑事裁定书上，写明了维持原判的理由：“本院认为，上诉人董伟酒后到延安电影院舞厅外与被害人宋阳发生口角，进而互殴，在被他人拉开后，被害人已离开互殴现场约20米远的情况下，又持水泥质六边形地砖连续击打被害人的要害部位，致被害人倒地后扬长而去，造成被害人闭合性颅脑损伤导致呼吸心跳中枢衰竭而死亡的结果发生，其行为已构成故意杀人罪，又无法定或酌定从轻处罚之情节，故应依法严惩。上诉人董伟及其辩护人提出的诉辩理由均不能采纳。”由5名法官组成的合议庭认为：原审判决认定的基本犯罪事实清楚，基本证据确凿、充分，定罪准确，量刑适当，审判程序合法。并“依照《中华人民共和国诉讼法》第一百八十九条(一)项之规定”，做出了“驳回上诉，维持原判”的裁定。

延安市人民检察院一位不愿透露姓名的检察官告诉记者，“因为死刑的判决都是很慎重的，所以外界的种种传闻都有很大的出入”。而对于是否有必要开庭审理，他说，按照现在的刑事诉讼法的规定，二审案件可以开庭审理，也可以不开庭审理。陕西高院之所以“决定不开庭审理”，理由是“合议庭经过阅卷，询问被告人，询问有关证人，听取辩护人的意见，认为事实清楚”，才做出了“决定不开庭审理”。

中国社科院法学所诉讼法研究室主任王敏远认为：当初暂缓执行死刑，只是对案件进行复查的程序，并不代表被告人的杀人罪不成立。因此复查后维持原判执行死刑也是正常的一种结果，在复查过程中的各种信息没有充分披露之前，不应该对此结果妄加猜测和议论。但是他指出，朱占平律师是借口购买法院文件才得以进入最高法院申述的，更幸运的是，他及时找到了有关人员，在死刑执行前匆匆发出了暂缓执行令……整个事件中有这么多关键性的偶然因素，任何一个环节的小小变化都会使得“枪下留人”成为泡影，在一个法治严密的国家里，这几乎是难以想象的。我们更应该检讨的是这个过程。北京大学法学院的副院长陈兴良教授认为复核的关键是实体上的公正和程序的透明。

无药可救

陕西“肉毒事件”调查

肉毒中毒是由肉毒杆菌外毒素所致的中毒性疾患。肉毒杆菌孳生于土壤内，存在于家畜，如牛、羊、猪等的粪便中，亦可附着于水果、蔬菜和谷物上。火腿、腊肠、罐头或瓶装食物被肉毒杆菌污染时，在缺氧情况下细菌可大量生长繁殖而产生外毒素，人食后即发生中毒。毒素在干燥、密封和阴暗的条件下，可保存多年。肉毒杆菌芽孢耐热力极强，在沸水中可生存5—22小时。肉毒杆菌是迄今已知毒性最大的致死毒素，据推算，对一个成人的致死量仅需一亿分之七克。

4月16日，30摄氏度，古城西安迎来了仲春以来的第二个高温天气，在城市的一角，36岁的王录社仍在无声的世界中艰难地与死亡的召唤较量着。降温的冰帽、加厚的棉被，不和谐地覆盖着他几乎全部的躯体，两瓶无色药水正通过他脚上的静脉流向体内。

西安交通大学第一医院的一个普通病房内，就在此前的24小时，这位来自宝鸡农村的汉子经历了入院以来也是人生中最艰难的“拉锯战”，尽管命若游丝，但在强烈的求生渴望中，他毕竟坚强地生存着。因为重度昏迷，没有人知道，王录社间断清醒的头脑曾做过什么样的思忖，也没人知道他将做何种选择。但王家的恐惧清清楚楚写在脸上，谁也无法再承受被相同的悲伤击中——三个月中他们已经接连送走二老一小三位亲人。避开家属，神经内科主治医师乔晋告诉记者，王录社目前的状况仍非常危险，“唯一令我们宽慰的是，我们和社会各界一同，尽了最大的努力”。这位谨慎的中年人的话让我知道了希望的渺茫。从未放弃的努力，是摆在床头处的呼吸机、吸痰器、满是红绿曲线的心律监测器，还有16

行全部填满的输液单据。

午后的阳光就这样洒进了这个拥挤病房里的每一个角落，最后停在凝重、悲伤或者呆滞的脸上。阳光也落在了王录社对面的一张病床上，他的小姑姑王多琴的手紧紧地攥住了她 19 岁的儿子周利军略显瘦弱的手，即使睡时姿势也未曾改变。

……

除了悲痛，这个破碎的家庭仍沉陷于深度的恐慌。

直系亲属鲜有幸免，数名亲人接连痛失，家产全部抵掉仍欠下巨额医疗费用，这大抵是一个人或者一个家庭所能承受的极限，但厄运并没有因此停步，在听凭体内毒素游走多时，辗转数家医院最终得以确诊时，所有人重新燃起的希望竟被尴尬浇灭：寻遍全国竟然找不到一支能对症的药，唯一的一批战略储备药已经在库房中躺了整整 27 年。

而此时，王录社的家乡，宝鸡市岐山县安乐乡安乐村的村民，也正切实感受着恐慌——有着几十年自制臭豆腐习惯的村民们忙着把成缸、满瓶的臭豆腐丢弃直至深埋，却没几个人能说明白这样做是为什么。

困惑：死因不明

关中人尤其在乎春节的合家团聚，王录社的妹夫庞志刚告诉记者：

羊年春节前两周，家住宝鸡市岐山县安乐乡的老太太王雪桂便已将年货备齐，炒货也都晾晒妥当，就等着在村里种地和在外地打工的孩子们回来过年。1 月 18 日，一场无人预料的灾难袭来——一向身体硬朗的王雪桂突然病倒，随即出现腹泻、头晕、四肢无力、吞咽困难等并发症状，当她被随即送到当地医院时，已出现严重的呼吸困难、失语。医院进行了抢救，但没有确诊，4 天后，王老太不治，死因不明。

些许的困惑并没有引起王家人的足够重视，老人的儿子王录社甚至在设想按照关中的习惯为老人办理丧事。但是，丧事的计划被打破了，在老人过世的第二天，王录社 16 岁的妹妹王瑞霞突然发病，同样的四肢无力、吞咽困难，她被立即送到西安市西京医院接受住院治疗，其间，院方实施了气管切开手术。举债 4

万元治疗两个月后，3 月 22 日，王瑞霞病愈出院。

为了庆祝妹妹出院，也为了弥补因为“祸事频频”而没能过上大年的遗憾，王家的亲属举行了一个小型聚会。午饭时，王瑞霞拿出了母亲生前自制的臭豆腐给大家下饭。当时在场的王录社等 7 人在第二天都莫名发病，并入当地医院治疗。因为王家人各自治疗，直到这时仍没有人怀疑到“怪病”频发的“病根”可能就在自己家里。

当地医院仍无法确诊，但症状却在不断加重，王录社被紧急送到西安求助，先后在几家当地大医院求诊被拒后，3 月 26 日被送入西安交通大学第一医院神经内科。医生紧急会诊的结果排除了中毒的可能，因王录社呼吸困难，院方为其实施了气管切开手术。此时距离王家的聚餐已经过去了整整一周，病因仍未找到。

3 月 28 日晚，另一例气管切开手术在与王录社相邻的病床上进行。当时双手尚能活动的王录社突然激动难抑，敲打床边，待服侍他的家人取来纸笔后，王录社艰难地写下了“小姑姑”三个字。家人这才注意到，正在手术的果然是王录社的姑姑王多琴。这时王家人才联想到：王录社母亲去世前、妹妹生病时的症状和王录社、王多琴竟然别无二致。主治医师乔晋回忆当时的情况时，也印证了王家的说法，“3 月 28 日晚，我们听到了家属介绍，推翻了先前的治疗方案，开始怀疑可能是食物中毒，当时讨论，怀疑最有可能引起中毒的是王家自制的臭豆腐”。随即，他们向陕西省卫生厅汇报了王录社一家的病情和自己的判断。3 月 29 日，陕西省卫生厅组织卫生厅、防疫站的专家赶赴王家，对疑为毒源的豆腐乳、豆豉进行了采样。第二天，陕西省疾病控制中心随即对采样进行化验，检测表明：致使王录社一家中毒的病原体为罕见的 A 型肉毒毒素，存在于自制臭豆腐中。

尽管已有预感，这一结果还是令王家上下惊呆了。

更令王家无法接受的是，在检测结果公布的两天里，王录社的岳母和另一位亲戚、7 岁女孩程彩萍猝死，一直在医院照顾他的妻子、表妹、姑姑也相继病发……至此，不足 3 个月时间里，王家上下已经有 11 人发病，3 人死亡，3 人离世时均属“死因不详”。

庞志刚还告诉记者，由于对肉毒中毒的误解，当地一些村民一直以为王家人患的是恶性传染病，村民不敢与他们接触，王录社正在上学前班的女儿在病发前就被学校强制要求回家。

惊呆：罕见肉毒

当王录社的妹妹王小霞从广州赶回时，她面前的家已经七零八落，家里能派出的陪护人员所剩无几。哥哥王录社病情加重，除了神志偶尔清醒外，大部分时间形同植物人，随时可能引起肺部并发症。

王小霞一直不解，吃了这么多年的臭豆腐何以害得她家破人亡？“关中人的口重，这使得陕西不少农村都有自制佐餐豆腐乳和臭豆腐的习惯。”中国人民解放军第四医科大学的王卉这样介绍当地的饮食习惯。“肉毒中毒多因食用自制豆豉、臭豆腐或变质肉类和罐头等食物所致。”中国人民解放军 474 医院的华高松、陈洁发表在《急诊医学》一篇名为《食用变质面粉致肉毒中毒六例》的论文中这样开篇。

而此时，在西安交通大学第一医院神经内科，尽管在紧急会诊中初步怀疑是肉毒杆菌引起中毒，但“肉毒”究竟是什么？又如何治疗？只有一人能说清楚，他是 78 岁的老主任尹泉潮。他提供了一条临床信息：20 世纪 50 年代，医院曾收治过一家两口肉毒中毒的患者，但最终他们都没能逃脱死亡的厄运。老主任提供的信息还有：肉毒中毒在临床上比较罕见，毒性剧烈，死亡率高，如果被用作生化武器，肉毒比炭疽还厉害。神经内科主治医师乔晋的上衣口袋鼓鼓的，那里面除了装有王录社的病情变化记录，还有从网上寻找到的“肉毒”治疗相关信息。他向记者提供的一份资料显示：在 1953 年到 1980 年，我国共发生有记录的肉毒中毒事件 698 起，2 612 人中毒，209 人死亡；在 1975 年至 1989 年，美国共发生肉毒中毒事件 722 起，在发病的 1 833 人中 987 人最终死亡，死亡率超过了 53%。但随后的统计都中断了。最近的一份区域性统计来自新疆天山南部的巴音郭楞蒙古族自治州，1998 年至 2000 年，该地区共发生肉毒中毒事件 13 起，发病 45 人，12 人死亡。乔晋分析说：“关键是豆子，1990 年前，那里的豆子都是内地引进的，后来当地人开始自己种植，由于土壤中本身含有肉毒杆菌，而制作的食物又没有经过充分加热导致了中毒发生。”

尽管肉毒中毒事件从没有停止过，王录社一家的最大恐慌还是定格在无药可救的苦痛上。而由于制作臭豆腐的王雪桂最先离世，究竟在制作臭豆腐的时候加了什么工艺或者疏忽了什么问题，已然成谜。

恐慌：国中无药

肉毒中毒，唯一的解药就是肉毒抗毒素。就在陕西省卫生厅组织有关专家采样化验时，医院已经开始寻找 A 型肉毒抗毒素。西安没有生产，陕西没有储备，北京、上海、广州、兰州……无数个电话打向了可能生产抗毒素的药厂、医药公司和药品储备充足的医院，得到的回答都是：没有。

向国家药监局、国家疾病控制中心求援，终于查明兰州生物制品研究所是我国唯一定点生产肉毒抗毒素的单位，但已经停止生产 A 型抗毒素多时。至此，所有人都不得不接受一个不争的事实：从北京到上海，从广州到兰州，竟找不到一支可以救王家人性命的药剂。几近绝望之际，兰州方面传来消息：他们找到了 A 型肉毒抗毒素，不过已经过期 27 年，此外 B 型肉毒抗毒素还有库存。无奈之下，医院准备试用 B 型药。3 月 31 日，医院派专车，两名司机轮换驾驶，昼夜兼程赶往兰州，第二天晚 9 时 40 分，B 型肉毒抗毒素注入患者身体。

整整一周过去了，奇迹并没有出现。从广州赶回来的王小霞哭倒在地，甚至喊出了“哥呀，你睁开眼看看我再走啊……”她也绝望了。

与此同时，远在东海之滨的上海，中科院上海生命科学研究所施玉梁教授也密切关注着王录社的命运。30 年前，作为科研人员他参加了军方为预防生化袭击而组织的项目研究，在接受记者采访时，他说，“项目结束后，其他人都不搞了，只有我坚持下来”。近几年，他致力于“寻找”一种更有效、价格低、针对多种病毒且储存期长的抗毒药品，这便是驱蛔虫中药的有效活性成分——川楝素。尽管他的研究达到了国际领先水平，但目前仍限于研究阶段，对此他很无奈，“在动物试验方面，没有任何国外同行比我们先进，经过老鼠和猴子的活体试验我们已经找到了抗毒机制，但我们缺少国家的资金支持”。而唯一的制药企业的困扰同样也来自资金。“国家停止资金支持后，不得不考虑经济效益，生产这种抗毒血清是不赚钱的。”2002年年底新疆发生的一起肉毒中毒事件中，一家三口因食用自制臭豆腐，短短几天时间就都走到了死亡的边缘，在无药可救的窘迫中，他们甚至买了40支过期12年的A型抗毒素。

4月8日，最先报道这一事件的媒体开始在全国范围内寻找A型肉毒抗毒素，企盼奇迹出现，但迅速汇集的信息经过确认都是无效的。接近中午，有人提供一条重要线索：新疆独山子医院曾从德国进口过A型肉毒抗毒素。但在随后的核实中了解到：了解这一情况的老院长半年前刚刚退休，手机销号，本人离开了新疆。

希望：等待救援

在向全国征集药品线索的当天，美国凯龙集团旗下的德国疫苗公司“浮出水面”，他们生产A型肉毒抗毒素。电话跨过大洋，直接找到了该公司医药代表习尔维亚女士，振奋的消息是她们确有A型肉毒抗毒素，但价格让所有人都吃了一惊，一瓶250毫升的抗毒素需要1 500美元，折合人民币12 500元，而且优惠的可能几乎没有。此时，王家已经将全部家产抵押换了救命钱，拖欠医院的治疗费用还是天文数字。两个小时后，一份言辞恳切的“救援书”以传真方式发到德国公司，在详述缘由曲折后，希望对方能降价售药。“意外”在两个小时后发生了，当人们忐忑不安地等待即将跨越极限时，习尔维亚女士在电话中平静地说出“我们正在办理托运”。无偿捐助的药品按照患者8人、每人3瓶的数量提供。

技术上这是王录社一家人绝处逢生的关键，于是另一场竞赛开始了：约定4月10日运抵北京首都国际机场的药品在航空部门的协助下提前了整整一天，正在北京出差的西安交通大学第一医院医学实验中心副教授陈葳接到电话后立即赶到机场，然而他们接到中国航空总公司货运分公司工作人员朱朝辉的消息却是：抗毒素找到了，但提货单还没到，按规定无法当日提货。为了能够尽快提出药物，货运分公司“截留”了药品，而没让它转往市内办理海关手续，随后，报关、药检，所涉及部门集体亮出了绿灯。

4 月 9 日晚 9 时 40 分,搭载药物的飞机降落在咸阳国际机场。11 时 40 分,A 型肉毒抗毒素送到了医务人员手里。4 月 10 日凌晨,第一滴淡黄色的药液流入王录社的体内。但较量远未停止:用药的第一天,任何恢复和好转的迹象都没能出现,8 名病人仍无力地瘫软在病床。4 月 11 日,任琐霞呼吸感到顺畅,刘小菊的痰明显减少,王多琴恢复自主呼吸……曾让所有人揪心的 6 岁女孩王瑶"奇迹"般地能坐起了身,手能举过头顶,脖子也能来回扭动。

神经内科的病房里如同过节一样,但病情最重的王录社仍无起色,只是身体偶尔的颤动仍能给人憧憬。4 月 13 日,用药后恢复最快的小姑娘王瑶央求护士允许她去院子里玩一会儿,在别人的搀扶下任琐霞开始缓慢走动。4 月 14 日下午,王月桂办理了出院手续,王多琴身上的呼吸机被拿掉。4 月 15 日,王瑶可以出院,刘小菊也做好了出院准备。主治医生乔晋告诉记者,A 型抗毒素起到的作用,排除了患者体内游离的毒素,但因王录社中毒时间过长,用药前体内的毒素已经入侵脏器,情况还很难预料。王录社的妹夫庞志刚告诉记者,尽管病发后王家"名气"很大,但来自社会的救助仍然不多,在已获得的 15 000 元的捐助中,所在县的民政部门的 8 000 元占了大头,其余的大部都来自村民和医院的医护人员。

记者从国家发展改革委员会经济运行局了解到,该部门已做出决定立即恢复 A 型肉毒抗毒素在国内的生产,在成品药剂出产前先从国外购进一批药品备需。

主角？配角？

中行高山事件调查

中行哈尔滨河松街支行惊曝出的巨额存款转移事件中，究竟谁是最活跃的主角？高山、李东哲，还是另有他人？涉案企业是否仅限于东北高速、工大辰能、黑龙江社保局？113个对公账户中，神秘账户还有多少？

一个月过去了，中国银行仍没有公布更多细节，但中国银行新闻发言人王兆文曾为正在进行的调查打下了一个不小的伏笔，“涉案金额无法确定，估计有更多资金被卷走”。其时，涉案金额一周内已数度攀升，从最初的2.9亿元，到6亿元，再到8.39亿元。目前中国银行初步确认的数字是：东北高速两个账户中总计2.933 7亿元的存款；东北高速子公司、黑龙江东高投资开发有限公司（以下简称东高投资）530万元存款；黑龙江辰能哈工大高科技风险投资有限公司（以下简称工大辰能）3亿余元存款；黑龙江社保局1.8亿元资金。此外，还有东高投资在大庆市农业银行的履约保证金2 427.98万元。

由于中行哈尔滨河松街支行开设的113个对公账户中一些神秘账户无人“认领”，涉案金额和企业在短期内公布确有难度，目前可以证实的是，巨额存款的转移需要多个环节的人员支持，这其中至少包括高息揽存、“跳票”和地下钱庄。尽管这起被中国银行新闻发言人定性为“涉嫌内外勾结的票据诈骗案”仍被称作“高山案”，但种种迹象表明，高山也许并不孤独。

脱身者高山与中行河松街支行

在知情者眼中，中行河松街支行行长高山是一个懂得隐藏情感的人，他很少与他人聊起家庭。更有传闻说，高家已有数人移居加拿大，其中包括在北京某高校读硕士研究生的妻子。

记者在哈尔滨了解到，1999年，中行哈尔滨河松街支行的前身新兴分理处成立时，东北高速便在此开立账户，首笔存款为2 000万元，时任东北高速投资部总经理的是李百川，与高山关系密切。其后数年，东北高速及其下属分公司在河松街中行累计建立了6个活期账户。截至案发，工大辰能、黑龙江社保局等机构在此共设立了113个对公账户，相当一部分活跃着高山的身影。

正是由于吸纳到巨额存款，名不见经传的新兴分理处在2004年9月升格为河松街支行。

知情者告诉记者，由于可能涉及合谋，高山的"惊天之笔"很隐蔽，同样隐蔽而又周密的还有他的出逃计划。"交通银行长春分行向东北高速追讨欠款的行动，只是加速了出逃的实施。"

2004年9月28日，交通银行长春分行向吉林省高级人民法院提起诉讼，要求东北高速偿还于当年9月8日到期的贷款中尚未偿还的5 678万元，同时一并偿还尚未到期的1.5亿元贷款。据此，吉林高法遂查封了东北高速在中行哈尔滨河松街支行开设的两个账户中的2.12亿元。东北高速偿还了第一笔5 678万元本金及利息，第二笔1.5亿元却拖了下来，高山以年终银行即将结算为理由，说服法院和企业推后了提款时间。而此时距离高山出逃不足3个月。

高山清楚自己的处境，在短短3个月时间里，他通过电汇从中行哈尔滨河松街支行划走了超过1.8亿元的资金。一位知情者在评价高山的出逃时使用了"胆大心细"一词。因为直到11月30日，中行河松街支行还向东北高速发去讨询证函回执，确认其在该行的两个账户中共有存款余额2.933 7亿元。甚至12月21日，中行哈尔滨河松街支行还向吉林省高级人民法院出具了回执，内容是东北高速账户存款1.5亿元已划至交通银行长春分行，但交通银行方面始终未收到划款，后证实，此时东北高速两个账户的余额仅为4.32万元和2.99万元。

2004年年末，高山向上级领导请假，理由是到北京探望妻子，顺便治病，自此再未出现。当地银行业人士对东北高速这笔巨额款项的蒸发路径有多种猜测，其中一种说法是与"背书转让"有关，即表面上在中行哈尔滨河松街支行开有账户，企业支票一经划出，便通过背书转让方式移至其他账户。在这个过程中，高山所要做的就是向企业出具虚假的存款凭证和对账单，维持资金仍在企业的中行账户上的假象。

中行河松街支行的另一个客户黑龙江社保局于 2003 年 10 月以“社保实业”的账户名向新兴分理处存入 1.8 亿元资金，约定期限一年，同时拿到新兴分理处开具的 18 张存款凭证，每张面额为 1 000 万元。到期后，这笔款项并没有取走，而是续存。富有戏剧性的是，东北高速事件后，黑龙江社保局到河松街中行对账，经银行核对后发现，社保局持有的 18 张存单全部被认定为伪造——单据上的打印字体并不是用中行专用压数机打印的。知情者分析，在开立账户之初，客户的预留印鉴便可能被高山调换成其控制的印鉴，之后出具的存款证明和对账单都是伪造的。这种情况下，企业账户内金额的支配权从开始就掌握在高山手里。

值得注意的是，在河松街中行开立的 113 个对公账户中，业务往来都没有显示在人民银行哈尔滨中心支行的记录上 ——这被认为是高山的另一个“精心设计”——具备同城结算资格，中行哈尔滨河松街支行却不在同城结算系统内。也就是说，在开展对公业务过程中，中行哈尔滨河松街支行从未使用过人民银行分配给它的同城交换号，而是利用道里支行的同城结算交换号进行票据结算。这种方式的明显特征是，既可以规避对银行客户的监管，又能为道里支行贡献不俗的业务量。

张晓光的被捕与赵庆斌的自杀

2005 年 1 月 13 日，46 岁的东北高速董事长张晓光被检察院拘留，两天后，东北高速同时发布公告披露了中行哈尔滨河松街支行存款蒸发和董事长张晓光因涉嫌挪用资金被拘捕。公告称，公司存放在中行哈尔滨河松街支行 29 337.62 万元去向不明，同样失踪的还有子公司黑龙江东高投资开发有限公司存放在中行河松街支行的 530 万元及存放在大庆市农业银行的履约保证金 2 427.98 万元。1 月 27 日，吉林省检察院发出了 2005 年第一号逮捕通知书，张晓光的涉案描述由涉嫌挪用资金改为涉嫌贪污。

当地消息人士认为，两个案件并不孤立。

记者获知，张晓光案发，与黑龙江省高速公路局的内部举报相关。目前，张晓光一案，中央有关部门已介入调查。

东北高速股份有限公司 1999 年挂牌上市，总部设在长春，由黑龙江省高速公路公司、吉林省高速公路公司、华建交通经济开发中心共同发起成立，拥有黑龙江、吉林两省的高速公路资产。其中黑龙江省高速公路公司是第一大股东，持股 30.18%，吉林省高速公路公司持股 25%，华建交通经济开发中心持有 20.09%，三家机构分别代表黑龙江省交通厅、吉林省交通厅和交通部。存在河松街中行的近 3 亿元资金，是准备用于黑龙江省的公路建设项目的备用金，这个项目包括大庆市外环建设及呼兰到通河的高速路。但东北高速最终并没有如愿拿到工程。

在 2004 年东北高速公告的业绩预告中有如下表述：初步测算 2004 年度全年经营业绩将出现亏损，主要是由于公司非主营项目亏损所致。而该机构 2004 年三季报显示：公司货币资金项下共有 45 466.67 万元，蒸发的 3.23 亿元占其 71.02%。

记者了解到，东北高速的非主营项目一直活跃。1999 年年末，曾投资大鹏证券 9 108 万元，购买国债 1.1 亿元。2000 年 5 月，斥资 1 亿元参股某科技投资有限公司，2003 年继续增持而成为控股股东，但此项投资并没有带来预期中 20%的年收益，反而在当年给东北高速造成了 3 221 万元的投资损失。此外，其子公司还曾涉嫌违规进行期货炒作。

张晓光被拘的当天，40 岁的赵庆斌在与同事聚餐后跳楼身亡。身为黑龙江省电力开发公司副总经理、黑龙江辰能哈工大高科技风险投资有限公司总经理，赵庆斌在得知工大辰能存在中行哈尔滨河松街支行的 3 亿余元存款蒸发后选择了另一种出逃。

资料显示：工大辰能创立于 2001 年，注册资金 3 亿元人民币，由黑龙江省电力开发公司、哈尔滨工业大学、黑龙江鑫正投资担保有限责任公司共同出资组建，第二年完成增资扩股，随后又吸纳了哈尔滨巨邦投资有限公司为新股东，注册资本也增至 6.3 亿元人民币。作为黑龙江省内最大的风险投资机构，工大辰能参与了黑龙江省内众多建设项目以及企业改组的投资，其中就有对东北高速负责的哈大高速公路建设的投资。

在正在进行的哈药集团重组中，工大辰能被视为关键棋子。当地政府对哈药重组预期的目标是：通过重组使哈药集团在2005年的产值达到130亿元，完成利税18亿元，成为中国的医药航母。但哈药集团2004年第三季报显示，由于受主要经营品种价格下降、基础原材料涨价、抗生素限售等不利因素影响，公司每股收益同比下降了38.24%。

有迹象表明，赵庆斌与"中行事件"的活跃人物关系密切，也正是因此才进入"跳票"的漩涡。作为一种融资手段，银行利用高息揽存，把企业的大额资金套进指定银行，然后将固定期限的存款划转到其他企业的账户上使用，结算时再收回本金利息。但作为一次完整交易的必要组成部分，本金利息的回笼至关重要。

神秘人物李东哲与"世纪绿洲系"

随着一系列调查的铺开，"世纪绿洲"与一个叫李东哲的神秘人物从幕后走向台前。生于1965年的哈尔滨人李东哲不仅与"中行事件"涉及人员往来频繁，且控制了巨额借贷，使之多数流向了自己控制的机构。

北京市工商局的资料显示："世纪绿洲"于北京注册了16家关联公司，股本总额超过了11 200万元。北京世纪绿洲投资有限公司、北京世纪绿洲体育有限公司、北京世纪绿洲房地产开发有限公司的股本分别约为6 000万元、2600万元、2 000万元。而由赵庆斌投资800万元并任经理的北京世纪绿洲体育有限公司，则是在2004年11月25日刚刚申请成立的。记者在哈尔滨了解到，"世纪绿洲"在当地拥有8家公司，包括汽车销售公司、房地产公司、制药公司。而在成都、深圳和三亚，也有"世纪绿洲"的不少机构，曾出面参与收购重庆汽车城、并购东莞石龙宾馆、竞标成都"浣花溪"大型市政项目等运作。据称，"世纪绿洲"的实际控制者就包括初中文化程度的李东哲。

涉案的东北高速也与"世纪绿洲"有关：2002年9月，东北高速与黑龙江世纪绿洲房地产开发有限公司合资成立黑龙江东高投资开发有限公司，东北高速投资 2 700 万元，占股本的 90%。当地知情者称，李东哲是资本运作高手，他的兴趣并不在房地产项目，而是在房贷上。他曾在 2001 年出资 3 000 万元，以顺合汽车工业商贸有限公司的名义“重组”哈尔滨煤矿机械厂，得到当地政府的重视。与资本市场的大手笔相比，李东哲出奇低调。但记者在哈尔滨市公安局了解到：早在 1995 年李东哲就因涉嫌骗取买方货款而被经济侦查支队抓捕过，但很快他就从监狱被“保出”；两年后李东哲再次因涉嫌骗取买方货款而被哈尔滨市公安局道里公安分局逮捕，但同样避免了牢狱之灾。其时，他正通过森林公司从事粮食贸易。

一个大胆的猜想是：李东哲由“自己人”负责的企业将资金存入自己人负责的银行，并保证一定时期内不动用，然后通过银行的“自己人”挪用该款，但李东哲究竟原本想到期还款，还是一开始就想把资金转移至境外，只有他自己才清楚。

别了，收容

广州市收容遣送中转站“变脸”调查

事实上，这是一个法规空白的特殊时期——《城市生活无着的流浪乞讨人员救助管理办法》还未施行，既有的《城市流浪乞讨人员收容遣送办法》已经废止。新旧交替间，不仅要完成遣送收容制度在困惑中的“变脸”，还要应对已经出现的诸多问题：如何判断真正需要帮助的求助者？如何应对明显增长的案件发生率？在获准进入已摘牌的原广州市收容遣送中转站时，已有专家表示担心：如果停止“收费”，豪华的原收容遣送站如何维持运转？

郑亚欢先爬到不锈钢的桌子上，再忽地跃起，伸手去抓落在树叶上的蝴蝶，落下时一个踉跄跌坐在了地上。对于这位18岁的湛江农村青年而言，广州的这个炎热正午有些百无聊赖，在不捉蝴蝶时，他会想起眼前的困窘。同样感到困窘的还有他结识不久的两个小兄弟——来自河池农村的郑露和黄欢。

郑亚欢转过身来，露出被割掉后兜的牛仔裤的那两块更深的颜色，“前天晚上，我们在公园里睡觉，被割去了两个钱包，我们仨全部的300块钱和身份证全都没有了”。这两天，3个年轻人一直在原广州市收容遣送中转站（以下简称原广州市收容站）问询处前的院子里晃悠，白天抓抓蝴蝶，晚上就睡在长椅上。

他们想在这里寻求救助，但又不想被送回家里，郑亚欢填完了《主动求助人员自填表》，又塞进了裤子前面的兜里，因为他还不知道，自己的要求是不是有些“过分”，在“本人要求”一栏，他写的是：要求能找份工作。3个年轻人都不想回家，就是希望在找到工作前，能找个吃饭和睡觉的地方。在他们的身后，18岁的四川宜宾青年郑世伟正提着鼓鼓的双肩牛仔包，满头汗珠地趴在问询处的窗台前认真地填写着《主动求助人员自填表》，5 分钟后他获准进入。在门口他转身挥了挥手，一脸阳光。邓世伟 10 天前从老家来到广州找事做，但很快被老乡骗走了身上仅有的 100 多元钱，工作没找到，他想回家，来这里是因为在报纸上看到“可以不花钱回家”。为他办理手续的工作人员说：“一周之内，我们会为他买好回家的车票。”

邓世伟是 7 月 7 日当天被原广州市收容站接纳的第 19 名主动求助者。在刚刚过去的 6 月份，原收容站共接收主动求助者 346 人，比 5 月多出了 100 多人。原收容站长冯绍裘有些无奈，“照这样的速度发展，救助站将很难承受”。

事实上，这是一个法规空白的特殊时期——《城市生活无着的流浪乞讨人员救助管理办法》还未施行，既有的《城市流浪乞讨人员收容遣送办法》已经废止。新旧交替间，不仅要完成遣送收容制度在困惑中的“变脸”，还要应对已经出现的诸多问题：如何判断真正需要帮助的求助者？如何应对明显增长的案件发生率？

郑亚欢：一年中我两次被收容

7 月 7 日晚，郑亚欢和他的两位小兄弟没有决定好是否申请救助，他们又睡在了问询处前的长椅上。在此之前的一年中，他有过两次被收容的经历。

2002 年 8 月，初中毕业的郑亚欢第一次离开湛江市龙头镇老家，到广州找事做。他在新市镇租了间屋，“那里是外来人口比较集中的地方，房租很便宜，一室户只要 170 块钱，再加一个厅也就是 250 块钱”。在租房时他连身份证也没用上，只是多交了 100 元钱押金，暂住证也就一直没办。

因为听老乡说，每天下午 4 时开始，治安员会来查暂住证，没有证件就会被收走，在找到工作前，郑亚欢一直刻意避开那个时候回住处。一个月后的一天下午，他还在回家的路上碰到了治安员，因为碰巧没带证件，郑亚欢被带到了派出所。“和我一起被收的人因为和他们理论被打了，打人的声音把我吓坏了，所以他们叫我怎么做我就怎么做。”在派出所一直蹲到了晚上，郑亚欢被送到了广州市收容遣送中转站。

郑亚欢来的时候很巧，先前在这里负责打扫卫生的“公差”已经到期放出去了，他和同期被收容的两个年轻人就莫名其妙地当上了“公差”。“在里面，公差是个肥缺，一般的情况下，做公差不会被遣送，干 20 天活就可以被放出来。”作为“特殊待遇”，郑亚欢和其他做“公差”的单独住在一个大间，尽管也是睡在水泥板上，但可以领条棉被铺着，白天的时候还可以在里面打牌、下棋，有时队长会在饭前给“公差”两支烟。而其他被收容人员的住宿条件要看人数多少，“人多的时候，一个屋子里要住几十个人”。

后来郑亚欢才知道，做“公差”是有区别的，他这类只是做些杂务的“小公差”，白天也同样被关到房间里。“大公差比我们自由得多，不会被关起来，可以到天井里帮助管教清点人数，做点什么。”令人羡慕的还不仅这些：“大公差和管教比较熟悉，可以在里面卖东西。2.5 元一包的广州湾香烟他们在里面卖 3 元钱一支，一包烟可以卖出 60 元钱，3 元钱的河粉他们能卖到 15 元钱。这些大公差进出很频繁，出去后没饭吃了还回来做公差，他们可以直接叫小卖店的把东西送进来。”

站里共分三个中队，一个女子中队，剩下的两个男子中队是按照被收容人员原籍区分的，一个专门收容广西、四川等南方地区的人，一个收容东北、河南等北方地区的人。郑亚欢在收容遣送中转站做了 18 天小公差就被放出来了，管教给了他 30 元钱。

对于做公差的这段经历，他有些记恨的是：每天两顿饭永远都是一成不变的米饭和榨菜。

从收容遣送站出来后，郑亚欢在一家小餐馆找到了一份传菜员的工作，因为没有工作经验，收入很低。到了年底，因为工作太累，又遗失了身份证，他便自己跑到收容站“自投”（主动要求被收容）做“公差”。他没想到，“自投”的要求被满足了，但“公差”却没当上。接下来的时间里，他的日子简单而重复：

8 时 30 分，听铃声起床，开始打扫卫生；

9 时，全部人员在天井内集合，选出做饭的人员；

11 时 30 分，第一餐时间；

4 时 30 分，第二餐时间；

……

其余的时间里，他只能待在被从外面上了锁的房间里。

两周后，他坐上了回湛江的火车。在湛江火车站，他自己签字“领走”了自己，因为龙头镇金舍村距离湛江市还有很长距离，需要搭乘客车，身无分文的他便向管教要回家的路费，但被回绝。“为了能回家，我打电话向朋友借了20块钱路费。”

在家里待了3个月，办了新的身份证，2003年4月，郑亚欢再次来到广州找工作。看到贴在电线杆上的招聘广告，按图索骥他找到了一家公司做生产工，公司让他交360元押金，但他只有220元钱。在交出了身上所有的钱后，他也没能如愿做上生产工，而是为公司继续张贴招工广告。“这些都是骗人的，我就不想做了，但公司不给我退押金，许诺的每个月1 000多元的工资也一分钱没给。”郑亚欢后来在餐馆里打过工，还卖过蔬菜和水果。

再后来，他遇到了刚到广州来找工作的郑露和黄欢，3个人开始了集体求职之路，但在广州，他们这样的年轻人找份事做太难了。

这次被割掉钱包，3个年轻人互相都有些埋怨，他们不知道，是不是能够把这里当作自己困难时期的落脚点。郑亚欢也拿不准是不是要把求助表交上去，他理解的最好状态是：白天出去工作，晚上回来睡觉。广州市民政局社会福利救助处的工作人员对此也有些为难：“他们的确有困难，但怎样实施救助，这个度不好把握。”

目击原广州市收容遣送中转站变脸

广州市天河区水荫四横路41号，是三条小路的交汇口，这里的牌匾已经在6月25日摘掉，但在伸缩门上被白色涂料覆盖的部分还可以分辨出红色的底字：广州市收容遣送中转站。尽管刚刚进行了改造，广东省民政厅的官员还是透露了一条重要信息：新的救助站将另择新址。

门房外墙上张贴着一张2003年4月6日由广州市卫生局和公安局印发的《羁留场所预防非典型肺炎工作指导》，适用范围是“监狱、看守所、劳教所”，这是遗留下来的不多的痕迹。在通往问询处的小路旁的墙壁上，还能看到印有照片寻找失散亲人的纸头，临近小卖店的一位女士说，在这里查找失散亲属最方便，有时人就在收容所里面。

7月7日下午，记者在广州市民政局官员的陪同下获准进入原广州市收容站内采访。

正对大门的三层建筑是职工宿舍，将原收容区与外界隔离开。在办公区与原收容区连接的走廊上，挂了一块醒目的宣传板，粉笔写下的标题是“扎实开展行业廉政建设教育整顿活动”，在这次以“四查四看”为主要内容的活动中，要求具体细微，“要实事求是，说实话，办实事，求实效，既不掩盖问题，也不激化矛盾；既不夸大事实，也不隐忧护短，坚决反对道听途说，捕风捉影，散布谣言，弄虚作假”。

原收容站的改造速度可能是个奇迹：6月5日，工程队开始改造施工，4天后，原收容站正式接纳主动求助者。先前以“中队”区分的管理区已经更名为区，一区、二区是男性求助者的生活区，都是回字形的三层建筑，一层房间的门楣上分别挂有“老弱病残”、“少年儿童”、“主动求助”的金属牌，二层和三层的外部则全部被铁栅栏围住。陪同工作人员介绍：“尽管划分了人群，但现在没做区别，在这里的全部是主动求助人员。”站在天井中，每个角落都在视野所及内。在一个约30平方米的屋子里，摆放着6张铁床，床边立着6个铁柜，用来放求助者的个人物品。地面铺着浅色的瓷砖，房间的最里面是卫生间，隔板的高度有2米。因为温度太高，求助者三三两两聚在阴凉的地方聊天，刚来的邓世伟正拿着黄色的塑料饭盆盛水喝，在一区的餐厅里，十几个被救助人员正坐在不锈钢餐桌前看电视。如果仔细观察，你会发现，来求助的绝大多数人都是青壮年。

原广州收容站除担负广州市收容遣送中转任务外，还承担着省内的中转任务，年均收容量达10多万人次，中转站内设机构有办公室、纪检监察室、人事保卫科、组织宣传科、财务科、收容遣送科、管理科、医务科。但接下来，很多科室的名称要做改变，原收容遣送科科长黄和平说，“我们科可能很快就要改名为‘主动求助事务科’了”。而“管理教育科”将被改为“护理管理科”，“遣送安置科”将被改为“护送科”。

原收容站的工作人员对于采访都比较敏感，一位不愿透露姓名的工作人员说：“目前我们的困难很多，由于救助对象的范围目前还没有明确界定，对所有求助者只能照单全收，但其中大部分在严格意义上并不算是流浪乞讨人员。《办法》(《城市生活无着的流浪乞讨人员救助管理办法》)也没有规定救助站是否可以核查救助对象身份，广州是一个拥有大量流动人口的城市，许多受助者背景复杂。”6月份来求助的人员中，约有一成是由被救助者家人前来领走或汇款到这里供其自行离开的，其余的全部是由站里为其提供车票和旅费自行返家，个别行动不便的老幼残弱者则由站里派出工作人员送其返乡。

在站内，记者遇到了来自江苏盐城的汪春龙，他头上缠着厚厚的纱布，在妻子的陪同下再次来到这里——几天前他被人打伤后曾来这里求助，后被送到医院治疗，“但在里面，好几天没人给我饭吃，我会饿死的”。实际上，他的所有医疗费用都是由原收容站垫付的，这同样困扰着变化中的收容站。

冯绍裘站长说，过去曾发生过一些救助对象把钱藏起来，自称身无分文，要求救助，然后等待救助站给他买火车票，送他回老家。如果不加以解决，这种现象会在春运期间越演越烈。对于原收容站，目前最大的问题可能是：由于救助站各方设施齐全，导致不少接受救助的人不愿回家。虽然目前救助的人数还不多，但是社会上已经开始出现一种认为救助站可以免费吃喝送的错误观点，究竟将来需要多少钱，冯绍裘的心里完全没有底。

目击广州警方“午夜行动”

7月8日零时，广州市环市中路上的治安员的数量已经明显超过了行人的数量。一路下去，几乎每隔30米就能看到结伴执勤的治安员，而在办公楼、过街天桥、营业场所门前，也均有专人坐镇看守。来自湛江的保安梁家辉说，这一段广州的治安状况不好，拦路抢劫，尤其是骑摩托车抢劫的案件发生率很高，不得不调集警力和保安员防控。刚刚结束一轮巡查在立交桥下休息的陈彬说，这样的夜查持续的时间可能要很长。

零时30分，火车站前的高架桥已经出现了十几位入睡者，他们的身边，是车辆驶过的隆隆声音。“他们有的是流浪汉，有的是吸毒佬。”从湖南到广州做的士司机的张培光说。

凌晨1时，灯光汇集下的广州火车站如白昼一般。

在东广场聚集了四五百人，除了卖食品、为小宾馆拉客人的外，大部分看起来都无所事事。流花公安分局的张警官说，这些人不是旅客，都是伺机骗人、抢劫的，近期才多起来的，有“反扒高手”之称的王志刚警官也介绍，近期案件发生率比以前高多了。在当地的媒体上，近期的治安压力是和收容遣送办法相提并论的，“收容办法废止后，火车站等地的案件发生率迅速增高”。

由于候车室要到早上才能开放，等待凌晨客车的乘客全部在西广场一块2 000平方米左右的露天空地上休息。被围栏圈住的空地出口均有警车把守，四边还有十几位保安巡视。走过西广场，不时有骑摩托车的警官擦身而过，停在行动迟疑的人身边：“尽快离开这里，最近这里不安全，要小心。”在靠近候车楼的广场边，有几个老年人枕着玻璃丝编织袋安然睡着。“他们都是拾荒者，我们现在对他们没什么办法，”保安员魏晓兴抱怨，“过去收容的时候情况好很多，现在不行了，一旦新法规施行，工作压力就更大了。”他当天的值班时间是零时到3时。

流花公安分局驻省汽车站的黄警官也同样向记者诉说工作的难处：“现在抓获骗子、小偷时，如果涉嫌金额不够的话，不能进行治安拘留，只能开具警告书释放。”武警广州支队副支队长何志华接连几天带着300名特警上街巡查，他说，一个月内，广州的夜间治安会有明显好转。实际上，5月以来，流花公安分局已经组织了3次大规模以不法分子为主要工作对象的抓捕活动，但收效甚微。目前，广州火车站已经进入高峰运输期，旅客流量达到了每天4万人的数字，更给警方的工作带来新的压力。

省公安厅厅长梁国聚在接受采访时说，外来人员犯罪是广东治安问题的症结所在，出租屋和外来人口的管理是广东治安工作的重点、难点问题。为把这项工作真正有效地抓好，各地公安机关要力争实现流动人口与常住人口一体化管理，同时切实保障外来人口的合法权益，打击侵害外来工权益的各种违法犯罪行为。

新法实施前的声音

北京大学法学教授贺卫芳在接受采访时率先表露了自己的担心：“在天津、

沈阳等很多地方，都建设了漂亮甚至豪华的救助站，这在有收入的情况下尚可，如果真的一旦切断了收费的通道，怎样维持是个问题。”

而对于原本并不奢华的原收容站，如何应对“规格”提高的救助同样压力很大。

民政部社会福利与社会事务司副司长张世峰在解释法规条款时也表示“经费乃重中之重”。他说，“收容遣送工作中发生的问题多数与收费有关，在财政不到位，资金紧张的情况下，收容遣送站有一个从合理收费到乱收费，再到乱收容甚至强制劳动的过程。所以，在新办法的实施中，财政的保障将最为关键”。《城市生活无着的流浪乞讨人员救助管理办法》中规定：县级以上城市人民政府应采取积极措施及时救助流浪乞讨人员，并应将救助工作所需经费列入财政预算，予以保障。在一些财政困难的城市，连教育经费都无法保证，如何保障经费到位还是个疑问。而这，直接关系到法规在施行过程中是否会异化成新的毒瘤。

危城

王篇

当美英联军的战机投影在黎明前的巴格达上空时，在遥远的中国，21岁的伊拉克青年艾蒙痛苦地合上了双眼，因为电话不通，9位身在巴格达的亲人安危他不得而知。 这是北京时间2003年3月20日10时33分，挥之不去的阴影开始跨过美索不达米亚平原，弥漫在所有为和平祈祷的人们心中，就像过去的那个9月11日，沉浸在恐慌当中的并非只有美利坚民族一样。

笔记：一缕硝烟

当美英联军的战机投影在黎明前的巴格达上空时，在遥远的中国，21岁的伊拉克青年艾蒙痛苦地合上了双眼，因为电话不通，9位身在巴格达的亲人安危他不得而知。这是北京时间2003年3月20日10时33分，挥之不去的阴影开始跨过美索不达米亚平原，弥漫在所有为和平祈祷的人们心中，就像过去的那个9月11日，沉浸在恐慌当中的并非只有美利坚民族一样。

某些事实已经被悠久的战争史重复证实着：

每一次战争到来，都会在一些原本美满的家庭中留下破碎的痕迹；

每一场战争走后，都会给心在其中或身在其外的人造成难以磨灭的伤害。不论战事规模大小，也不论战争结果胜败，古往今来，概莫能外。

所以3天后，当同样21岁的美国青年兰达尔在异乡伊拉克的纳西里耶绝望地闭上双眼时，这名美国海军陆战队下士的家乡，加利福尼亚州圣地亚哥也一派肃穆。和《拯救大兵瑞恩》中瑞恩的母亲无声瘫倒不同，兰达尔的母亲哭得撕心裂肺。

此时，美英联军的空中打击已造成伊拉克无辜平民的大规模伤亡，那些为了躲避战乱而选择背井离乡的难民也未能幸免，一颗颗集束炸弹击碎着他们求生的简单渴望。纽约市长布隆伯格说，战争并非针对伊拉克人民，但伤害正悄然行进——所有的伊拉克人都不清楚，前方等待他们的是什么。

没有人可以做出准确统计，战争的履带究竟碾下多少苦痛的印辙？但有些是显而易见的——从空中打击开始到向地面战争延伸的美伊战争，正在书写着另一部心酸的史书，除了轰鸣的战机、凄厉的警报、弥漫的硝烟、殷红的血迹，那些看似远离战争中心的人也在承受着血与火的洗礼，这样的伤害需要更加漫长的时间才能渐渐逝去。

让我们把目光转向距离战争中心万里之遥的中国浙江义乌，一座只有20万常住人口的县级小城市。因为闻名全国的小商品批发市场，最多时有3 000名来自中东的商人在这里聚集，在这个春天，他们都在焦虑。

熙熙攘攘的人群中，数十名伊拉克商人和艾蒙一样，仍在执著行走，他们希望战争能够早日结束，希望沉淀了数千年历史的古城巴格达能在战火中存留，但他们不清楚这是不是奢望。他们唯一知道的是，战争看起来不会很快结束，他们只有祈祷，为战争中的亲人，也为自己。

在这里，还有阿富汗商人艾米尔，他曾经因为灾难深重的祖国长期动荡，而失去过商业伙伴的信任；还有巴勒斯坦的兄弟默罕那德和奥玛，他们一直为故乡的每一次流血祈祷，而现在，他们不得不为穆斯林餐厅生意的冷清忧虑；还有也门人曼索，他能够轻易在记忆中看到内战时一幅幅弥漫着血腥的场景，他说，“战争已经伤害了我的心”。还有叙利亚人贝拉拉巴斯、安曼商人贾巴尔、中国商人李廷干，他们都在等待着一场战争的结束。

北京时间2010年9月1日清晨，美国总统奥巴马宣布：美国在伊拉克的作战任务已经结束，伊拉克人民的未来应交由伊拉克人民自行决定。在开场的锣鼓与落幕的悲歌中，让我们聆听两句话——犹太法典上的一句希伯来经文，“救一条命等于救全世界”，这句话曾经为了感谢德国人辛德勒对犹太人的拯救而铭刻在一颗由金牙打制的戒指上；“为了伊拉克的孩子，为了我们的孩子，也为了您自己的孩子”，这句话写在美国演员西恩·潘给布什总统的信中。

家在巴格达

尽管远离战争的旋涡，艾蒙的忧虑丝毫没有减少，这位21岁的伊拉克青年的9位亲人正生活在巴格达凄厉的防空警报声中，那里是他心之所系的地方。巴格达响起的每一次爆炸声，艾蒙都会拿出地图来小心比照，庆幸的是，那里还没有遭受炮火的洗礼，但和所有滞留在中国义乌的伊拉克商人一样，艾蒙也不知道未来会怎样。他只能祈祷，为炮火下的亲人，也为战争外的自己。

日头开始向西偏移，正午就要过去，穆斯林响礼的时间到了。

在进入礼拜堂前，艾蒙在水池前细心地冲洗了手脚，再用满是水迹的双手轻轻拢过面颊和头发，他跟随着鱼贯的60多位巴基斯坦人走进礼拜堂，在最后一排靠墙的位置停住，抄手站立、鞠躬、叩首……

一脸肃穆的艾蒙是这天在礼拜堂做响礼的唯一一位伊拉克人，他只有21岁。

与远在巴格达的亲人不同，艾蒙不必惊厥于空袭警报的凄厉，也看不到炸弹突然降临的强光，更不用为了应付这场不知何时能结束的战争去奔走以储备更多食品，因为这里远距战火中的伊拉克家乡万里之遥——这是中国浙江义乌市，一座只有20万常住人口的小城，平静而恬美。

此时是2003年3月25日的下午，战事已经进入到第五天，因为电话一直打不通，艾蒙还没能和巴格达的亲人联络上，尽管能够从互联网上得到巴格达的消息，但亲人安危如何，他不得而知。知道战争不可避免，他还是在先前每天五次的礼拜中虔诚祈祷战争不要到来。现在，他只能祈祷战争能够早日结束，自己的家人和所有的伊拉克人都能够无难平安。

在义乌，艾蒙和他的几十位同胞有更多的时间去焦虑，因为生意日渐冷清。

“我要守在电脑前，分分秒秒地盯着那里发生的事情。”

3月25日，义乌小城的每一个角落都充斥着炙热的气流，街上拥挤着拉货的人力三轮车和小型货车，北京来的阿訇马春贞说，义乌每天都是这样忙碌。

银龙商务区坐落在闻名全国的义乌小商品批发市场附近，据说入住这里的阿拉伯商贸公司有20几家，在商务区内一栋酷似民居的建筑的三层，我们找到了伊拉克人艾蒙的罗雅国际贸易有限公司。进门时，艾蒙正在他的电脑前，盯着阿拉伯语网页上不断滚动的消息，这是接连几天里他最常做的事情。“我几乎是守在电脑前，我要分分秒秒地盯着那里发生的事情。”艾蒙的家在巴格达的中心城区，当天上午，那里又遭到了新一轮空袭，在经过比照后，艾蒙确认，炸弹爆炸的地方离他的家还有点距离。但他还是有些担心，因为最近一次与巴格达的亲人通上电话还是战争爆发前两天，后来的电话再也没有打通过。切换了网页后，他指着画面上几栋位于巴格达市中心的伊斯兰风格的建筑说，“这后面就是我的家”。

来自青海的马俊与艾蒙同龄，是公司的阿拉伯语翻译。在他的印象中，艾蒙是个活跃幽默的男孩，“平常不管公司的业务多忙碌，他都和我们有说有笑”。但近来，尽管生意日渐冷清，难得的清闲却没能带来轻松的气氛。战争爆发的当天，马俊上班时甚至遭受了冷遇，艾蒙没像往常一样同他打招呼。尽管有太多的预料，战事还是让他无措。“那一天，艾蒙一直坐在电脑前，几乎没有动过，下午来了几位朋友，讨论的也都是战事。”

艾蒙了解的情况并不比我们多，因为看不懂中文，他获取信息的主要来源是互联网上的阿拉伯语和英语新闻，偶尔，马俊也会给他翻译一些有伊拉克消息的当地中文报纸。这一周公司只来过两个客户，而且订购量都不大——战争不仅使发往伊拉克的货物停了下来，也影响了海路运输的中东地区贸易。这天上午，艾蒙每隔半个小时就拨个电话，之后的神情都颇为失望，他说，电话是打给巴格达的亲人的，但一直没能接通。为了证实自己的话，他使用免提功能又打了一次，是急促的嘟嘟声，看看时间，该是伊拉克的清晨。

艾蒙是半年前才来到义乌和他的哥哥艾伊塞相聚的，他们共同经营着的这家贸易公司的客户主要来自中东地区，不仅有伊拉克人，还有伊朗人、安曼人、阿联酋人、叙利亚人。平时的工作也很“规范”—— 按照客户的订单要求，频繁出入各个市场，有时他们也会联系厂家进行采购。他们经营的商品目录同样庞大，从小家电到服装，再到工艺品、饰品，几乎无所不包。他说，最受伊拉克人喜欢的中国商品有汽车配件、吹风机、服装、领带和头饰。而在公司的样品展示柜中，更多的却是化妆品，简单估算一下，指甲油的种类不下百种。

事实上，春节后，艾蒙的生意就不很好了，一个月前，临战的气氛更是让公司的业务量降到了最低点，他的哥哥艾伊塞已经回到伊朗，去照顾他们在那里的商店。而在去年，频繁的订单让他们兄弟俩都忙不过来，那时他们每月都有不少的货物发往阿联酋的迪拜，再通过那里运往伊拉克和伊朗等地。

“伊拉克人自己可以做所有的事情，不需要别人来到我们的国家。”

“一有机会，我就要回到巴格达去。”说这话的艾蒙很清楚，这样的机会需要花费点时间去等待，因为这场战争何时能够结束，他心里并没有底。

和我采访的有些阿拉伯朋友不同，艾蒙很坦诚，即使是谈论萨达姆。“我不喜欢萨达姆，因为他给这个国家带来的战争太多了，每次战争都会有无辜的平民伤亡。”同样，他也没避讳对美国的仇视：“他们想做什么就做什么，想进入别人的国家就可以这样做，没人能管他们。”和很多伊拉克人一样，他把战争的发生归罪为美国的霸道。“美国人说是为了推翻萨达姆政权，但实际上他们的目标是控制石油和这个特殊的地理位置。”

艾蒙给我递了一支香烟，白色的万宝路，美国造。

和出生在巴格达的哥哥艾伊塞不同，艾蒙出生在伊朗，但这丝毫不影响他为悠久的伊拉克历史自豪，这也使他有了更多的担心。“我的国家发生过很多次战争，每一次的结果，都会让我们损失大量的古迹，美国人这样攻打我的国家，我不知道巴格达还能留下什么。”艾蒙手上的画册里，美轮美奂的古巴比伦城的伊什塔尔城门光彩照人，神秘而又静穆的浮雕、石雕上，刻着的是几千年前喧嚣而繁荣的生活。在艺术品面前感叹沧桑巨变、辉煌不再时，艾蒙有着更深切的感受。他说，他不知道，将来回到伊拉克，还有多少实物可以看到。

尽管伊朗和伊拉克曾经进行了长时间的战争，艾蒙对伊朗却没有敌视，“现在他们对我们也很好，因为我们是阿拉伯兄弟”。

对于巴格达的未来，艾蒙也说不出很多，但他清楚，“伊拉克人的事情应该由伊拉克人民自己解决，我们自己可以做任何事情，从来都是这样，我们不需要别人教我们怎么做，更不需要美国人通过战争来教我们怎么做”。此时，来自美英联军的集束炸弹正燃亮黎明前巴格达的夜空。

对于战争中伊拉克人的生活，艾蒙知道的并不多，但他相信，孩子们是最大的受害者，因为“在他们的记忆里，将永远保留着残酷的场景”。

“等到战争结束，我要把商品运到伊拉克去。”

这天中午，我们在“阿伊斯”餐厅尝到了“阿代丝”，这是一种用豆子长时间熬成的汤，还有名为“侯拔丝”的大饼，这是艾蒙最喜欢的食物。平常不忙的时候，艾蒙也会自己烧点东西，而且手艺不错，只是耗费的时间会很长。

对目前在中国的生活，艾蒙很满意，他到过上海、广州还有其他的城市，但他最喜欢的还是义乌。尽管这个城市的交通状况不好，建筑也不新，但这里给他提供了商机，“这里有中国最快的发货速度”。他在这里的生活也很规律，除了每天去健身房练习器械和到市场上转转，他很少出门，不像来自中东的有些商人那样，常抱怨义乌没有什么高档的消费场所。但这一周，他连健身房也不去了，因为“战事每一秒钟都在变化”。

艾蒙很喜欢足球，平时他和来自韩国和安曼的朋友组织了一支小规模足球队，经常和中国的朋友进行比赛，但他对裁判的印象总是不好，作为边锋他总是被判越位。谈到中国的球星，他喜欢很多但说不出他们的名字，而中国的球队中他对上海申花的印象最深。

尽管目前生意冷清，时间充裕，艾蒙还是准备在义乌待下去。因为他知道，“战争以后，对于任何国家而言，商业都会有好转”。他甚至预计，战后他会有更长时间的忙碌。这天下午，他要到批发市场上看看，服装和头饰是送走战争后的伊拉克人最需要的。“等到战争结束，我要把商品运到伊拉克去。”

在路上，艾蒙给同样在义乌的伊拉克朋友贝亚打了电话，贝亚是阿里夫贸易公司的首席代表。贝亚告诉他，他的生意在两个月前就停下来了，运回伊拉克的商品还有不少的库存，而在义乌的仓库里，还有30多箱吹风机没法运出去，即使把它们都装进集装箱，他也不知道伊拉克的家人能不能收到。此时，运往迪拜的集装箱费用已经涨到了1 000美元，这还不包括不菲的战争保险，而在平时，这个价格只有600美元。艾蒙说，习惯于在战争阴影中做生意的伊拉克商人心理承受能力很强。

去年，义乌的伊拉克商人最多时有100多人，今年年初的时候也有五六十人，目前艾蒙还能联系到的大概只有20多人了，而来自当地公安机关出入境管理部门掌握的数字明显有些保守，他们说，目前滞留在义乌的伊拉克人共有13人。

被战争伤害的人

轰鸣的战机、凄厉的警报、弥漫的硝烟、殷红的血迹……作为现代战争的常态，不是所有人都有机会直面，但这不意味着战争的伤害仅限于此。

与每一场战争同步行进的，是另一种被伤害的记录，身在枪炮之外，心在火光之中。

就在义乌，看似远离战争中心的人也在承受着煎熬，他们中有人将商业命脉系于风云变幻的中东，有人轻易就被勾起残酷场面的回忆，有人则对那片土地充满希冀，不分种族与肤色。

"战争对我的心已经造成了伤害。"站在义乌的街头，来自也门的商人曼索说。此时，在他的身边，仍能不时见到高鼻、鬈发的中东客商，但"含金量"已大不如前——因为临战的气氛先于战争很久就开始弥漫，最经济的海上运输线的前景叵测。年初始，由义乌发往中东各国的货物便急剧减少，到战争爆发时，出货数量已经到了一年以来的最低点。

经历过也门内战，曼索能够轻易在记忆中捡拾起一幅幅弥漫着血腥的场景，这让他常有时光交替的恐惧感受。而现在，他正因为自己订购的货物无法安全运回而焦虑，尽管他预定的货柜已经不及鼎盛时期的三成，但能否顺利运回也门还是未知。他的中国助理楼小姐在谈及两个月里的变化时，则连连挥手，"很多过去认识的客商都不能来了"。她的理由很简单，也更商业：这时期的贸易风险太大了。

在义乌，曼索的阿拉伯兄弟也正经历着商人不喜欢的郁闷。尽管商人们都清楚，"战争意味着新的商机"，尽管他们普遍认同，"这场战争并没有悬念"，他们中的大部分人还是选择了休息。

在这座繁忙的小城里，失望的人群跨越了民族和肤色……

穆斯林餐厅

3月24日晚，义乌市最长的稠州中路上行人已渐稀少，但这丝毫没能影响中国穆斯林林占海的心情，他站在人行道边，眯着眼欣赏着他的餐厅，在他的面前，正在装修的餐厅颇有些灯火辉煌。

林占海7年前从青海来到义乌时，这里的穆斯林餐厅凤毛麟角，来这里的穆斯林商人也以巴基斯坦人为最多。他开了一家小餐厅，随着阿拉伯商人嗅着气息不断涌入，他的生意也"好得不敢想"。去年年底，眼看着由于自己的餐厅规模太小，不少生意只能介绍给别人时，他下决心在繁华的稠州中路上开一家新店，规模也扩大了几倍。但这两个月，过了壮志雄心的阶段后，他不得不考虑这个难关，老店的生意已远不如从前，新店装修的速度也放慢了节奏。他承认，目前，几乎所有穆斯林餐厅的生意都不好。

距离林占海新店不远的"兄弟餐厅"同样感受到了压力。老板的妻弟说，他开餐厅的时候，这个路段的穆斯林餐厅很少，也就两三家，生意也好做，目前保守估计也有二三十家，如果再加上规模不大的拉面馆，这个数字可能还要翻番。来自宁夏银川的穆斯林马德义和他的大哥就是去年年底加入这支大军的，而一个月前，由于生意一直不好，他的大哥已经返回银川，嫂子马丽也在做着回家的打算，因为眼下的生意并不划算，"每个月的房租要3 000多元，二楼和三楼一直用不上，一层的门面还常常空着"。和"兄弟餐厅"招徕阿拉伯商人不同，这里的主顾是那些做阿拉伯语翻译的中国穆斯林，"来这里的阿拉伯商人少了，翻译都没活干，他们都没钱了"。

站在义乌的街头，到处是店铺，数量紧随其后的是宾馆，而中心区的大部分宾馆都显得很陈旧。当地女孩叶根霞所服务的源洋酒店是距离小商品市场最近的一家涉外宾馆，她告诉记者，宾馆已经接到了有关部门的指示：如果有来自伊拉克或者美国的客人入住，必须向辖区的派出所汇报，以确保客人的"绝对安全"。令她庆幸的是，这样的"两难"场面一直没有出现，因为宾馆的阿拉伯客人已经不多了。

科威特商人穆罕默德过去每晚都会来到叙利亚朋友开的一千零一夜餐厅坐坐，他在科威特开了一家商店，主要的货源就在义乌，两周前，他的家人不得不关闭了在科威特的店铺。和他相熟的服务员说，已经两天没看到他了。这天晚上，一千零一夜餐厅的客人很少，不到10时，两层楼的餐厅里只剩下一桌客人了，原来每半个小时一次的阿拉伯舞蹈表演只开了一场，便早早收场。

中国商人李廷干

如果不是这场战争，37岁的中国商人李廷干现在可能正在海湾地区的某个国家，而现在，他不得不调整被打乱的计划，耐心等待。

生于陕西宝鸡的李廷干目前在义乌经营一家穆斯林餐厅和一家贸易公司。在过去的12年中他有10年是在阿拉伯国家度过的。李廷干去过也门、阿联酋、突尼斯、沙特、巴林、苏丹、吉布提、突尼斯、埃塞俄比亚，甚至险些为也门的内战付出生命代价。回国后的两年时间里，他所做的生意也都和那个地区相关。

在午后的阳光中，李廷干抱起可爱的儿子，讲起了颇有传奇色彩的故事：

年轻时，他师从北京外国语大学马忠厚教授学习阿拉伯语，1990年8月，北京设计院与刚刚统一的也门组建了一家名为也中工程建筑公司的机构，李廷干只身前往，做了一名翻译。在中东地区，中国人是"安全感最强"的外国人，只要表明自己的身份，就会"无理由"地得到关照和礼遇。尽管如此，李廷干也历经险境。到也门的第四年，他已经"升职"为一家国内贸易公司驻也门的代表，不久，也门内战爆发了。公司的驻地距离亚丁机场很近，因为机场是双方争夺的焦点，这里整天炮声隆隆，一次，一枚炸弹就在办公楼不远处炸响，唯一庆幸的是没有造成人员伤亡。还有一次，他乘坐中国使馆的车子办事，遇到了部落武装人员的劫持，在枪口的"押解"下，他眼睁睁地看着使馆的车子被抢走。在随后赶到的警察的帮助下，他们循着车辙追出了200多公里，在部落控制区的边上，他们不得不放弃了，"因为每个部落都有武装，一般人都是站着进去，躺着出来"。

尽管有过险境，李廷干还是在那片神奇的土地上寻找到了最令自己激动的事业。10 年的海湾地区生活，他也见证了中国商品从无到有，从少到多的变化。他还清晰记得，上海梅林罐头厂生产的罐头销路很好。此外，中国的芸豆、蚕豆、茶叶，都是深受阿拉伯人喜欢的食品。而义乌则以家电、服装、鞋帽、饰品、工艺品见长。但李廷干也有担心，“阿拉伯人是通过包装认识义乌的商品的，档次低、价格低，是主要特征，这种走量的货是不是能够长久还需要看看”。

目前，李廷干发往中东的货物主要走海路，经过阿联酋的迪拜再转向其他地区，几天前，货运公司已经和他打了招呼，先前的报价单不算数，新的很快就过来。说到近来义乌的阿拉伯商人少，他总结的原因有两条，一是海运路线不稳定，二是美元汇率变化他们吃不准。接下来的打算，李廷干准备在海湾地区铺几个网点，继续做他的进出口贸易，但在战争没有结束前，他只能耐心等待。

比邻浙江的福建，也受到了直接影响，由于海湾局势吃紧，石油及其中下游产品价格持续攀升，原辅料大部分来源于石油中下游产品的晋江纺织、服装、鞋业、陶瓷、玩具等传统制造业面临着成本增加的风险。近期，塑料原料、合成橡胶、聚酯切片、化纤等价格上涨幅度达到 30％以上，生产玩具的塑料粒的吨价已经上涨 4 000 元，而鞋材用化工原料也上升 3 500 元左右。

巴勒斯坦兄弟和阿富汗商人

马伊德餐厅在义乌以“奢侈”著名，镀金的吊顶是其他餐厅难以“望其项背”的，两位年轻的经理是来自巴勒斯坦的默罕那德和奥玛兄弟，分别为 25 岁和 23 岁。

一口流利的汉语，在生意上帮了默罕那德不少忙。两年多以前，默罕那德由约旦来到中国的广州，那里有他叔叔经营的餐厅，半年前，叔叔的餐厅在义乌开了分店，他便和弟弟奥玛一起来到了义乌。尽管他也抱怨，“这里和广州相比，没有太好的娱乐场所，也没有好看的衣服”，他还是对这里的前景充满信心。对于目前的状况，他有些无奈，他希望战争能早点结束，那样这里的阿拉伯兄弟会多起来，生意也会好一些。

尽管家族的很多人都在约旦和巴勒斯坦，餐厅也将分店开到了泰国，默罕那德还是对中国感情深厚，“中国是我的家，第二”。一年前，他娶了一位中国太太，两个月前，他们有了自己的宝宝，中文名字叫“飞翔”。大概是因为巴勒斯坦人在乞求和平的道路上跋涉得太久，弟弟奥玛厌恶任何来自战争的消息，“因为打仗，很多孩子没有牛奶，没有食物，他们不应该这样，他们是无辜的”。聊起萨达姆，默罕那德毫不避讳自己的观点，“我不喜欢他，因为他总是在打仗”。

3月25日下午，阿富汗商人艾米尔在红楼宾馆附近的店铺里频繁“串门”，他在为国内的客商寻找些便宜点的服装。

这一段，艾米尔的心情好了很多，一些中国商人主动和他联系，想和他做生意。但一年前，因为很多和他相识的生意伙伴都躲着他，令他损失了些商机。那时，美军正在攻打阿富汗，有商家担心他没有足够的钱付账。看来，在商场，一个国家的稳定也是晴雨表。

除了为国内进货，艾米尔也做也门的生意，前一阵，恐怖分子在也门袭击商船，海运公司减少了货船，导致运费暴涨也让他心惊肉跳。“时局有时很复杂，如果遇到封港，我的损失会更惨重。”上个月，艾米尔刚刚向阿富汗发回了一批汽车配件和学习用品，很快就卖光了。艾米尔有些得意：“说起赚钱，义乌可是个好地方。”

战争声明

3月24日晚，一辆中型货车开进了义乌市伊宁货物运输处的仓库，十几个箱子的货物是发往国内的。经理吴袄奶此时已经知道了交通部的通知：“鉴于安全考虑，交通部要求停止接收运往伊拉克的海物，中止战争危险区的货运。”这使得一些已经订购了货物的商人开始忙乱。

与交通部的要求背向，战争爆发的当天，联合包裹运送服务公司和联邦快递集团两大业内强敌几乎同时发表了“战争声明”，他们的总部都设在美国。

联合包裹运送服务公司的声明称，“联合运送在中东地区有快递业务，战争爆发后，尽管这一地区的货运由于空中管制或其他方面的因素而可能被延迟，但在世界其他地区，我们的快递业务不会受到影响”。记者了解到，该公司的500

名员工已经应召入伍，此外还有 4 000 名预备役军事人员。而根据美国政府制订的“民航飞机预备役计划”规定，联合运送拥有的飞机中有 11 架飞机可以在发生战争时被随时征用。“即使这 11 架飞机同时被征用，我们也仍然有能力满足客户的需要。”

联邦快递表示：“目前在整个亚太区的业务都在正常进行。联邦快递所有进出亚洲的航线，包括其来往于亚洲内部，亚洲至欧洲以及亚洲至北美的各条航线，目前全部正常运转。作为跨国公司，联邦快递要应对各种各样诸如自然灾害、抗议示威甚至内乱等情况，需要公司采取有效应急计划。联邦快递在实施紧急应急计划方面拥有丰富的经验，我们时刻关注我们所服务的国家及地区的政局形势。”

此时，在阿联酋的迪拜，这个用石油铺出的现代化货物枢纽，也因为近海受限而减少了每天的吞吐量，在平时，它的能力仅在美国的西雅图之后。在接下来的不短时间里，全球网络的通畅只系于海湾一身。

义乌等待

从伊朗到阿联酋，再从也门到叙利亚，海湾的商人在战事中沮丧着，也兴奋着，这是商业的规律。在浙中小城义乌，嗅觉敏感的商人甚至已经开始为伊拉克的战后重建做“热身”。对义乌而言，她习惯了等待，只是这等待不仅仅是战争结束。

在巴基斯坦的卡拉奇商圈里提起“红楼”，指的就是中国义乌的红楼宾馆，那里是巴基斯坦商人的聚集地。宾馆的大小提示牌上都使用了中文和阿拉伯文两种语言，甚至在空间狭小的电梯墙壁上也写满了阿拉伯文标语，其中一句翻译过来是“巴基斯坦，万岁！”。

在义乌，阿拉伯商人已经融入了小城的生活里，在繁忙的商务活动后，他们也有了坐看花开花落的闲适。

当更多的商人从伊拉克、巴基斯坦、也门、阿联酋来到义乌，当越来越多的中国西部省区穆斯林商人选中义乌，1 400 年前丝绸之路的盛景便穿越时空，重现在浙中小城。

阿訇马春贞最近在忙两件事，一是做当地穆斯林状况的情况调查，二是协助有关部门帮助在义乌的阿拉伯商人解决困难。他刚刚当选为义乌市政协委员，是10位常住户口不在本地的新委员中唯一的宗教人士。1 400 年前阿拉伯人首次进入中国经商，和他们目前汇聚义乌相比，马春贞找到了不少相同点，他总结为：都以经商为主，以水路货运为重，大部分人在中国常住。在他看来，一个对国际都市的憧憬正在义乌涌动。

28 岁的马春贞阿訇先后毕业于北京外国语大学阿拉伯语专业和伊斯兰教

经学院，2001年8月，因为义乌迫切需要神职人员来主持穆斯林的礼拜，他受派遣从北京来到义乌。刚来时，马春贞跟其他穆斯林每周五做聚礼的地方只有红楼宾馆的一间小礼拜室，起初只有100多人，很快这个数字就发展到五六百。2002年9月，市政府在南街200号租下了更大的场地用做宗教活动场所，然而根据目前少则七八百人，多则1 000多人的情况，550平方米的场地也不是长久之计。义乌市民族宗教事务局的陈炎局长告诉记者：为了给在义乌做生意的穆斯林提供一个宽敞的礼拜场所，在义乌建清真寺的构想早已提上议程，目前正在规划设计部门审议。

和宗教场所的宽敞相比，义乌作为一个家的气氛越来越浓。本月初，来自巴基斯坦的巴阁和他的两位朋友在中国人寿保险公司义乌公司买到了保险，这在义乌还是破天荒的第一次。义乌的朋友说，在江东的别墅区里，不少都是中东商人买下的。

据有关部门的不完全统计，目前常住义乌的外商有3 000多人，分别来自47个国家和地区，外商常驻义乌代表机构有37家，来自中东地区的贸易公司有200多家。每月发往境外的小商品达500多个货柜，商品出口到122个国家和地区，出口产品主要为工艺饰品、玩具、服装、袜子、小五金、日用百货等。在义乌，人数众多的韩国和巴基斯坦商人还有自己的商会，时间长了，常驻的商人还能讲上几句当地土话。

义乌市公安局出入境管理科科长骆兴法刚刚做好今年第一季度的数据统计：第一季度来义乌的中东地区客商的数字为2 387人次，占境外往来的11 458总人次的20.8%，而去年全年出入境的31 145人中阿拉伯商人却占到了25%。尽管近期中东客商入境的人数有所减少，但过去的3月份，义乌迎来的10 000人次境外客商还是创造了历史新高。因为近两年外商增多，公安部门已经在半年前将出入境管理部门独立设置。在公安部门掌握的数据中，目前滞留在那里的伊拉克商人共有13人，而伊拉克商人的公司还有6家，分别是：阿尔瑞福有限公司义乌办事处、阿尔巴冉赞国际贸易有限公司、森塔外贸有限公司义乌办事处、萨袄综合商业公司义乌办事处、国际贸易公司、沈阳飞鹰电子有限公司。

据义乌当地媒体报道，市政府将计划投资200亿元建设拥有4万个商位的

"国际商贸城",一个真正的"阿拉伯村"将平地而起。

在伊拉克商人沮丧的时候,中国商人已经嗅着战争的气味前进,战后伊拉克重建的商机让人难以安静。

忙碌了一天,阿尔及利亚商人亦革开始了他简单的晚餐:一份蛋炒饭,一份炸鸡块,一杯纯净水。他说,美对伊开战后,一段时间内这里与中东的贸易肯定要降下来,但战事结束后中东地区市场的潜力巨大,义乌的小商品肯定会大有市场。

与他持相同观点的人不在少数,一些浙江商人已经将伊拉克的战后重建视为一次难得的商机,从浙江北仑港到中东,航运最快也要 13 天时间,一些企业已开始着手备货,准备去占领这个新市场。国内 4 000 多家知名企业的总经销、总代理落户义乌,他们中也有人正在窥探"战争板块"的操作性,而比邻的永康、东阳等地也同样享有收益,有人已经接到新订单。前段时间,受战争阴影的影响,中东一些国家引发了抢购风,来自义乌的服装、毛毯、毛巾、头饰、牙刷成了伊拉克人囤积的重要战备物资。

对当地供货商和货运公司而言,争取做大生意的阿拉伯人是他们新的战略重点,为此,有人预言,阿拉伯语翻译的人才需求会有很大的突破。

究竟什么样的商机"得益"于战争呢?数十万的美英军人集结在伊拉克周围,需要大量的战争物资;重建伊拉克所需要的建筑材料、医疗用品将化成大量的订单。而来自阿拉伯石油研究中心的估计,战后仅重建伊拉克石油工业,就需要 210 亿美元以上资本。来自海外媒体的报道说,水泥产业是极具战后重建商机的题材,从去年底开始,国际水泥行情接连"涨停",持续上涨的幅度接近 60%,不知在确保运费、保险费符合成本效益的原则下,多少中国企业在"抢单"。

在另一个大洋的彼岸,5 万中国人也在阿联酋等待着机会,这个建国后从未发生过战乱的国家,在短短时间里打造出迪拜实属不易,它目前是中东地区的经济和金融中心,迪拜港口开通的 100 多条大规模集装箱航线使其综合运输能力仅次于美国西雅图,这也得益于"邻居"的经常战乱。

现在的问题是：如果战争持续一个月还无迅速结束的迹象，充斥市场的焦虑和兴奋可能转化为恐惧。即使忽视这个问题，油价每上涨5美元，全球经济的消费能力也将减少2%，这是很多人都不愿看到的。

在繁忙的城市生活中，义乌人很清楚他们的梦想：打造一个桥头堡。

就如同20年前，没有人能够想到浙中小城义乌可以因为集散了全国的小商品而闻名世界一样，今天，也没有人可以准确勾勒出下一个20年后的义乌沙盘。我们所知道的是，这座城市的20万新老移民正在努力打造着他们心目中的桥头堡——建设成国际性商贸城市。对义乌而言，这场战争的最大意义，似乎更多体现在应变多种可能的预演上。

事实上，招商引资目前是义乌市的“一号工程”。在过去的一个月，由当地统战部门牵头接待的美国、德国客人就有10批。

2003年年初，当地政府为了鼓励本市企业自营出口，加大了奖励力度。市政府的有关文件明确规定：生产企业每年出口额达到200万美元的，每出口1美元便可以从政府手中得到0.03元人民币的奖励，如果超过1 500万美元，这单彩票的含金量也将涨3倍。义乌外经贸委的统计数据显示，真爱毛纺、浙江梦娜、华鸿工艺、伟达制衣、新光饰品、皇冠制衣等10多家企业，2002年的出口额都已超过500万美元。与此同时，从事外贸流通的企业也看到了诱惑，出口1亿美元的商品，可以获得600万人民币的奖励。

与目前红火的将外商“请进来”交相辉映，更多的义乌企业到境外设立了分支机构，如果分支机构当年出口贸易做满50万美元，还可以获得政府提供的1万元人民币的补贴。目前，义乌市已有近300多家企业在国外注册开办分公司，小商品城的触角已经延伸到国外。生产玻璃制品的义乌人吴合亮说：“现在政府鼓励我们到国外去参展，如果展位费需要2万元，政府能提供一半的补贴。”去年，全市有100多家企业前往德国、法国、美国和海湾地区参展。事实上，这样的奖励还同时出现在产品出口国商标注册上，对商标权的忽视曾使义乌栽过跟头。

忧虑义乌小商品生命力的商人李廷干现在也不得不承认，这座城市正在不遗余力地打造诚信品牌，而这也是中国企业的首要任务。3 月 25 日一早，稠州路工商所所长龚跃进就坐在了“门户大开”的办公室里，这天上午，没有商户来反映“难处”，他说，目前的投诉很少，因为很多事情的手续都已经简便得不能再简便了。

来自叙利亚的贝拉拉巴斯说，义乌是一个有效率的城市。

后记

失而复得的沉重

李清川

又想起了那个深秋的午后，我穿过声音沉闷的几道铁门，踏入看守所去采访一个即将上路的死囚。那一刻高墙外的北中国秋意浓重，局促的陋室里气息始终阴郁。那个年轻人神色沉静、语调舒缓，少年的欢快、理想的纠结、情感的荡漾，在最后的道白中渐渐生动，让我全然忘记了追问。其实那本该是我职业记者生涯的最后一次采访，在那之前我已做好了门庭转投的几乎所有准备。然而这个年轻人有过的困扰和渴求的目光总是飘忽在我的眼前，如同我对视过的那些灵动或狡黠、深邃或暗淡的目光一样，在记忆中留驻长久。

追逐理想的一路常有艰辛、沉寂，却在失而复得、得而复失间蔓延，才有了这本书里的人和故事，他们勤勉地改造着我的认识，激励我探究的热情，不知疲倦。

当那个夏季以难耐的高温拉开序幕时，我开始辗转于河南、安徽、山东的村庄，闯进与艾滋病有关的那些人的生活。当我注视那个孩子的眼睛，面对那位老人的眼泪时，我并不从容。即便艾滋遗孤在新家开始了幸福生活，我仍旧会有疑问：这样的幸福是不是也能降临在所有境遇相同、渴望幸福的孩子身上呢？挥之不去的耿耿于怀让人沉重。至少在1994年，卫生部门已经获知卖血者中有艾滋病患者或病毒携带者，当时一批由兰州生物制品所出口韩国的血制品中就被发现含有艾滋病病毒。也在这一年上蔡县人民医院血站收到上海生物制品所的通知，售往上海的血浆中被抽检出有两例携带艾滋病病毒。可是一年后，取缔采血站的专项整治才展开。一年的停滞意味着什么？当最初的恐惧和绝望漫过后，卖血感染艾滋病的村民也想打破沉默，他们想知道，究竟由谁为他们的病负责？在这样的疑问面前，我们都无法自信起来，因为没有人知道最后的悲情何时来到。

9月的韩国温润清丽，在首尔、大田、釜山和光州我结识了很多同胞，他们是建筑工地上的工人、餐馆里的服务员、韩国家庭的保姆和钟点工。尽管这些职业都是韩国人天然选择后的剩余，他们依然勤勤恳恳、兢兢业业，像伺弄庄稼一样期望有好的收成。在那之前，他们历经"签证交易"、"伪造户籍"、"假结婚"、"克隆文件"的忐忑与烦扰，或者以更为直接的"落地滞留"方式，完成了"非法劳工"的身份转换。但当你将关注的目光切换到他们的现状时，你会更在意：他们还是父亲、丈夫和儿子，她们还是母亲、妻子和女儿，他们几乎每个人都背负着一笔沉重的债务，这一切都是为了一个美好的明天。但他们可能会失望，因为有工资拖欠，因为有产业灾害和交通事故的不幸光临，因为有黑社会敲诈，而伸出黑手的同样是他们的同胞。无论选择怎样的生活，都有追求幸福的权利。不是吗？

相对于异乡生活对幸福的理解更为平淡实在，前往钓鱼岛宣示主权的那群年轻人则尽致地挥洒着血性。在靖国神社用油漆写下"该死"的冯锦华、酷爱《毛泽东诗词》的湖南青年殷敏鸿、将新车抵押给船东确保出海的温州商人虞海泽、常哼着《我爱这蓝色的海洋》旋律的王立昆，在迈出凝重一步的当口，都固执得让人不由心生敬重。他们让我想起了自己在俄罗斯远东博物馆里曾有的那一腔愤懑，想起了《中俄瑷珲条约》签订地魁星楼上的刻字："六十四屯今尤在，何人光复大江东？"激越总会过去，但我想知道，在一个大国崛起、走向海洋的世纪宣告中，在海基线内暗流潜涌、海岛暗礁争夺此起彼伏时，来自钓鱼岛的声声呼唤是不是也响在所有中国人的耳边？在滔天海浪中守护着的这一份忠贞与眷恋面前，谁都无法静默。

同样的静默，还能真切阻隔一个民族的战争记忆与现实警觉，如果它出现在对60年前那场战争的反省中的话。事实上，我的父辈在他们曾经幼小的心灵里也没留下"直面淋漓鲜血"的惨痛记忆，但这并不妨碍我们因"日本军旗装事件"、"慰安妇写真风波"、"靖国神社参拜"而激愤。历史是不需要评说的，但当历史常识变成闹剧的时候，一定有人感受到悲凉。更多的人呢？更多的年轻人呢？还有，更多的日本人呢？更多的日本青年呢？这样的想象无法继续。在日本高知县的一个公园内，一位日本教师因在战前怂恿学生积极参战而心怀愧疚，立碑警示后人。我从心底里景仰那位迷途知返并身体力行赎罪的日本教师，还有那些曾经也沾染过中国平民鲜血而今天勇于站出来的日本老人们，他们至少有勇气正视自己的错误。那，一个国家呢？可惜，那些有良知和判断力的日本人所做的事情竟然是在代替一个民族赎罪。但当更多的人在用自己的心血重新面对并审视历史时，我还是愿意相信，告别过去面向未来绝非虚言。

告别过去中，美丽的厦门岛精心地擦拭着赖昌星疯狂走私的痕迹，沈阳"荷兰村"也迁走了那只投注过杨斌心血的风水球，李嘉廷的多面人生正在我们的目光所及中渐行渐远。但我还是想说，对于后来人，记住远比遗忘更重要。哪怕他们各自的丰润人生因为"符号化"而愈发单薄，我们依然能够从人生的参照系中，找到每个人所需要的"前车之鉴"。再为曾经走进的小煤窑说句话。在不触及根本的变革出现前，小煤窑"吃人"必然发生，在降低安全成本进而造成"吨煤成本"在市场上竞争力超群的背景下，一切都可能发生，一切都还会发生。尽管如此，我还是希望你能在意，还有2 100万矿工，正在15万座矿山、390多座矿城工作，他们在地下几百米深处耕耘着微薄的希望，他们为我们付出了太多。

《盛世微行》的编选不是一个繁复的过程，其中的故事多来自我二十五六岁时做调查记者的工作，但在沉湎过往与诉求现实的交错里，在人性繁杂与个体微弱的往复间，我的思绪常有徘徊和停滞。我很想知道，社会渐变、盛事累进时一路的景致和变幻，是不是也能促使我们不断检视、修正，进而从“惑与不惑”间的摇摆中走向从容、坦然？在这其中也有我对盛世中国的最朴素期待：让阳光打在脸上，让花香传遍大地，让清风拂过心间。

这本书的最终出版，还要感谢同道及友人的热情鼓励。东方出版中心的祝新刚先生和刘琼女士极尽认真，让我的心中满是温暖。我的老师、社会学家何明升先生亲笔作序，联通起社会学与新闻学的问题意识和调查取向。我的朋友尹冬梅女士、满春燕女士、郑中海先生，都为这本书的编排付出了心血，在此真诚地道一声感谢。把这本书送给我的父亲母亲，他们悉心呵护过我的理想孕育并宽待我小理想枝蔓的生长。谢谢你们。

当文字这个自由的精灵哼起歌时，我会继续努力寻找自在的表达。

图书在版编目(CIP)数据

盛世微行:大国崛起的思虑笔记/李清川著.
—上海:东方出版中心,2011.6
ISBN 978-7-5473-0298-9

Ⅰ.①盛… Ⅱ.①李… Ⅲ.①纪实文学—作品集—中国—当代 Ⅳ.①I25

中国版本图书馆CIP数据核字(2011)第102735号

盛世微行:大国崛起的思虑笔记

出版发行:东方出版中心
地　　址:上海市仙霞路345号
电　　话:021-62417400
邮政编码:200336
经　　销:全国新华书店
印　　刷:昆山亭林印刷有限责任公司
开　　本:710×1020毫米 1/16
字　　数:260千
印　　张:17.25
插　　页:3
版　　次:2011年6月第1版第1次印刷
ISBN 978-7-5473-0298-9
定　　价:36.00元
